Claire McNab

Operation Pelikan

Claire McNab

Operation Pelikan

Offensive Krimi

aus dem australischen Englisch
von Gerlinde Kowitzke

Frauenoffensive

1. Auflage, 2003

Originaltitel: Accidental Murder

Metzstr. 14 c, 81667 München
E-mail: info@verlag-frauenoffensive.de

ISBN 3-88104-359-4

Druck: Clausen & Bosse, Leck
Umschlaggestaltung: Erasmi & Stein, München

Dieses Buch ist gedruckt auf Papier aus chlorfrei gebleichtem Zellstoff.

Die Personen

Carol Ashton	Kriminalkommissarin
Mark Bourke	Kriminalinspektor
Anne Newsome	Kriminalwachtmeisterin
Terry Roham	Kriminalwachtmeister
Richard Dent	Polizeiinspektor
Karrie North	Polizeiwachtmeisterin
Owen Ingram	Dorfpolizist
Renfrew Downing	Privatdetektiv
Evelyn Trelawney	Kapitänswitwe
Dianne Beaton	deren Stieftochter
Bruce Beaton	Diannes Ex-Mann
Reginald Munson	Hobbyornithologe
Lillian Broadhall	pensionierte Lehrerin
Penelope Neale	Teilhaberin einer Video-Firma
Roger Bruehl	Witwer von Paulette Bruehl
Alyce Lyne	Witwe von Barry Lyne
Ian Mure	ihr Bruder
Leota Woolfe	Carols Geliebte
Tante Sarah	Carols Tante
Sybil Quade	Carols Freundin

1

Mittwoch früh, als Carol von ihrem Morgenlauf mit Olga, der temperamentvollen deutschen Schäferhündin ihrer Nachbarn, zurückkehrte, klingelte das Telefon. Noch ehe sich der Anrufbeantworter nach dem vierten Läuten einschaltete, schnappte sie sich den Hörer. „Carol Ashton."

Kriminalinspektor Mark Bourkes sympathische Stimme sagte: „Jemand ist heute morgen um halb sieben von einer Klippe am North Head gestürzt. Ich weiß nur den Namen, John Trelawney, sonst nichts. Die Polizisten vom Bezirksrevier sind zur Stelle, und der Rettungsdienst müßte jeden Moment eintreffen. Die Frau des Opfers glaubt nicht an Unfall, deshalb dachte ich, du möchtest dir die Sache mal ansehen, weil es doch ganz in deiner Nähe ist."

Seufzend legte Carol auf. Es war gerade Herbstanfang und noch nicht zu kalt, draußen auf der rückwärtigen, von Gummibäumen geschützten Dachterrasse zu frühstücken. Sie hatte sich so darauf gefreut, bei Kaffee und Toast am Holztisch die Morgenzeitung zu lesen. Sinker würde in ihrer Nähe herumstreunen, in der üblichen Hoffnung, einen der Vögel zu fangen, die seine Jagdversuche verspotteten. Die Regenbogenpapageien, herrlich gefiederte Loris in Blau, Grün, Violett und Orange, verhöhnten den schwarzweißen Sinker mit lautem Gekreische.

Heute morgen würde sie auf ihre kleinen Freuden verzichten müssen, die ihr dabei halfen, sich für den Berufsverkehr zu wappnen, der von Woche zu Woche dichter zu werden schien. Sie duschte rasch, stürzte beim Anziehen einen schwarzen Kaffee hinunter und vergewisserte sich, daß Sinker gut versorgt war, als das Telefon wieder klingelte.

„Carol Ashton."

„Doch nicht etwa die unvergleichliche Kriminalkommissarin Carol Ashton?“

„Höchstselbst.“ Carol grinste unwillkürlich. „Und vermutlich habe ich es mit der bemerkenswerten FBI-Agentin Leota Woolfe zu tun.“

„Bingo. Carol, ich bin morgen in Sydney auf einer Konferenz über internationalen Terrorismus und hoffe, daß du einen Abend – vielleicht auch mehr – für mich freihalten kannst. Entschuldige, daß ich dich derart überfalle, aber ich habe gerade erst erfahren, daß ich an dieser Konferenz teilnehmen soll.“

„Für dich, Leota, verschiebe ich jeden Termin meiner gedrängten gesellschaftlichen Verpflichtungen.“ Die Flachserei bestürzte Carol fast.

„Ich wohne im Hotel Wallitz und rufe dich an, sobald ich in Sydney bin und weiß, wann ich mich loseisen kann. Natürlich erwartet man, daß ich rund um die Uhr verfügbar bin, aber ein Päuschen muß mir schon gegönnt sein, oder nicht?“

„Allerdings. Dann erwarte ich deinen Anruf.“

Während Carol zu ihrem Wagen auf dem Stellplatz an der Straße eilte, sah sie Leota vor sich, ihre dunkle Haut, den kompakten Körper, und spürte direkt ihre leidenschaftlichen, doch bedächtigen Küsse. Carol hatte Leota in den Vereinigten Staaten auf einem Fortbildungskurs in Quantico, Virginia, kennengelernt. Inzwischen war ihre Beziehung sehr viel mehr als gegenseitige Anziehung, trotzdem hatte Carol bewußt jeden Gedanken an die Zukunft verdrängt, selbst als Leota ihre Versetzung nach Australien erreicht hatte. Seit einigen Monaten arbeitete Leota in Canberra als eine der FBI-Agentinnen und Agenten, die Verbindung zur australischen Regierung hielten.

Sie maß ihr von Bäumen umstandenes Haus mit einem letzten bedauernden Blick, ehe sie sich auf die Situation konzentrierte, die sie erwartete. Der Unfallort bedeutete mit Sicherheit, daß der Abgestürzte tot war – die Klippen überragten den felsigen Grund um mindestens hundert Meter.

Der Sydney Harbour National Park lag nur zwanzig Minuten von ihrem Haus in Seaforth entfernt. Carol zischte die Sydney Road entlang, resigniert sah sie den dichten Verkehr auf der anderen Straßenseite, der sich am Flaschenhals der Spit Bridge staute. Sie fuhr durch die Geschäftsstraße von Manley und brauste dann über die Darley Road, die steil zum imposanten St. Patricks College hinauf und dann an den schmucklosen Gebäuden des Krankenhauses von Manley vorbei führte.

Oben auf der Anhöhe bog Carol in die schmale Panoramastraße auf den Klippen des North Head. Zu ihrer Rechten lag das Buschland, zur Linken die anonymen Wohnblocks, die zur North Head-Kaserne gehörten. Kurz darauf schloß sich eine hohe Mauer mit Glasscherbenkante an, die wohl ein Drübersteigen verhindern sollte. Für Touristen war es noch zu früh am Tag. Carol sah nur wenige Fahrzeuge auf der Straße, wußte aber, daß, sobald die Sache in den Nachrichten kam, der Ort der Tragödie auf viele Menschen eine magische Anziehung ausübte.

Da sie nach den Streifenwagen Ausschau hielt, hatte Carol keine Augen für die phantastische Aussicht auf den Hafen von Sydney und in der Ferne dahinter die Hochhäuser der City. Die Vegetation, hier oben den rauhen Winden vom Meer ausgesetzt, verkrüppelte zusehends, je weiter sie übers Hochland fuhr.

Die Panoramastraße endete in einer Schleife, die den gesamten Verkehr wieder in die Richtung zurückführte, aus der er gekommen war. Auf dem Parkplatz daneben sah Carol zwei Streifenwagen, einen schwarzen Geländewagen, auf dessen Rücksitz zwei Leute saßen, und eine Reihe anderer Wagen, einer davon weit entfernt in der Ecke. Ein Wachtmeister, der viel zu jung für eine Uniform wirkte, würde eventuelle Aussichtsbetrachter zurückweisen.

„Sie können hier nicht parken", blaffte er Carol an, dann wurde er rot. „Oh, entschuldigen Sie, Kommissarin, ich hab' Sie nicht gleich erkannt."

„Ich bin's. Wo ist es passiert?"

Er streckte den Arm aus. „Da entlang, folgen Sie dem Pfad, und dann sehen Sie schon den Rettungswagen. Sie können es nicht verfehlen."

„Abgesehen von den Streifenwagen, können Sie Rechenschaft über all diese Fahrzeuge ablegen?"

Er runzelte die Stirn, dann dämmerte es ihm. „Sie meinen, ob irgendwer hier oben uns unbekannt ist?"

„So ungefähr."

„Der Toyota-Geländewagen gehört dem Typ, der von der Klippe gefallen ist. Auf der Rückbank sitzt seine Frau mit Sid, der versucht, sie zu beruhigen. Der Wagen dort gehört Inspektor Dent."

„Und der in der Ecke?"

„Weiß ich nicht."

Carol unterdrückte ihre Ungeduld. „Geben Sie das Kennzeichen durch und lassen Sie den Besitzer ermitteln."

„Schon unterwegs", sagte er.

Sie parkte und eilte durch das Buschwerk. Nur robuste Pflanzen konnten auf so kargem Boden und unter den schroffen Bedingungen des Hochlands existieren. Wie zum Beweis peitschte eine eisige Brise über den Klippenrand empor und drückte das Buschwerk nieder. Carol hielt sich die Jacke zu. Auf dem geschützten Parkplatz war die Sonne warm gewesen, hier pfiff ein beißender winterlicher Wind.

Sie trat zu der schweigenden Versammlung, die über die Klippen nach unten starrte. Es waren zwei Streifenpolizisten, ein Mann und eine Frau, wahrscheinlich vom Revier in Manley, und einige Leute vom polizeilichen Rettungsdienst. Der Arzt war noch nicht eingetroffen, auch die Leute von der Spurensicherung waren noch nicht da.

Der Rettungswagen stand mit dem Heck am Sicherheitszaun, das Drahtseil der starken Winde war über den Rand herabgelassen, ebenso die Kletterseile. Carol war schwindelfrei, aber als sie in den Abgrund starrte, wo zwei Bergungsmänner sich abseilten, wurde selbst ihr blümerant.

Die Sandsteinklippen, unter dem Dauerangriff der Elemente, zerbröselten allmählich. Riesige Felsbrocken waren herabgestürzt, tief unten auf einem Felsen lag mit ausgebreiteten Armen und Beinen eine Gestalt. Sie wirkte wie eine weggeworfene Spielzeugpuppe, und die beiden an den schwankenden Seilen hängenden Männer schienen jeden Moment abstürzen zu können.

Der Mann im Overall neben Carol, der das Drahtseil mit der Trage herunterließ, auf der das Opfer hochgehievt werden sollte, blickte sie an und grinste. „Na, wie geht's, Carol?"

Sie kannte Vance Leroy seit vielen Jahren. „Gut", antwortete sie, „und Ihnen, Vance?"

„Kann nicht klagen. Bis jetzt hat mich die Integritätskommission noch nicht am Wickel gehabt."

Carol verzog das Gesicht. Die Polizei von Sydney steckte schon wieder mitten in einem Korruptionsskandal. Mehrere Polizisten, mit denen zusammen sie in der Ausbildung gewesen war, waren der Kommission ins Netz gegangen.

Ihre Unterhaltung brach den Bann des Schweigens, der die über die Klippe starrende Gruppe befallen hatte. Ein stämmiger Mann in verknittertem braunen Anzug streckte ihr seine fleischige Hand entgegen. „Inspektor Richie Dent, Revier Manley." Seine eng beieinanderliegenden Augen standen leicht schräg, was ihm einen leidenden Ausdruck gab. „Ich glaube, wir kennen uns noch nicht."

„Carol Ashton."

Er grunzte amüsiert. „Das brauchen Sie mir nicht zu sagen, Kommissarin. Sie sind berühmt, wissen Sie."

Sie überhörte seinen spöttischen Unterton und musterte die Frau an seiner Seite. Dent wedelte mit der Hand. „Und dies ist Wachtmeisterin Karrie North, sie ist ganz neu bei uns. Und wir sind froh, daß wir sie haben, hm, Karrie?"

Wachtmeisterin North bedachte ihn mit einem kalten Blick, dann nickte sie Carol höflich zu. Sie war groß und wirkte linkisch, als sei mit ihrem Körper irgend etwas nicht so, wie es sein sollte. Oder vielleicht, dachte Carol, hielt sie sich auch nur so komisch, als sei ihr bewußt, daß sie möglicherweise wo aneckte, wenn sie nicht scharf aufpaßte.

Dent sagte: „Sie werden mit der Frau des Opfers reden wollen, Kommissarin. Ich habe sie gebeten, auf dem Parkplatz im Wagen sitzenzubleiben."

„Hat sie ihren Mann abstürzen sehen?"

Er schüttelte den Kopf. „Sie sagt, es sei ihr zu kalt gewesen, deshalb habe sie im Wagen gewartet, während er mit seinem Feldstecher losmarschiert ist. Er war Kapitän, jetzt im Ruhestand, sagt sie, und sei mehrere Male pro Woche hierhergekommen, um die Schiffe zu beobachten."

Carol blickte sich um. Sie erinnerte sich an die Zeit, als hier oben am Klippenrand noch kein Sicherheitszaun verlief, der war erst in den letzten Jahren an den schönsten Aussichtspunkten angebracht worden. Dort, wo sie standen, war er hüfthoch und leicht zu übersteigen. Die Felskante dahinter war etwa einen Meter breit, dann ging's steil bergab.

„Wissen wir genau, von wo er abgestürzt ist?"

Dent deutete mit dem Daumen auf den Bergungsdienst der Polizei. „Fragen Sie die. Die sind die Experten."

Vance Leroy war voll mit dem Herunterlassen des Drahtseils beschäftigt, deshalb wandte sich Carol an einen der Männer im Overall.

„Ja, Kommissarin, das haben wir festgestellt, ehe wir das Fahrzeug geparkt haben. Wir wollten schließlich keine Spuren zertrampeln, nicht? Trotzdem – hier werden Sie nicht viel finden, schätze ich." Er zeigte auf das andere Ende des Zauns. „Dem Aufprall zufolge müßte er unserer Meinung nach ungefähr dort abgestürzt sein."

„Haben Sie das Inspektor Dent gesagt?" fragte Carol, indem sie ihre wachsende Irritation unterdrückte.

„Sicher." Der Mann grinste sie an. „Das hat ihn nicht sonderlich interessiert."

Carol dankte, nahm die Stelle kurz in Augenschein, ohne zu dicht an den Zaun zu treten, dann ging sie zu Dent zurück. „Ich möchte, daß der ganze Bereich abgesperrt wird."

Gelangweilt antwortete Dent: „Sorgen Sie dafür, Karrie, ja?" Er vergrub die Hände in seinen Taschen und pfiff lautlos vor sich hin.

Eine derart passiv-aggressive Haltung erlebte Carol nicht zum erstenmal. Manche Polizisten aus den Vororten hatten diese Wir-gegen-den-Rest-der-Welt-Einstellung, wenn das Landeskriminalamt sich in ihr Revier einschaltete. Sie kam zu dem Schluß, daß es nur Wasser auf Dents Mühle wäre, wenn sie ihn zurechtwies, deshalb fragte sie ihn zur Sache: „Haben Sie das Gefühl, es könnte sich um Selbstmord handeln?"

„Ein Springer?" Dent zog seine mächtigen Schultern hoch. „Das habe ich seine Frau schon gefragt, doch die wollte nichts davon wissen. Sie scheint zu glauben, er sei runtergestoßen worden, nur hat sie keine Ahnung, von wem und wieso." Seine Art machte klar, daß er ihre Meinung nicht der Rede wert fand.

„Irgendwelche Zeugen?"

„Nichts da. Oder zumindest wurde niemand gesichtet."

„Vielleicht könnte Ihr Streifenpolizist sich mal rasch auf die Suche machen."

Dents Miene verfinsterte sich, offensichtlich empfand er Carols Vorschlag als Kritik. „Sehen Sie", sagte er, „dieser Typ stand zu nah am Rand und stürzte runter. Oder vielleicht ist er tatsächlich gesprungen. Wer weiß?" Eigentlich meinte er, *wen interessiert das schon?*

„Auf dem Parkplatz steht ein unidentifizierter Wagen, somit könnte es durchaus sein, daß ein Zeuge etwas gesehen hat."

Er grunzte ungeduldig, rief die beiden Streifenpolizisten zu sich und ordnete eine sofortige Suche auf dem Hochland an, dann wandte er sich an Carol: „Zufrieden?"

Seine Überheblichkeit amüsierte Carol auf zynische Weise, sie bedachte ihn mit einem halben Lächeln, was ihn aus der Fassung zu bringen schien, aber in diesem Moment wurde die Trage mit der leblosen Gestalt über den Rand gehievt und ersparte ihm die Antwort. Vance ließ sie neben dem Fahrzeug zu Boden und hakte die Drahtseile los.

Die Gestalt war in eine wasserdichte Plane gewickelt und mit Gurten auf der Trage festgeschnallt. Vance löste den obersten Gurt und schlug die Plane zurück. „Wollen Sie einen Blick drauf werfen?“ Sie wußte, daß ihr das nicht weiterhalf. Die Obduktion würde die Todesursache feststellen: vermutlich tödliche Verletzungen beim Aufprall. Natürlich bestand noch die Möglichkeit, daß Trelawney vor dem Sturz erschossen oder erstochen worden war.

Er war aufs Gesicht gestürzt, das nicht mehr zu erkennen war. Carol glaubte, er habe einen Bart gehabt. Obwohl sein Schädel zerschmettert war, ließ sich sein stahlgraues Haar noch klar erkennen. Die Reste seiner Brille hingen an der Kordel um seinen Hals.

„Der Arzt ist da“, sagte Dent.

Hinter dem Polizeiarzt sah Carol erfreut Liz Carey, die Leiterin des Teams von der Spurensicherung, und drei von ihren Leuten. Liz, klein, vierschrötig und brüsk, sagte: „Morgen, Carol. Haben Sie eine Ahnung, von wo er abgestürzt ist?“

Carol deutete zu Karrie North, die gerade den Bereich mit einem Absperrband sicherte. „Der Bergungstrupp meint, dort drüben.“

Liz dirigierte ihr Team, das sich sogleich ans Werk machte. Wie Liz des öfteren sagte: „Bei mir wird gespurt“, wer ihren Qualitätsanforderungen nicht genügte, blieb nicht lange in ihrem Team.

„Ein schöner Tag für so etwas“, sagte Liz zu Carol und blinzelte in den Himmel.

Dort oben segelte mit ausgebreiteten Schwingen ein grauer Seeadler im Aufwind vom Wasser her. Carol bildete sich ein, daß der Vogel sie beobachtete und sich darüber amüsierte, daß die Menschen sich mit Seilen und Geräten abmühten, um Höhen und Tiefen zu erreichen. Plötzlich faltete er die Schwingen und verschwand fast senkrecht im Sturzflug auf eine Beute, die nur er sehen konnte.

Carol hätte am liebsten den schönen Tag und die Aussicht in Ruhe genossen. Sie kannte North Head gut, denn sie war oft hiergewesen. Wenn sie in Sydney Besuch bekam, führte sie ihre Gäste gern hier herauf, um ihnen das herrliche Panorama von Wasser, Hochland und Stadt zu zeigen. Zusammen mit South Head, dem Äquivalent im Süden, bildete das nördliche Hochland die spektakuläre Hafeneinfahrt von Port Jackson, die steilen Sandsteinklippen stürzten in die blauschwarze Tiefe des Ozeans. Oft hatte Carol nach heftigen Stürmen von hier oben die mächtigen Brecher beobachtet, die vom Pazifik auf die Küste zurollten, wobei der Wind ihr die salzige Gischt der Brandung über hundert Meter hoch ins Gesicht blies.

Die beiden Bergungsleute, die dafür gesorgt hatten, daß der Leichnam heraufgehievt worden war, kletterten gerade über den Felsrand und holten die Seile ein. Liz und Carol gingen zu ihnen, um sie über ihre Beobachtungen hinsichtlich des Toten und den Aufprallort zu befragen. „Hier", sagte der eine und reichte Liz eine Handvoll Polaroidfotos. „Ich dachte, Sie würden nicht so gern selbst da runtersteigen, und außerdem kommt die Flut, deshalb haben Doug und ich ein paar Aufnahmen für Sie gemacht."

Erfreut nahm Liz die Bilder und sah sie rasch durch. „Alle Achtung, Kollegen. Wäre es zuviel erhofft, daß Sie sich auch noch gründlich umgesehen haben?"

„So gut es ging – unter den Umständen. Wir mußten den Typ hochkriegen, bevor die Flut ihn wegspült. Ich hab' nichts Ungewöhnliches gesehen." Er blickte seinen Kollegen an. „Und du, Greg?"

„Ganz und gar nichts."

Liz verzog den Mund und sagte zu Carol: „Als Tatort ist das hoffnungslos, und ich glaube auch nicht, daß wir hier oben viel finden werden. Wissen Sie, ob es ein Unfall war oder etwas Interessanteres?"

„Ich bete um einen Unfall", antwortete Carol aus tiefster Seele. „Etwas Interessanteres kommt mir im Moment überhaupt nicht gelegen."

2

Während Carol zum Parkplatz zurückging, genoß sie den Augenblick des Alleinseins, nur der Wind und der heisere Schrei einer Seemöve begleiteten sie. Als sie sich dem schwarzen Toyota näherte, öffnete ein uniformierter Polizist die Hintertür und stieg sichtlich erleichtert aus. „Ein bißchen hysterisch ist sie.“ Dann starrte er Carol an und fügte hastig hinzu: „Kommissarin Ashton.“

Auf Anonymität konnte Carol schon längst nicht mehr hoffen. Im Lauf der Jahre hatte sie allzu viele prominente Fälle gehabt, die in den Medien ausgewalzt worden waren. Insofern wurde sie nicht nur von Polizisten erkannt, sondern von den Leuten im allgemeinen.

Sie nahm den Polizisten beiseite und fragte, ob die Frau etwas Interessantes gesagt hätte. Er schüttelte den Kopf. „Sie war völlig aufgelöst, wissen Sie, hat geweint und gesagt, daß sie ihn immer gewarnt habe, er solle vorsichtig sein. Solche Sachen.“

Evelyn Trelawney wirkte sehr erleichtert, als Carol sich zu ihr setzte. „Oh, ich bin so froh, daß Sie eine Frau sind – wenn Sie wissen, was ich meine. Obwohl er versucht hat, mir zu helfen, aber...“ Sie gestikulierte fahrig mit der Hand. „Männer... sie verstehen nicht wirklich, nicht wahr?“

Evelyn Trelawney hatte eine piepsige Stimme, spindeldürre Arme und Beine und eine Hühnerbrust, die Carol immer mit chronischem Asthma assoziierte. Sie trug einen Tweedrock mit lila Bluse und eine Strickjacke in etwas dunklerem Ton. Sie hatte weiches graues Haar, blaßblaue Augen, aus denen Angst und der Wunsch zu gefallen sprachen. Augen und Nase waren vom Weinen gerötet, sie hielt einen Klumpen nasser Papiertaschentücher in der Hand.

Carol stellte sich vor, und die Frau nickte. „Möchten Sie einen Kaffee?" fragte sie und zeigte auf die große verchromte Thermosflasche. „Der Käptn hat immer gern Kaffee getrunken, wenn er von seiner Beobachtung zurückkam. Wir sind wöchentlich zwei-, dreimal, manchmal sogar viermal hierhergefahren. Er war viele, viele Jahre lang Kapitän. Und dies war sein Hobby, wissen Sie, die Schiffe zu beobachten. Das interessierte ihn immer sehr."

Für gewöhnlich ganz versessen auf Kaffee, erschien Carol der Gedanke, den Proviant des Toten zu trinken, ziemlich makaber. „Nein, danke." Dann kam ihr die Idee, daß womöglich etwas in den Kaffee gemischt worden sein könnte, das seinen Absturz erklärte, deshalb fragte sie: „Hat Ihr Mann Kaffee getrunken, bevor er losgegangen ist?"

„Aber nein! Der Käptn hatte seine festen Gewohnheiten. Er trank prinzipiell nur *nach* seiner Beobachtung Kaffee. Niemals vorher."

„Haben Sie ihm bei seinen Beobachtungen Gesellschaft geleistet?"

„Ja, manchmal. Natürlich war ich dann mucksmäuschenstill. Der Käptn wollte nicht in seiner Konzentration gestört werden. Aber heute morgen war es so kalt, und ich schniefe so leicht, wenn mich schaudert, deshalb bin ich hier sitzen geblieben, als er..."

Sie unterbrach sich, Tränen standen in ihren Augen.

„Somit haben Sie nichts gesehen?"

„Nein. Aber als er so lange wegblieb, bin ich ihn suchen gegangen." Ein Schluchzen schüttelte ihren Körper. „Sein Lieblingsplatz, ich ging hin und sah ihn nicht, und dann schaute ich über die Kante, ohne wirklich zu denken, daß..."

„Mein Beileid zu Ihrem Verlust. Aber ich hoffe, Sie verstehen, daß ich Ihnen diese Fragen stellen muß."

Evelyn Trelawney schnäuzte sich die Nase, dann tätschelte sie Carol die Hand. „Ich verstehe das. Sie tun nur Ihre Arbeit."

„Ist Ihr Mann je über den Zaun gestiegen, um bessere Aussicht zu haben?"

„Ja, immer. Er hatte für sowas wie Sicherheitszäune überhaupt keinen Sinn. Er sagte, jeder solle für seine eigene Sicherheit sorgen. Da war er ganz unerbittlich."

„Und heute morgen? Wirkte er völlig normal?"

„Normal?" fragte Evelyn defensiv. „Wieso sollte er nicht normal gewesen sein?"

„Was ich meine, ist, hat Ihren Mann vielleicht irgend etwas beschäftigt, oder fühlte er sich nicht ganz wohl?"

Carol erntete einen scharfen Blick. „Was meinen Sie damit? Daß ihm schwindlig wurde oder so?"

„Es wäre eine Möglichkeit."

„Der Käptn war völlig gesund. Er ist in seinem ganzen Leben kaum einen Tag krank gewesen."

Daß Trelawneys Gesundheit sie irgendwie aufbrachte, überging Carol, sie wechselte das Thema: „Haben Sie irgendwen hier oben gesehen? Oder irgendein Fahrzeug? Irgend etwas Ungewöhnliches?"

Evelyn Trelawney schüttelte entschieden den Kopf. „Absolut nichts. Aber ich hab' lange hier gesessen und nachgedacht, und ich weiß, was passiert ist." Ihr sanftes Gesicht wirkte grimmig entschlossen. „Das konnte ich aber dem jungen Mann nicht sagen. Ich mußte mit jemandem sprechen, der mich verstehen würde." Sie beugte sich zu Carol. „Eine wie Sie, Kommissarin."

„Bitte, sagen Sie's mir."

„Es könnte Dianne gewesen sein, wissen Sie. Sie hat den Käptn immer gehaßt. Dianne hätte ihm hier oben auflauern und ihn dann die Klippe runterstoßen können." Sie blickte Carol hoffnungsvoll an. „Sie werden sie vernehmen, nicht wahr? Ich möchte nicht, daß sie ungeschoren davonkommt."

„Und Dianne ist...?"

„Die Tochter des Käptn." Sie hob ihre mageren Hände. „Nicht meine Sippschaft, gottseidank! Ein Kind aus seiner ersten Ehe."

„Haben Sie Dianne tatsächlich heute morgen hier gesehen?"

Evelyn schüttelte heftig den Kopf. „O nein. Dafür ist sie

viel zu schlau.“ Sie drückte Carols Hände mit erstaunlicher Kraft. „Sie glauben mir doch, nicht wahr?“

Wie oft sie das gefragt worden war, zählte Carol schon nicht mehr. Und häufig von Menschen, die es auf eine überzeugende Lüge angelegt hatten. Zu diesem Zeitpunkt hatte sie keine Ahnung, ob die Anschuldigung Evelyns Überzeugung entsprach oder ihrem Wunschdenken oder dem gehässigen Versuch, eine mißliebige Person zu verleumden.

Carol entschied sich für die Diplomatie und sagte beschwichtigend: „Wir werden alles genauestens untersuchen.“

Hier oben gab es für Carol nichts mehr zu tun. Als Evelyn ihr anvertraute, daß der Käptn sie noch nie ans Steuer des Geländewagens gelassen hatte, bat Carol einen der Streifenpolizisten, den Toyota zum Revier nach Manley zu fahren, sie selbst nahm Evelyn mit. Soeben rückte die Presse an und auch die ersten Neugierigen, die sehen wollten, was los war.

Nachdem sie den Pulk passiert hatten, erkundigte sie sich genauer nach Trelawneys Tochter. Evelyn ließ sich nicht lange bitten. Dianne Beaton war John Trelawneys einziges Kind, sie war zehn, als er sich von ihrer Mutter trennte. Die Scheidung war eine bittere Sache gewesen. Die Feindseligkeit bestand bis zum Tod von Diannes Mutter.

„Ruth und der Käptn haben nie wirklich zusammengepaßt“, erklärte Evelyn. „Und dann verliebte er sich natürlich in mich, wissen Sie.“ Sie weinte jetzt nicht mehr und wirkte, abgesehen vom gelegentlichen Zittern ihrer Lippen und dem eigentümlichen Schniefen, sehr viel gefaßter. „Seine erste Frau – sie war ziemlich laut. John konnte laute Frauen nicht ausstehen. Ruth hat mir vorgeworfen, ich hätte ihr den Mann weggenommen, doch das stimmte natürlich nicht. Lachen Sie nicht, aber als wir uns kennenlernten, sagte er mir, daß er eine echte Seelenverwandtschaft gefunden hätte. Das hat Ruth nie verstanden. Bis zu ihrem Tod hat sie mir den Vorwurf gemacht.“

Carol verbiß sich die Frage, warum der Käptn denn eine laute Frau geheiratet hatte, wenn er ein solches Wesen nicht ausstehen konnte. Sie erkundigte sich nach der Adresse der Tochter.

„Double Bay. Dianne könnte sich diese Gegend nicht leisten – sie ist leichtsinnig, wissen Sie –, hätte ihr Ex ihr nicht bei der Scheidung das Haus überschrieben."

„Hat der Käptn seine Tochter regelmäßig gesehen?"

„O ja. In diesen Dingen war der Käptn pedantisch. Er nahm seine Vaterpflichten sehr ernst, auch wenn es Dianne an der entsprechenden Achtung mangelte, die sie ihm schuldete."

„Und sie haben sich in letzter Zeit gut verstanden?"

Evelyn faltete die Hände und starrte auf sie herab. „Ich glaube, das müssen Sie Dianne selbst fragen. Ich weiß nur, daß ihr Vater wütend auf sie war, und –" Sie brach ab und sah Carol an. „Es fällt mir nicht leicht, sie zu beschuldigen, wissen Sie. John hat gedroht, sie zu enterben. Ich weiß keine Einzelheiten. Solche Dinge hat er nicht mit mir beprochen."

„Und hat er sein Testament geändert?"

„Nein, sicher nicht." Mit konsterniertem Gesicht sagte sie: „O je. Vermutlich gehört es sich, daß ich sie anrufe und ihr sage, was passiert ist, auch wenn sie es insgeheim bereits weiß..."

Carol sah, wie sich ihre Augen wieder mit Tränen füllten, und sagte rasch: „Ich übernehme das."

„Das würden Sie tun? Da danke ich Ihnen vielmals. Sie hatte immer Ressentiments mir gegenüber, fürchte ich."

Auf dem Revier wurde Evelyn Trelawneys Aussage getippt und unterschrieben. Wachtmeisterin North, die die Witwe im Toyota nach Hause fuhr, ließ einen Streifenwagen folgen, der sie zurückbrachte.

Als Evelyn sich von Carol verabschiedete, sagte sie: „Er war ein stattlicher Mann, der Käptn. Die Leute sahen zu ihm auf. Er war eine Persönlichkeit, die man automatisch respektierte, wenn Sie wissen, was ich meine. Sie werden mir doch die Fotos zurückgeben, nicht wahr?"

„Selbstverständlich. Es ist nur eine Formalität, Sie darum zu bitten."

Evelyn nickte beruhigt und ließ sich hinausführen.

Double Bay war nur wenige Kilometer vom Präsidium entfernt, deshalb rief Carol Bourke an, informierte ihn über die Ereignisse des Morgens und bat ihn, Dianne Beaton aufzusuchen. Evelyn hatte Carol versichert: „Dianne arbeitet nämlich nicht, sie tut auch nichts Sinnvolles, außer in ihrem Haus herumzupusseln. Und Dianne hat viel Zeit gehabt, heute morgen nach Hause zu kommen, nachdem..." Hier hatte Evelyns Stimme versagt, sie war erneut in Tränen aufgelöst.

„Mark, wenn du Ms. Beaton vom Tod ihres Vaters in Kenntnis setzt, beobachte ihre Reaktion. Evelyn Trelawney traut ihr einen Morgentrip auf diese Seite des Hafens zu mit dem Ziel, ihren Vater umzubringen. Das erscheint vielleicht im ersten Moment weithergeholt, aber man weiß ja nie."

„Fürwahr, fürwahr", sagte Bourke lachend. „Diese engen Familienbande prädestinieren geradezu, daß Leute zu Mördern werden."

Als Carol sich anschickte, ins Präsidium zu fahren, wurde sie von Inspektor Dent aufgehalten. Unwirsch erklärte er: „Dieser Wagen auf dem Parkplatz gehört einem gewissen Reginald Munson. Nachdem wir eine Weile gesucht haben, fanden wir ihn auf halber Höhe der Steilküste mitten im Gebüsch." Er grinste höhnisch. „Er behauptet, Hobbyornithologe zu sein, aber ich glaube, er ist ein Perverser."

„Und was für ein Interesse sollte einen Perversen an einem kalten Morgen so früh ausgerechnet dorthin verschlagen?"

Dent zuckte die Achseln. „Fragen Sie ihn doch selbst. Er ist auf dem Weg hierher."

„Ist er vorbestraft?"

Wieder zuckte er irritiert die Schultern. „Scheint nicht so. Vielleicht hat man ihn aber auch bisher nur noch nicht geschnappt."

Reginald Munson war ein sanfter Mann mit Hängeschultern in abgetragenem Dufflecoat und alten Jeans. Er hielt einen Feldstecher im Etui in einer Hand und eine verblichene Baseballkappe in der anderen. Zögernd betrat er den Verhörraum. Sein Blick glitt über das kärgliche Mobiliar – einen Tisch und ein paar ramponierte Stühle – zu den etwas schmuddeligen Wänden, dem abgetretenen Bodenbelag zu Dent und schließlich zu Carol. Sie stellte sich vor und bat ihn, Platz zu nehmen. Als er seinen Mantel ablegte, kam ein bunter handgestrickter Pullover zum Vorschein, offensichtlich aus Wollresten fabriziert.

„Hören Sie", sagte er und versuchte, trotzig zu wirken, sah aber eher besorgt aus, „ich hab' nichts getan. Sie haben keine Veranlassung, mich aufs Revier zu bringen."

„Ein Mann ist heute morgen von den Klippen gestürzt."

„Ja? Und? Was sehen Sie mich an? Ich weiß nichts darüber."

Dent war stehengeblieben. Mit in den Taschen vergrabenen Händen baute er sich vor Munson auf. „Was hatten Sie da am North Head zu suchen, versteckt in den Büschen?"

„Das hab' ich dem anderen Polizisten schon gesagt – ich habe Vögel beobachtet. Ich bin dort ganz oft."

„Was für Vögel sollen das sein? Junge, attraktive?"

Munson gelang ein mattes Lächeln. „Die gefiederte Art. So früh am Morgen würde man doch keine Mädchen zu sehen bekommen." Er beugte sich vor und zog ein Notizbuch aus seiner Gesäßtasche. „Schauen Sie sich das an. Ich notiere mir alle Vögel, die ich sehe."

Mit verächtlichem Grunzen tat Dent seine Meinung über das Notizbuch kund. „Sie sind schon mal auffällig geworden?"

„Nein!" Munson schluckte. „Ich habe einmal einen Strafzettel wegen Geschwindigkeitsübertretung bekommen... Das ist alles."

Noch ehe Dent fortfahren konnte, griff Carol ein. „Wenn Sie oft auf dem Hochland sind, Mr. Munson, sehen Sie bestimmt auch andere Leute, die regelmäßig dorthin kommen."

„Kann sein", antwortete er vorsichtig, „aber ich kümmere mich nicht drum. Ich bin nicht besonders redselig."

„Bloß verstecken und beobachten, was?" höhnte Dent.

Carol ignorierte ihn und fragte Munson: „Haben Sie andere Autos gesehen?"

„Ich bin an einem Wagen vorbeigekommen, der in einer Parkbucht stand. Wissen Sie, an einem der Aussichtspunkte."

Carol wollte Genaueres hören, doch Munson wußte nicht mehr zu sagen, als daß es ein ganz gewöhnlicher PKW gewesen war, blau, glaubte er, in dem sich niemand befunden hatte.

Carol fiel ein, daß Evelyn Trelawney erklärt hatte, sie hätte kein anderes Auto gesehen, deshalb fragte sie: „Als Sie Ihren Wagen geparkt haben, waren dort andere Fahrzeuge?"

„Ein schwarzer Toyota. Ein dicker Geländewagen. Ich wollte nichts damit zu tun haben, deshalb parkte ich am anderen Ende."

Dent, der auf seinen Fußspitzen wippte und vor sich hinpfiff, griff ein: „Sie haben sich versteckt, stimmt's?"

„Ich hab' mich nicht versteckt, aber die beiden hätten mich sowieso nicht gesehen. Sie haben sich mächtig gestritten, oder zumindest hat dieser alte Knabe seine Frau angebrüllt. Ich nehme an, daß sie seine Frau war, ist ja auch egal, jedenfalls war er völlig außer sich, und sie hat geweint."

„Das konnten Sie wohl kaum hören, schließlich saßen sie ja im Wagen", bemerkte Dent.

„Sie waren beide ausgestiegen. Ich habe gesehen, wie der Mann ihren Arm packte und sie mit sich zog, aber sie weigerte sich. Er war ganz rot im Gesicht und hob die Hand, ich dachte schon, er wollte sie schlagen." Munson machte ein schuldbewußtes Gesicht. „Sie denken vermutlich, ich hätte dazwischengehen sollen, und das hätte ich auch getan, doch dann brüllte der Alte so etwas wie ‚Leck mich am Arsch' und ging los."

Dents Ausdruck zeigte, daß er ihm diese Geschichte nicht abkaufte. „Und was geschah dann?"

„Die Frau setzte sich wieder in den Wagen. Mich ging die Sache ja nichts an, deshalb machte ich einen Umweg und mied die beiden."

„Haben Sie sie vorher schon einmal gesehen?" fragte Carol.

„Ja, ich glaube. Aber wie ich schon sagte, ich fahre nicht dahin, um mich mit Leuten zu unterhalten. Ich interessiere mich nicht für sie. Genau gesagt, ich meide sie. Sie verscheuchen die Vögel."

Weitere Fragen erschütterten Munsons Geschichte nicht. Er hatte niemanden gesehen oder gehört und nichts Ungewöhnliches bemerkt.

„Dann tauchten Ihre Leute auf", sagte er zu Dent und fügte verärgert hinzu: „Gerade als ich einen Emu-Wren entdeckt hatte, aber ihr Polizisten habt ihn verscheucht."

In diesem Moment schlüpfte Karrie North lautlos ins Zimmer. Sie reichte Dent zwei Fotos. Er warf einen Blick darauf, bedeutete ihr zu gehen und übergab Carol die Fotos.

Das größere war offensichtlich die Porträtaufnahme eines Fotografen, das kleine ein Schnappschuß, auf dem der Käptn vermutlich im Garten hinter seinem Haus stand. Auf beiden Bildern blickte er mit ernstem Gesicht direkt in die Kamera. Sein stahlgraues Haar war akkurat gescheitelt, seine Haltung gerade, und unter einer knochigen Nase trug er einen silbernen Schnurbart. Seine Frau hatte recht gehabt, als sie ihn einen stattlichen Mann genannt hatte. Wahrscheinlich war John Trelawney in jungen Jahren ein fescher Bursche gewesen. Sie legte Munson die Bilder vor. „Erkennen Sie den Mann?"

„Ja, sicher. Das war der Typ, der sich auf dem Parkplatz mit seiner Frau gestritten hat." Und etwas scherzhaft fügte er hinzu: „Ein Hund isser schon."

„Ein toter Hund", bemerkte Dent bissig. „Sind Sie sicher, daß Sie ihn nicht runtergeschubst haben?"

„Ich war überhaupt nicht in seiner Nähe. Warum sollte ich?" Er blickte Carol hilfesuchend an. „Ich hab' den Typ ja nicht mal gekannt."

„Hmmm", sagte Dent, rollte sich von den Fersen auf die Zehen, die Hände in den Taschen.

„Hören Sie, ich will raus. Sie können mich nicht festhalten."

Dent starrte ihn eine Weile finster an, dann sagte er: „Wir brauchen Ihre unterschriebene Aussage, dann können Sie gehen." Er beugte seinen bulligen Körper über den Sitzenden. „Haben Sie damit ein Problem?"

Munson hob abwehrend die Hände, als wolle Dent ihn schlagen. „Okay, okay!"

Carol verzog keine Miene. Sie haßte solche Schikanierer, und Richie Dent hatte sichtlich Freude daran, seine Zeugen einzuschüchtern. „Ich möchte, daß Sie mir sobald wie möglich eine Kopie von Mr. Munsons Aussage faxen", sagte sie.

„Sie verlassen uns, Kommissarin?" Dent grinste fast.

Daß er so offensichtlich erleichtert war, sie loszuwerden, amüsierte Carol. „Es sei denn, da wäre noch etwas..."

„Wir haben alles unter Kontrolle."

Carol suchte Wachtmeisterin North und bat sie, dafür zu sorgen, daß Evelyn Trelawney ihre Fotos zurückbekam, sobald sie eingescannt waren. Dann ging sie zu ihrem Wagen.

Der Verkehr hatte sich mittlerweile auf Normalmaß reduziert, so daß sie den herrlichen Blick über Middle Harbour genießen konnte, als sie zur Spit Bridge hinunterfuhr. Dann sichtete sie den grauen Bügel der Sydney Harbour Bridge und freute sich über die unvergleichliche Aussicht über den Hafen und die Oper. Plötzlich fühlte sie sich zufrieden, ruhig, überraschend heiter. Ihr Arbeitspensum war hart, aber etliche Fälle standen kurz vor dem Abschluß, und den Rest hatten sie offensichtlich im Griff. Und Leota kam in die Stadt. Sie lächelte in sich hinein. Das Leben war schön.

3

In ihrem Büro mit den Standardmöbeln und dem tristen Anstrich wich Carols Heiterkeit. Stirnrunzelnd beäugte sie ihren Schreibtisch, der unter Papieren begraben war. Entschlossen machte sie sich daran, die Flut zu bewältigen. Sie ließ sich von keinem Telefonat ablenken und arbeitete konzentriert, bis sie den Berg in ihrem Eingangskorb auf einen Schatten seiner selbst reduziert hatte.

Ihr Schreibtisch würde nie so aussehen wie Bourkes, der unnatürlich aufgeräumt war. Sie hatte tatsächlich schon gesehen, daß sein Eingangskorb total leer war. Bei allen anderen wäre Carol auf die Idee gekommen, jemand hätte den ganzen Papierkram in die unterste Schublade versenkt, doch bei Mark wußte sie, daß er ihn abgearbeitet hatte. Sie gestattete sich eine Pause, als Liz Carey anrief, um zu sagen, daß ihr Team am North Head nichts Bemerkenswertes entdeckt hätte. „Wir haben zwar jede Menge Fingerabdrücke, Carol, aber die stammen überwiegend vom Geländer am Aussichtspunkt. Die meisten dürften von unbekannten Besuchern stammen, die wegen der Aussicht gekommen sind, nicht um jemanden runterzuschubsen. Wir haben die ganze Gegend abgesucht, aber auf den nackten Felsen gab es keine Fußabdrücke, weder Kampf- noch Blutspuren oder irgendwelche Waffen – nada, nix, niente."

„Also reine Zeitverschwendung?"

„Ach, das würde ich nicht sagen", erklärte Liz. „Die Aussicht da oben war herrlich."

Kaum hatte Carol aufgelegt, erschien Mark in der Tür. „Hoffentlich hast du nicht auf Dianne Beaton als Hauptverdächtige gesetzt", sagte er. „Kaum stand ich vor ihrer Tür, da erklärte sie mir bereits, sie wisse vom Tod ihres Vaters und habe ein Alibi."

„Hat Evelyn Trelawney sie angerufen?"

„Nein, sie hat in den Nachrichten gehört, daß jemand am North Head ums Leben gekommen ist, und da ihr Vater sich dort häufig aufhielt, hat sie das Revier in Manley angerufen, und ein gewisser Richie Dent hat's ihr gesagt."

Bei diesem Namen hörte Carol einen Unterton und fragte: „Kennst du Dent?"

„Leider ja. Er hat es auf dem Revier zu was gebracht, aber er ist ein gräßlicher Kerl. Ein Leuteschinder, ein Neidhammel, einer, der andere schikaniert, wo er kann."

Carol lehnte sich zurück und schob die Kappe auf ihren goldenen Stift. „Komm, laß uns Kaffee trinken gehen, Mark. Ich glaube nicht, daß ich heute den schwarzen Teer hier verkraften kann."

Sie schlenderten schweigend durch die warme Herbstsonne zur Oxford Street, wo sie sich an einem winzigen Tisch auf den dünnbeinigen Stühlen eines kleinen Cafés niederließen, in dem es Bourkes Lieblingssahnetörtchen gab. Während Mark nacheinander zwei Törtchen verdrückte, ließ sich Carol die köstliche Pastete auf der Zunge zergehen und betrachtete die unterschiedlichsten Leute, die draußen am Schaufenster vorbeikamen. Darlinghurst war ein kosmopolitischer Stadtteil mit einem besonderen Lebensgefühl, der Heteros, Schwule und Lesben gleichermaßen anzog.

Carol trank einen Schluck schwarzen Kaffee, der ihr ganz vorzüglich schmeckte. Sie blickte Bourke an, der Zucker in seinen Cappucino rührte. „Du hast Sahne an der Nasenspitze", sagte sie.

„Ach wirklich?"

Er rieb sich mit dem Taschentuch so gründlich die Nase, daß sie lachen mußte. Bourke sah immer genauso tiptop aus wie sein Schreibtisch, und es amüsierte sie, wenn sein Perfektionismus einen Kratzer bekam. Sie fragte sich, wie er mit Karli, seiner kleinen Tochter zurechtkam, die in dem Alter war, wo mit Essen herumgemanscht und das Spielzeug überall verstreut wurde.

„Hast du Karli schon beigebracht, daß sie jedesmal aufräumt?" fragte sie grinsend.

„Dazu ist sie noch viel zu klein." Bourke lächelte nachsichtig. „Hab' ich dir schon die neuesten Fotos gezeigt, die Pat gemacht hat. Selbst in ihrem Windelhöschen ist sie eine Schönheit."

„Das hast du, schon zweimal mindestens."

Bourke legte den Kopf schief. „Warst du damals in David genauso vernarrt wie ich in Karli?" Er verzog das Gesicht. „Tut mir leid, Carol, das hätte ich nicht..."

„Ist schon okay.“

Die Tatsache, daß Carol vor vielen Jahren ihren Mann Justin Hart und ihren Sohn David verlassen hatte, war ein Tabu zwischen ihnen. Mittlerweile war David ein Teenager, der bei seinem Vater und dessen zweiter Frau aufwuchs. Daß sie nicht um das Sorgerecht für David gekämpft hatte, war eine Entscheidung, die Carol bitterlich bereute. Sie hatte sich mit der schmerzlichen Tatsache abgefunden, daß ihre Trennung sie bestenfalls zur Halbtagsmutter gemacht hätte, die nur minimalen Einfluß auf das Leben ihres Sohnes gehabt hätte.

Ziemlich verlegen sagte Bourke: „Laß uns über Geschäftliches reden, bevor ich noch einen Lapsus begehe.“

„Kam dir Dianne Beaton betroffen vor?“

„Schwer zu sagen. Sie gehört zu diesen Teflontypen, wenn du weißt, was ich meine. Anfang vierzig, harte Züge, harte Augen. Sie sagte, sie sei untröstlich über den Tod ihres Vaters, sah aber gar nicht so aus.“

„Ich weiß, daß ihr Exmann gestorben ist, aber hat sie Kinder?“

„Nein, keine.“

„Hat sie von Evelyn Trelawney gesprochen?“

„Nur in abfälligster Weise“, sagte Bourke grinsend.

„Und von ihrem Vater?“

„Über den hat sie etwas sehr Interessantes gesagt. Ihrer Ansicht nach schien er Anzeichen von Alzheimer aufzuweisen. Sie sagte, er sei vergeßlich gewesen, manchmal irrational, und hätte gelegentlich randaliert und mit Sachen um sich geworfen und rumgebrüllt. Seine Frau hat wohl nichts davon erwähnt?“

„Mit keiner Silbe. Wenn das stimmt, hätte Trelawney durchaus so verwirrt gewesen sein können, daß er nicht mehr wußte, wo er war, und über den Rand getreten ist.“ Sie bestellte sich noch einen Kaffee.

„Für mich auch“, rief Bourke. „Und noch ein Törtchen, bitte.“

„Mark“, sagte Carol streng, „Pat hat gesagt, du bist auf Diät.“

Er tätschelte sich den Bauch. „Ist doch noch flach, Carol.“ Und als sie die Augenbraue hochzog, fügte er hinzu: „Einigermaßen jedenfalls. Ich habe nur etwa ein Kilo zuviel oder so.“

„*Oder so* ist das, was zählt.“

Er seufzte. „Leute wie du machen mich fix und fertig. Du kannst essen, was du willst, und nimmst nicht zu. Und ich? Ich muß ins Fitneßstudio und versuchen, ein paar Kilo runterzukriegen.“ Er fuhr sich mit der Hand über das kurzgeschorene Haar. „Außerdem mußt du nicht fürchten, eine Glatze zu kriegen. Das ist absolut ungerecht, wenn du mich fragst.“

Die beiden Kaffees und Marks Törtchen wurden gebracht. Während er es aß, sagte Carol: „Trelawneys Tod hätte man dem zuständigen Polizeirevier überlassen können. Es war mit ziemlicher Sicherheit ein Unfall. Er und seine Frau haben sich gestritten, bevor er seine geliebten Schiffe beobachten ging. Offensichtlich war er schlechter Laune, was ihn unvorsichtig werden ließ, oder, wenn Dianne Beaton in bezug auf Alzheimer recht hat, er war verwirrt und erkannte nicht, daß er am Abgrund stand.“

Sie berichtete ihm die Einzelheiten der Aussage Reginald Munsons und fügte hinzu, daß Evelyn Trelawney nichts von dem Streit mit ihrem Mann gesagt hatte.

„Vielleicht hat sie sich geschämt zu sagen, daß er das Gedächtnis zu verlieren begann. Es kommt vor, daß Leute so tun, als sei alles ganz normal.“

„Wir brauchen den Obduktionsbericht. Abgesehen von Alzheimer – er könnte Medikamente oder Alkohol zu sich genommen haben, wodurch Unfall wahrscheinlicher würde.“

Bourke grinste. „Unfall wäre nett. Wir haben momentan schon genug auf der Platte, ohne noch einen Mord.“

Er hat recht, dachte Carol. Der plötzliche Anstieg verdächtiger Todesfälle im vergangenen Monat brachte ihnen ziemlichen Streß.

„Nur für den Fall, daß die Sache Trelawney doch kein Unfall war“, sagte Carol, „welches Alibi hat seine Tochter?“

„Offenbar steht das Paar von nebenan auf ziemlich lauter Musik am Morgen. Und als sie heute früh schon um halb sieben aufdrehten, hatte sie die Schnauze voll und rief die Polizei an. Zum Zeitpunkt, als ihr Vater abstürzte, lieferten sich Dianne Beaton, zwei Streifenpolizisten und das rücksichtslose Paar eine lautstarke Auseinandersetzung."

„Das hast du überprüft?"

„Hab' ich. Die Schmitts, die sich offensichtlich an voll aufgedrehtem Wagner delektieren, bestanden mit allem Nachdruck darauf, das verfassungsmäßige Recht garantiere ihnen, Musik zu spielen, wann und wo immer es ihnen beliebt. Damit kamen sie bei Ms. Beaton gar nicht gut an, und die drei haben sich beinahe geprügelt. Was für eine Szene – und ein perfektes Alibi."

Carol sah auf die Uhr und seufzte. „Verdammt, in zehn Minuten muß ich bei Edgar antanzen."

„Viel Glück", sagte Bourke mitfühlend. Kriminalrat Edgar hatte noch nie zu ihren Fans gehört. Sie hatte allen Grund anzunehmen, daß er es war, der ihre Beförderung zur Hauptkommissarin blockierte.

Carol und Bourke eilten zum Präsidium, während sich Carol die Fälle vergegenwärtigte, die ihr Team gerade bearbeitete. Der Umfang war bemerkenswert, und Edgar würde um so nachdrücklicher auf eine exzellente Aufklärungsrate pochen, die ihn gut dastehen ließ. Abgesehen von seinen ewigen Ansprüchen konnte sie keinen speziellen Fall entdecken, der sein persönliches Interesse zu wecken vermochte. Edgar sorgte dafür, daß stets andere für Probleme oder Fehler verantwortlich gemacht wurden, nur nicht er.

Carol hatte einige Fehler gemacht, doch keinen, der ihre Karriere gestoppt hätte – mit einer Ausnahme: Eine internationale Serienmörderin war ihr durch die Lappen gegangen. Davon abgesehen, konnte sich Carol einer beneidenswerten Aufklärungsrate rühmen, und ihre Beliebtheit bei den Medien verschaffte ihr ziemliche Aufmerksamkeit, was für gewöhnlich von Vorteil war.

Kurz vor dem Präsidium sagte Bourke: „Wen ich gestern im Fitneßstudio getroffen habe, errätst du nie."

„Dann versuche ich's erst gar nicht."

„Du Spielverderberin! Carol, es war Ren Downing."

„Ren? Den hab' ich seit Jahren nicht gesehen."

„Tja, ich glaube, du siehst ihn schon bald. Er sagt, er hat was mit dir zu besprechen."

Renfrew Downing war früher Polizist gewesen, und zwar ein guter. Zu Beginn ihrer Laufbahn hatten Carol und er als Kollegen in einer Abteilung gearbeitet. Downing hatte sich als Schwuler geoutet. Und obwohl ihn das Antidiskriminierungsgesetz schützte, war die testosteronpralle Kameraderie und das aufgeplusterte Machogehabe vieler Kollegen ihm schließlich zu aufreibend, deshalb verabschiedete er sich aus dem Polizeidienst und machte sich als Privatdetektiv selbständig.

Er hatte sich eine Partnerin, auch sie ehemalige Polizistin, namens Gemma Pate in die Detektei geholt, und gemeinsam führten sie die inzwischen recht bekannte Agentur Downing & Pate, die sich auf Versicherungsbetrug, Werkspionage und Personen- und Firmenschutz spezialisiert hatte.

Carol sah, wie Bourke düster die Stirn runzelte. Das war bei ihm so außergewöhnlich, daß sie fragte: „Zum Teufel, was ist los mit dir?"

„Ich habe das Gefühl, daß Ren dich abwerben will."

„Was? Als Privatdetektivin? Du machst wohl Witze."

Das änderte Bourkes Stimmung keineswegs. „Witze worüber? Daß Ren dir einen Job anbieten oder daß du ihn annehmen wirst?"

Carol lachte. „Das wird er nicht."

„Du weißt, wie sehr du es hier schon satt hattest und daran dachtest, deinen Abschied zu nehmen, da wäre es kein schlechtes Angebot."

Sie schnaubte spöttisch, mußte ihm aber insgeheim recht geben. Immer wieder hatte sie sich über die Restriktionen und den Druck ihrer Position und über die Behördenpolitik geärgert, auch über die nicht so subtilen Anmutungen jener öffentlichen Personen, die sich für VIPs hielten. Sollte sie den Polizeidienst quittieren, wäre Downing & Pate wahrscheinlich eine exzellente Gelegenheit. Die Agentur wurde integer und effizient geführt und hatte einen guten Ruf.

„Kommt nicht in Frage, Mark“, sagte Carol. „Ohne die Autorität der Polizei im Rücken, wie würde ich die Leute dazu bringen, nach meiner Pfeife zu tanzen? Und außerdem bezweifle ich ernsthaft, daß Ren mir ein Angebot machen wird. Wenn aber doch, bist du der erste, der es erfährt.“

Carol verließ den düsteren Bourke und ging in ihr Büro, um die für die Sitzung nötigen Unterlagen zu holen. Anne Newsome schrieb ihr gerade eine Notiz.

„Ihre Tante Sarah hat eben angerufen“, sagte sie.

„Ist es was Dringendes? Ich hab' eine Sitzung beim Chef.“

„Sie hat nichts von dringend gesagt, aber ihre Stimme klang so...“

Carol schätzte Annes Gespür. „Danke, ich rufe sie sofort an.“

Während sie die Nummer in den Blue Mountains wählte, sah sie Tante Sarahs große altmodische Küche vor sich, diesen warmen, herrlich duftenden Ort. Schon beim Gedanken an den massiven Holztisch, der den Raum beherrschte, lief ihr das Wasser im Mund zusammen. Am liebsten erinnerte sie sich daran, wie oft sie in kalten Wintern als Kind und Erwachsene nachmittags dort gesessen und Tante Sarah ihr heiße gebutterte Scones vorgesetzt hatte.

„Tantchen? Hier ist Carol.“

„O Carol, danke, daß du gleich zurückrufst.“

Irritiert über die bedrückte Stimme, fragte Carol: „Was ist passiert?“

„Ich wollte nur fragen, ob ich für ein paar Tage zu dir kommen kann?“

„Na klar, jederzeit. Du hast einen Schlüssel, also komm, wann's dir paßt.“

„Danke, mein Schatz. Ich werde den Zug nehmen und dann ein Taxi zu dir nach Hause.“

„Irgendwas stimmt doch nicht. Sag mir, was es ist.“

Am anderen Ende der Leitung machte sich Schweigen breit, schließlich sagte ihre Tante: „Es ist vielleicht gar nichts, aber ich habe einen Knoten in der Brust, und mein Arzt hat mir geraten, eine Spezialklinik in Sydney aufzusuchen.“

„Ein kluger Rat. Wann kann ich dich erwarten?“ fragte Carol so locker wie möglich.

„Es ist verrückt, aber Dr. Harab sagte, es sei eilig. Ich habe morgen einen Termin in der Klinik.“

„Dann sehen wir uns heute abend. Wir gehen essen.“ Carol gluckste. „Ich will dich ja schließlich nicht meinen Kochkünsten aussetzen.“

Nachdem sie aufgelegt hatte, stand sie reglos am Fenster. Zum ersten Mal in ihrem Leben hatte sie Angst in Tante Sarahs Stimme gehört. Und es überlief sie kalt.

4

Kriminalrat Edgar war ein jovialer Mann, aber Carol ließ sich nicht täuschen. Sein freundliches Gesicht unter dem dichten Silberhaar hatte etwas Blasiertes, er war rücksichtslos und ging über Leichen, wenn sie seinen Ambitionen in die Quere kamen. Meistens hatten Carols Erfolge positiv auf ihn abgefärbt, aber sie machte sich keine Illusion, daß er für sie da wäre, sollte sie sich einen echten Fehler leisten.

„Viel zu tun in den letzten Wochen, Carol?“ fragte er und zeigte auf einen Stuhl.

„Das kann man wohl sagen.“ Sie reichte ihm eine Liste aller momentan in Arbeit befindlichen Fälle. „Und es kommt noch einer dazu. Ein John Trelawney ist heute früh von einer Klippe am North Head gestürzt.“

„Kein Unfall?“

„Scheint so. Seine Frau, die im Wagen auf ihn gewartet

hat, während er Schiffe beobachtete – er war früher Kapitän –, sagte, er sei geschubst worden, aber es gibt bisher keinen Beweis dafür. Kein Zeuge des Absturzes, das Revier in Manley sucht noch weiter. Im Grunde warten wir alle auf das Obduktionsergebnis."

Edgar tippte sich nachdenklich an die Oberlippe. „Das erinnert mich an diesen Fall von Saul Block letztes Jahr in den Blue Mountains. Kennen Sie Saul?"

„Ja", antwortete Carol. Block war in vieler Hinsicht ein Klon von Edgar, nur war er nicht ganz so erfolgreich die Karriereleiter hinaufgefallen.

„Saul ist ein guter Freund von mir", holte Edgar aus. „Er hatte schwere Zweifel an diesem sogenannten Unfall. Wie es scheint, ist ein Jogger bei Sonnenaufgang am Govetts Leap vom Blackheath abgestürzt, während seine Frau in der Nähe im Wagen auf ihn wartete. Saul sagte, er sähe überhaupt keinen Grund, warum der Typ an diesem Aussichtspunkt seinen Lauf unterbrochen hätte."

Carol kannte die Gegend gut und war schon oft am Govetts Leap gewesen, einem Aussichtspunkt mit atemraubender Fernsicht über einen Teil des Blue Mountains National Park. „Vielleicht hat er die Aussicht genossen."

„Es gab gar keine. An dem Morgen war es total neblig, wieso also sollte er stoppen und ins Nichts gucken?" Der Kriminalrat grunzte. „Klingt verdächtig, nicht? Trotzdem ergab die Untersuchung Tod durch Unfall, und die Versicherung hat gezahlt. Die Sache hat Saul sehr gegrämt. Er sagte, er sei sicher, daß die Frau irgendwas damit zu tun hatte, konnte es aber nicht beweisen. Wie steht es hier, Carol? Könnte die Ehefrau es getan haben?"

„Evelyn Trelawney ist, was man eine kleine alte Dame nennt", sagte Carol. „Dennoch, ich glaube, alles ist möglich."

„Bei euch Frauen bestimmt", erklärte Edgar aus vollem Herzen. „Dank der Frauenemanzipation mischt das schwache Geschlecht jetzt überall mit. Haben Sie die Kriminalstatistik der Mädchen gesehen? Das ist beängstigend."

Carol richtete sein Augenmerk wieder auf die Liste der aktuellen Fälle.

„Bessere Aufklärungsrate!“ Er tippte mit seinem kantigen wohlmanikürten Finger auf die Liste. „Wir wollen uns mit dieser Sache nicht die Presse auf den Hals laden. Ich will ordentliche Zahlen sehen. Verstehen Sie, was ich meine?“

Sie verstand allzu gut. Edgar würde es bestreiten, wenn er gefragt würde, aber gegen kreative Buchführung, die die Ergebnisse aufpolierte, hatte er gar nichts einzuwenden.

Noch zehn Minuten sprachen sie über herausragende Fälle, dann wurde Carol mit einem oberflächlichen Lächeln und der Anweisung „Leisten Sie weiterhin gute Arbeit“ entlassen.

Auf ihrem Rückweg ins Büro lief sie Bourke über den Weg. „Ist der Chef auf dem Kriegspfad?“ erkundigte er sich.

„Bis jetzt noch nicht. Er will sämtliche Fälle gelöst und als ‚aufgeklärt‘ abgehakt sehen, und zwar sofort, aber das will er ja immer.“

Bourke folgte ihr ins Büro und sagte: „John Trelawneys Obduktion erfolgt erst am Montag. Jeff Duke hat Urlaub, und alle arbeiten in Doppelschicht, und die Leichen stapeln sich praktisch bereits auf dem Flur.“

„Na toll.“ Carol verzog das Gesicht. „Ich habe gehofft, das Material der Ermittlungen so rasch wie möglich zu komplettieren, so daß ich den Fall quasi abschließen kann.“

„Weißt du“, überlegte Bourke, „da fällt mir gerade ein, daß sich der Tod von Bruehl am Gap ganz ähnlich zugetragen hat.“

Carol runzelte die Stirn. „Bruehl? Da klingelt bei mir gar nichts.“

„Weil du dich zu der Zeit in den Staaten herumgetrieben hast“, erklärte Bourke. „Die Sache war so: Paulette Bruehl aus Wollongong besuchte mit ihrem Mann Sydney und besichtigte frühmorgens das Gap. Irgendwie gelang es ihr, sich über die Klippe zu Tode zu stürzen, derweil ihr Mann sich einen halben Block entfernt mit irgendwem unterhielt.“

„Selbstmord?“

Das Gap, eine Bucht auf der Seeseite von South Head, hatte im Lauf der Jahre schon viele Selbstmorde erlebt. Die Küste fiel dort brutal ab und endete in den herabgestürzten Felsbrocken, auf die unablässig die Brandung schlug. Carols Theorie nach schufen der Rhythmus und die Wucht der Brandung eine fast hypnotische Wirkung, die sogar nicht unbedingt zum Selbstmord Entschlossene in den Tod trieb.

„Selbstmord sah ihr gar nicht ähnlich“, erklärte Bourke, „all ihre Bekannten sagten aus, daß Paulette Bruehl ein sonniges, fröhliches Wesen war. Leider gab es keinen Zeugen. Und keinen Beweis, daß ihr Mann irgend etwas damit zu tun hatte, er hatte nämlich zum kritischen Zeitpunkt einen Passanten in ein Gespräch verwickelt. Es existierte eine Versicherungspolice, aber keine besonders hohe. Die Untersuchung ergab Tod durch Unfall, obwohl sie sich die Mühe machen mußte, über den Sicherheitszaun zu klettern, um herunterzufallen.“

„Vielleicht ist sie beim Fotografieren ausgerutscht?“

Kopfschüttelnd erklärte Bourke: „Keine Kamera.“

„Und wo ist der Bezug zu Trelawney?“

Bourke zuckte die Achseln. „Auf den ersten Blick gibt es keinen.“ Und grinsend fügte er hinzu: „Ich habe ein komisches Gefühl bei dem Fall. Nenn es männliche Intuition.“

„Edgar hat mir eben von einem anderen ähnlichen Absturz erzählt, der sich letztes Jahr am Govetts Leap in den Blue Mountains ereignet hat.“

„Siehst du!“ triumphierte Bourke. „Ich sag doch, daß es ein Muster gibt.“

„Was soll das heißen, Mark? Daß eine Synchronizität existiert? Daß ganz unabhängig voneinander drei Eheleute beschließen, ihre Liebsten über die nächste Klippe zu stoßen?“

„Laß uns sehen, ob es einen vierten Fall gibt“, sagte Bourke. „Dann mußt du zugeben, daß irgendwas vorgeht.“

Carol zog eine Braue hoch. „Wenn du recht hast, wieso denkst du dann nicht, daß der vierte bereits passiert ist? Und ein fünfter und sechster? Sie müssen sich ja nicht unbedingt alle in Sydney ereignet haben, weißt du?"

„Billiger und einfacher als eine Scheidung", sagte Mark lachend, „aber ein Schlag für die Kriminalstatistik."

***

Der Nachmittag verging in einem Wust von Terminen, Besprechungen, Meldungen, und zu guter Letzt klopfte Terry Roham an ihre Tür und bat sie unangemeldet um ein Personalgespräch. Roham war der Neuzugang in ihrem Team und sichtlich bemüht, ihr zu gefallen, doch machte er das so offensichtlich, daß sich Carol eher irrtiert als beeindruckt fühlte. Um so mehr versuchte sie, fair zu ihm zu sein.

„Ja, Terry, was kann ich für Sie tun?"

Er kam herein und schloß hinter sich die Tür. Er war groß und hatte extrem kurzgeschorene Locken und ein weiches formloses Gesicht, das noch Zeit und Erfahrung zum Reifen brauchte. Oft hatte Carol den Eindruck, als habe Terry seine Energie und Begeisterung kaum unter Kontrolle, als neige er jeden Moment zu einer spontanen Tat, die er womöglich umgehend bereute. Bisher hatte das noch zu keinem schwerwiegenden Fehler in seiner Arbeit geführt, aber Carol und Bourke waren sich einig, daß es ratsam war, den jungen Mann im Auge zu behalten.

„Ich habe eine Beschwerde", platzte er heraus.

„Inwiefern?"

„Naja, vielleicht keine Beschwerde, eher ein Anliegen."

Carol bedeutete ihm, Platz zu nehmen, doch er rutschte derart auf dem Stuhl herum, daß sie ihm am liebsten die Hand auf den Kopf gelegt und ihn zur Ruhe gebracht hätte.

„Terry, wenn Sie mir nicht sagen, um was es geht, kann ich Ihnen nicht helfen."

„Es geht um Inspektor Bourke."

„Sie haben ein Problem mit Inspektor Bourke?" Das konnte sich Carol kaum vorstellen. Gewiß, Mark stellte hohe

Qualitätsansprüche und akzeptierte nur professionelle Arbeit im Team, aber er war in seiner Kritik äußerst behutsam und unterstützte alle, die willens waren, hart zu arbeiten.

„Dies bleibt doch unter uns, nicht wahr?"

„Wenn Sie eine formelle Beschwerde vorzubringen haben, gibt es feste Regeln, nach denen vorgegangen wird, in dieser Hinsicht kann ich Ihnen also keine volle Vertraulichkeit zusichern."

Carols sachlicher Ton schien Roham zu irritieren. „Hey, ich rede nicht davon, dies hier offiziell zu machen."

„Es wäre hilfreich", sagte Carol trocken, „wenn ich wüßte, wovon Sie sprechen."

„O Mann!" Er verdrehte die Schultern. „Bestimmt klingt es ganz blöd, als sei ich ein kleiner Jammerlappen, aber es ist so, daß der Inspektor ständig Anne vorzieht und mir keine faire Chance gibt."

Er lehnte sich zurück und kniff die Lippen zusammen, als bereue er fast, soviel gesagt zu haben.

„Anne ist sehr viel länger hier und hat mehr Erfahrung als Sie, Terry."

„Aber wie kann ich denn Erfahrung bekommen, wenn ich nicht die Möglichkeit kriege, zu lernen?"

„Abgesehen von Anne, haben Sie das Gefühl, daß Mark Bourke sonst noch wen vorzieht?"

Roham zog einen Flunsch und sah dabei so kindlich aus, daß Carol eine Ahnung bekam, wie er als kleiner Junge gewesen war. „Ja, das würde ich sagen. Miles Li zum Beispiel oder vielleicht auch Dennis. Aber vor allem Anne."

Carol hätte erklären können, daß Anne von allen Anwärtern ihrer Altersgruppe bei weitem die beste war. Daß Bourke ihr verantwortungsvollere Arbeit gab, geschah genau aus dem Grund. Sie war zuverlässig, intelligent und hatte eine glänzende Vernehmungstechnik. Darüber hinaus hatte sie aber noch etwas, das eine gute Ermittlerin zu einer hervorragenden machte.

„Könnten Sie mir ein paar Beispiele nennen?"

Roham zog einen gefalteten Bogen Papier aus seiner Hosentasche. Während er ihn glattstrich, sagte er: „Ich habe mir die Fälle notiert, bei denen ich den Eindruck hatte, daß sie bevorzugt behandelt wird."

Carol streckte die Hand aus. „Kann ich mal sehen?" Sie überflog die Liste und unterdrückte ein Seufzen. Terry Roham hegte schon seit einiger Zeit Ressentiments. „Besprechen wir die Fälle im einzelnen."

Roham blickte auf seine Uhr. „Ja, haben Sie denn Zeit dafür? Ich weiß, wie beschäftigt Sie sind."

Carol verkniff sich ein Grinsen. Es war ziemlich spät, und sie merkte ihm an, daß er nicht damit gerechnet hatte, längere Zeit in ihrem Büro zu verbringen. „Die Zeit nehme ich mir."

Sie sprach jeden einzelnen Fall mit ihm durch. Die meisten waren, wie Carol erwartet hatte, eher geringfügig, aber sie mußte zugeben, wenn Rohams Auflistung stimmte, daß es den Anschein machte, als hätte Bourke ihn ein paarmal bewußt außenvor gelassen.

„Sie sagen, Sie wollen keine offizielle Beschwerde einreichen. Was sollte ich Ihrer Meinung nach tun?"

„Reden Sie mit dem Inspektor. Weisen Sie ihn darauf hin, daß ich eine faire Chance bekomme. Die Hälfte der Zeit klebe ich am Telefon, während alle anderen zu interessanter action unterwegs sind."

„Haben Sie Mark auseinandergelegt, weshalb Sie mit den zugeteilten Aufgaben nicht so glücklich sind?" Und als Roham den Kopf schüttelte: „Warum nicht?"

„Erstens klingt das alles so banal, und nur wenn man es als Ganzes betrachtet, sieht man, was vorgeht. Und zweitens hab' ich, offen gesagt, nicht geglaubt, daß er mir zuhören würde."

„Haben Sie die Angelegenheit mit sonst jemandem besprochen?"

Er scharrte mit den Füßen. „Vielleicht hab' ich's mal Freunden gegenüber erwähnt..." Wieder blickte er auf die

Uhr. „Hören Sie, ich wollte keine Riesensache draus machen. Ich wollte Sie einfach nur bitten, mal mit ihm zu reden.“ Roham beugte sich vor und erklärte eindringlich: „Glauben Sie mir, ich möchte meinen Job gut machen, und ich weiß, daß ich einen langen Weg vor mir habe, aber wie kann ich vorwärtskommen, wenn ich keine Gelegenheit kriege?“

„Gut, aber nachdem ich mit Mark gesprochen habe, müssen wir zu dritt über die Sache reden.“

Roham war bereits aufgesprungen, offensichtlich kam er zu einer wichtigen Verabredung zu spät. „Vielen Dank“, sagte er. „Kann ich jetzt...?“ Er deutete auf die Tür.

„Gehen?“ Carol lächelte. „Nur zu.“

Sie teilte Roham für den nächsten Tag zur Arbeit ein und blickte selbst auf die Uhr. Sie hatte sich den Donnerstagmorgen freigeschaufelt und notfalls den ganzen Tag, wenn Tante Sarah sie brauchte. Den Nachmittag hatte sie hochkonzentriert gearbeitet, doch die Sorge um ihre Tante nagte dauernd an ihr.

Sie wählte eine Nummer und trommelte wartend auf den Tisch. Als die kühle, vertraute Stimme sich meldete, sagte sie: „Sybil, hier ist Carol. Entschuldige, wenn ich dich störe, ich weiß, daß du gerade erst nach Hause gekommen bist, aber es geht um Tante Sarah.“

„Ist etwas passiert? Ich habe vor ein paar Tagen mit ihr telefoniert, und da war alles in Ordnung.“

Neben David war Tante Sarah Carols einzige enge Verwandte. Carol liebte sie über alles, dachte aber manchmal, daß Sybil eine bessere Beziehung zu ihrer Tante hatte als sie.

In ihrem Beruf war Carol allzu oft die Überbringerin von Hiobsbotschaften. Inzwischen glaubte sie, daß in den meisten Fällen ein offenes Wort eher angebracht war. „Vielleicht ist es ja falscher Alarm, aber Tante Sarah hat einen Knoten in der Brust, und ihr Arzt hat sie hierher in die Klinik geschickt. Ich fahre sie morgen früh um halb zehn zu ihrem Termin.“

„Oh, Carol...“

„Sie ist inzwischen bestimmt schon bei mir zu Hause. Vielleicht rufst du sie mal dort an?“

„Ja, sofort. Kann ich sonst etwas tun? Wenn es morgen früh für dich schwierig wird, könnte ich mir freinehmen.“

„Vielen Dank, aber ich hab' das arrangiert.“

„Wirst du mich auf dem laufenden halten?“

Seit wann sind wir derart förmlich miteinander? dachte Carol. Laut sagte sie: „Sobald ich etwas weiß.“

Ein paar Bemerkungen folgten, dann war das Gespräch beendet. Mit blindem Blick starrte Carol auf ihren Schreibtisch. Sie brütete vor sich hin, soweit sie sich das erlaubte, als das Telefon läutete. Es war Leota Woolfe – was Carol zu einem ironischen Grinsen veranlaßte.

„Von der Alten zur Neuen“, sagte sie.

„Was?“

„Unwichtig. Ich philosophiere bloß vor mich hin.“ Und um jeder Nachfrage vorzubeugen, fragte Carol rasch: „Wollen wir schon verabreden, wann wir uns treffen? Ich dachte, du würdest erst mal nach Sydney kommen.“

„Ich bin schon in Sydney. Ich hab' mich freiwillig als Wachhund für einen amerikanischen Geschäftsmann angeboten, der eine Todesdrohung erhielt und heute nach Sydney zurückmußte. Nur um schnell bei dir zu sein. Ich bin heute abend frei, und du?“

„O je“, sagte Carol, „ich nicht.“

„Nichts, was du verschieben kannst? Ich bin es wert, ich verspreche es dir.“

Leotas warmherzige Stimme war überaus überzeugend. Carol dachte, vielleicht könnte sie nach dem Essen mit Tante Sarah noch zu Leota hinüberfahren...

Plötzlich schämte sie sich, daß sie an ihr Vergnügen denken konnte, während Tante Sarah um ihr Leben bangte, und sie sagte: „Es geht um einen Notfall in der Familie. Tut mir leid, Leota, ich kann wirklich nicht. Können wir morgen telefonieren? Dann kann ich dir sicher mehr sagen.“

Sie informierte Leota noch, daß sie am Morgen nicht im

Büro sei, vielleicht auch den ganzen Tag nicht. Dann wechselten sie ein paar liebe Worte und legten auf. Während sie ihre Sachen zusammenpackte, dachte Carol, daß sie erst Tante Sarah fragen müsse, ob sie über so persönliche Dinge sprechen könne. Sie hatte es nicht einmal Mark erzählt, und der mochte Tante Sarah sehr.

Ehe sie ging, rief Carol rasch daheim an, um zu fragen, in welchem Restaurant sie für heute abend einen Tisch reservieren solle. Zu ihrer Erleichterung klang ihre Tante beinahe wie immer, als sie berichtete, sie sei am Nachmittag eingetroffen und nach einem Blick in Carols Speisekammer schnurstracks in den nächsten Supermarkt gegangen, um das Nötigste zu beschaffen.

„Ich habe das Nötigste, Tantchen! Schwarzen Kaffee und Katzenfutter für Sinker."

„Du ernährst dich nicht richtig, Carol. Wie oft habe ich dir das schon gesagt und werde es wohl noch oft wiederholen müssen. Dein Vorrat besteht bloß aus Tiefkühlkost", sagte sie empört, „und ein paar Dosensuppen. Weder Vollkornfrühstücksflocken noch frisches Obst oder Eier vor dem Verfallsdatum. Das ist überhaupt nicht gut."

Nachdem sie sich auf den Italiener um die Ecke geeinigt hatten, wollte Carol auflegen, doch Tante Sarah fügte hinzu: „Darling, ich habe mir erlaubt, Sybil einzuladen, mit uns zu kommen. Sie hat vorhin angerufen, und ich habe gehofft, es macht dir nichts aus."

„Natürlich nicht", sagte Carol und machte sich doch etwas draus. Sie rief das Restaurant an und reservierte für acht Uhr abends einen Tisch für drei Personen. Dann vergewisserte sie sich, daß sie die dringlichen Unterlagen für den nächsten Tag eingepackt hatte, und machte sich auf den Heimweg.

Während der Fahrt verglich sie in Gedanken Sybil und Leota. Sybil kannte sie so gut, all ihre Stärken und Schwächen, sämtliche Risse in ihrem Panzer. Leota war ihr eher noch fremd, wie sie für Leota. Natürlich war es aufregend, einen anderen Menschen zu entdecken, andererseits war es tröstlich, in schwierigen Zeiten eine Person zur Seite zu haben, die dich so gut verstand, der du nichts erklären mußtest.

Wildes Hupen hinter ihr schreckte sie auf, und sie sah, daß die Ampel grün zeigte. Sie trat aufs Gas, und dabei fiel ihr ein, daß Sybils Lieblingsfarbe grün war. Leotas Lieblingsfarbe kannte sie nicht.

Sie hatte nicht den Wunsch, Sybil heute abend zu treffen, da sie wußte, daß diese Beziehung gemischte Gefühle in ihr erzeugte – große Vertrautheit und gleichzeitig Verklemmtheit. Die gemeinsame Geschichte machte es unmöglich, neutral zu sein. Trotzdem hoffte Carol auf eine Zeit, in der sie Abstand gewonnen hätte und sich nicht mehr so betroffen fühlte.

„Da sehe ich bisher keinen Erfolg", sagte sie zu den rot aufblitzenden Rücklichtern des Wagens vor ihr, „aber heute... heute abend werde ich große Fortschritte machen. Wart's nur ab."

5

„Ich rede nicht über meine Gesundheit, bevor Sybil nicht hier ist", sagte Tante Sarah, kaum daß Carol die Haustür hinter sich geschlossen hatte. Im Gegenlicht der Flurlampe wirkte ihr weißes Haar wie ein Kranz. „Nein, lieber rede ich erst darüber, wenn wir drei im Restaurant sitzen."

Sie ging durch den Flur voraus und fügte über die Schulter hinzu: „Im Grunde ist es morbide, ständig über Krankheiten zu reden, findest du nicht auch? Ich bin mein Leben lang kaum einen Tag krank gewesen und gedenke nicht, jetzt damit anzufangen."

In der Küche drehte sie sich um. „Ich habe Dr. Harab gesagt, ich würde die weitere Untersuchung vornehmen lassen, damit sich niemand Sorgen macht, aber es ist nur falscher Alarm. Also keine Aufregung."

„Halt mal die Luft an!“ sagte Carol.

Verblüfft starrte ihre Tante sie an, dann grinste sie. „Ich fasel herum, nicht? Zugegeben, es hat mich ein bißchen umgehauen, Darling. Aber ich glaube wirklich – na gut, ich hoffe inständig –, daß es nur eine dumme kleine Zyste ist.“

Ihre Tante sprühte vor Leben, sie sah so gesund aus, ihre klaren grünen Augen funkelten, ihre eher mollige Gestalt hielt sich sehr gerade und bewegte sich voller Energie.

„Was hat dein Arzt genau gesagt?“

„Du willst doch wohl keine medizinische Frage einschleusen. Darüber reden wir später.“ Sie betrachtete ihre Nichte mit Wohlgefallen. „Zumindest trägst du in letzter Zeit etwas Farbe“, bemerkte sie mit Blick auf Carols rote Seidenbluse, „obwohl du diese strengen Hosenanzüge ablegen solltest.“

„Ich sehe mich nicht in Rüschen und Volants zu einem Mordopfer eilen.“

„Ich meinte, du könntest irgendwas tragen, das dazwischen liegt.“ Ihre Tante breitete die Arme aus. „Das hier ist farbenfroh und sehr bequem. Absolut ideal für eine Arbeit wie deine.“

Sie trug einen ihrer üblichen Overalls in chromgelb, und Carol mußte lachen. „Ich überlasse es dir, Farbe ins Leben zu bringen.“

Ihre geliebte Tante brachte tatsächlich Farbe in Carols Leben. Carol konnte sich nicht vorstellen, wie die Welt wäre ohne ihr herzliches Lachen, ihre mitreißende Lebenslust.

Tante Sarah schwang sich auf einen der hohen Küchenstühle an der Frühstücksbar. „Wie war dein Tag?“

„Stressig.“

„Voller Leichen, vermutlich.“

„Das bringt der Beruf so mit sich.“

Sinker schlüpfte geschmeidig durch die Katzentür, die Carol erst kürzlich hatte einbauen lassen. Er blickte zu Tante Sarah hoch und lief zu ihr. „Eine Katze, die unterscheiden kann“, sagte sein Opfer anerkennend.

„Sinker weiß, wie er dich rumkriegt", erklärte Carol. „Ein kleines klägliches Miau, und du tust, was er will."

„Du etwa nicht?"

Grinsend gab Carol zu: „Vielleicht, ja, aber zumindest tu ich so, als hätte ich's hier zu sagen."

Die Türklingel ging. Tante Sarah zog die Brauen hoch. „Das wird Sybil sein. Ist es leichter für dich, wenn ich sie hereinlasse?"

„Natürlich nicht. Wie kommst du auf die Idee?"

„Ich kann es dir ansehen, Schatz. Ich würde das nicht gerade ein herzliches Willkommen nennen."

Kopfschüttelnd ging Carol in den Flur. Durch die runde Scheibe in der Haustür konnte sie Sybils rote Mähne sehen. Als sie den Türknauf betätigte, wurde ihr bewußt, daß sie sich fragte, was für einen Eindruck sie wohl machte. Das irritierte sie sehr. Selbst als sie sich damals trennten und Sybil in ihr Haus am Strand zurückzog, hatte es nicht diese Spannung gegeben, die Carol jetzt zwischen ihnen spürte.

„Hallo, Sybil, komm herein." Carol trat beiseite, um sich nicht entscheiden zu müssen, ob in diesem Moment eine freundliche Umarmung angebracht war, oder ob Sybil tatsächlich eine solche Geste von ihr erwartete.

„Sybil!" Tante Sarah umarmte sie herzlich. „Na, hast du diesen Frauen schon unsere Landessprache beigebracht?"

„Einigen."

Als Carol Sybil vor vielen Jahren kennengelernt hatte, war sie Englischlehrerin an einer Highschool gewesen. Inzwischen brachte sie in der Erwachsenenbildung Migrantinnen die englische Sprache bei, damit sie in ihrem neuen fremden Land zurechtkamen.

Carol betrachtete sie, als sie mit Tante Sarah über eine lustige Anekdote aus ihrem Kurs lachte, und dachte, wie wenig sich Sybil seit damals äußerlich verändert hatte. Sie war noch immer sehr schlank, hatte die gleiche rote Mähne und bewegte sich so graziös wie früher. Dennoch hatte sich irgend etwas verändert. Sie war stärker geworden, viel unabhängiger und robuster. Carol hatte lange gebraucht, bis ihr klarwurde, wie oft Sybil ihr in der Zeit ihres Zusammenlebens nachgegeben hatte, statt sich zu behaupten. Mit reumütigem Lächeln dachte sie, daß diese Zeiten ein für allemal vorbei waren. Carol konnte sich nicht vorstellen, daß Sybil heutzutage in irgend etwas einwilligte, das sie nicht akzeptierte oder wollte.

„Ich verhungere gleich", sagte Tante Sarah. „Muß ich mich umziehen?" fragte sie und starrte auf ihren Overall.

„Es ist das Restaurant um die Ecke, Tantchen. Ich denke, dort kannst du alles tragen."

„Dies ist nicht *alles"*, wies die sie streng zurecht. „Glaub nicht, du könntest einfach in einen Laden gehen und so etwas kaufen."

Carol grinste, und Tante Sarah drohte ihr mit dem Finger. „Sag nicht, was du denkst, Carol. Spar dir deine Beleidigungen.

Carol lachte, plötzlich überlief es sie kalt. *Du kannst keinen Krebs haben,* dachte sie. *Das ist einfach unmöglich.*

Bei *Luigi* sah es aus wie in vielen italienischen Restaurants, aber die Küche war vorzüglich. Es war voll wie immer, die Leute unterhielten sich laut und angeregt. Carol hatte ihren Lieblingstisch in der Ecke reserviert. Maria, Luigis Frau, begrüßte sie, auch in seinem Namen, und führte Carol, Tante Sarah und Sybil durch den schmalen Gang zu ihrem Tisch.

Tante Sarah weigerte sich zu reden, bevor sie bestellt hatten. „Pasta ist sehr kohlehydrathaltig, Carol", erklärte sie mit einem Blick in die Speisekarte, „und in Verbindung mit Tomaten, Basilikum, Olivenöl und so weiter eine hervorragende Mahlzeit. Das solltest du dir merken. Es braucht nicht viel Zeit, dir so etwas zu kochen."

„Tante Sarah glaubt, daß ich mich nicht gut ernähre", erklärte Carol Sybil.

„Tut sie auch nicht. Kein Wunder, daß sie kein Fleisch auf den Rippen hat." Sie starrte ihre Nichte an. „Du wirst mir doch nicht erzählen, daß du eine Eßstörung hast, oder?"

Carol lachte. „Oh, ganz im Gegenteil, fürchte ich."

Während sie noch die Speisekarte studierten, erschien eine Flasche Rowein auf dem Tisch. „Mit Empfehlung des Hauses", sagte Luigi und strahlte sie an. „Für die bezaubernden Damen."

Carol bestellte als Hauptgericht Pasta und Hummer, was Tante Sarah als sehr gesund lobte. „Und dann nehme ich noch eine dieser umwerfenden italienischen Nachspeisen", erklärte Carol, „damit du richtig zufrieden mit mir bist."

Nachdem sie bestellt hatten, sagte Carol: „Komm schon, Tantchen, alle Einzelheiten. Du hast's versprochen."

„Na gut, aber ich bin sicher, es ist viel Lärm um nichts. Reine Zeitverschwendung, wirklich."

„Dein Arzt ist da anderer Meinung", sagte Sybil, „und ich glaube das auch nicht."

Carol schien es, als sänke ihre Tante ein wenig in sich zusammen. Sie biß sich auf die Lippen und begann: „Also gut, ich erzähle der Reihe nach. Ich bin zu meiner jährlichen Mammographie gegangen –" Sie unterbrach sich und fragte: „Ihr beide laßt sie doch regelmäßig machen, oder?"

„Sicher", erklärte Sybil, „zurück zu dir."

„Ich bin also zu meiner Mammographie gegangen und hab' danach, wie immer, darauf gewartet, daß man mir sagt, es sei alles normal. Aber diesmal war es das nicht. Der Arzt kam und sagte, er wolle die Aufnahmen von meiner rechten Brust wiederholen. Da wußte ich, daß etwas nicht stimmte."

„Und?" drängte Carol.

„Und dann machten sie noch eine Mammographie, und ich wartete wieder, und dann wurde mir gesagt, der Arzt möchte mich sprechen. Er war sehr nett. Er sagte, ich hätte da etwas, das sei aber sehr klein, höchstens so groß wie eine Erbse, und daß eine Biopsie notwendig sei, um zweifelsfrei festzustellen, was es ist."

Sybils besorgtes Gesicht strafte ihren saloppen Ton Lügen. „Ich schätze, du hast die Biopsie vornehmen lassen."

„Nein, noch nicht. Ich habe den Untersuchungsbericht

und mögliche Behandlungsmethoden mit Dr. Harab diskutiert, der mich überzeugte, es sei das Beste, in die Spezialklinik nach Sydney zu gehen, wo sie jährlich Hunderte solcher Fälle behandeln."

Eine Pause entstand, dann fragte Sybil: „Welche Möglichkeiten gibt es?"

Tante Sarah nippte an ihrem Rotwein. „Es ist abhängig davon, um welche Art Brustkrebs es sich handelt und in welchem Stadium er ist – ob er bereits so weit gestreut hat, daß die Lymphknoten unter meinem Arm befallen sind oder nicht. Erst wenn man das weiß, kann man entscheiden, ob die Brust amputiert werden muß, oder ob es ausreicht, den Knoten und das Gewerbe drumrum zu entfernen."

Diesmal trank sie einen großen Schluck Rotwein, ehe sie fortfuhr: „Wenn es wirklich Krebs ist – und das ist es vielleicht nicht –, werde ich sofort operiert. Je nachdem, was sie finden, wird entweder der Knoten entfernt oder..." Ihr Mund zitterte.

Carol legte ihr die Hand auf den Arm. „Tante Sarah, auch wenn es schrecklich ist, du weißt es zumindest und kannst etwas tun. Brustkrebs ist heilbar, vergiß das nicht."

„Das weiß ich, Schatz, trotzdem muß ich zugeben, daß mich das etwas umgehauen hat. Krebs – dieses Wort hat etwas an sich, das..." Sie rang sich ein Lächeln ab. „Guckt nicht so tragisch, ihr beide. Ich werde deswegen nicht den Löffel abgeben. Was sein muß, muß sein. Und jetzt laßt uns über erfreulichere Dinge reden. Sybil, hab' ich dir schon erzählt, daß die Ökohexen eine eigene Homepage bekommen?"

„Das ist eine tolle Idee."

„Finden wir auch. Wir haben große Pläne." Sie grinste Carol an. „Das wird dir gefallen, Carol. Wir denken sogar daran, auf lange Sicht ein internationales Netzwerk aufzubauen. Die Ökohexen auf allen Kontinenten – das ist unser Ziel."

„O Gott", sagte Carol, „dann bist du ja nur noch unterwegs, oder?" Sie sah ihre Tante bereits in einem verlausten

Gefängnis in einem Drittweltland. „Ich glaube nicht, daß das eine sehr gute Idee ist."

„Ach komm schon, wo bleibt dein Unternehmungsgeist?" wandte Sybil ein.

Sichtlich erfreut, daß Carol sich überhaupt äußerte, erklärte Tante Sarah: „Es ist nicht nötig, sich zum jetzigen Zeitpunkt darüber aufzuregen. Die Ökohexen sind ja noch nicht mal australienweit richtig etabliert, insofern dauert es noch eine Wele, bis wir den übrigen Planeten übernehmen. Vielleicht bleibt es der nächsten Generation vorbehalten, unser Werk zu vollenden." Und mit schelmischem Grinsen fügte sie hinzu: „Ich muß zum Beispiel sagen, daß mich Davids Interesse an Umweltthemen sehr beeindruckt."

Daß Tante Sarah sie in gewohnter Weise stichelte, war eine große Erleichterung, und Carol tat empört: „So ist das also! Du bringst meinen Sohn auf die schiefe Bahn! Ich verlange, daß du ihn mit deinen Hexen verschonst."

David vergötterte Tante Sarah, die für ihn die Ersatzoma war. Obwohl inzwischen ein Teenager, dessen Tage mit Schule, Sport und Verabredungen ausgefüllt waren, besuchte er sie, wann immer möglich. Es versetzte Carol einen Stich, als sie daran dachte, wie oft sie ihn erleichtert in Tante Sarahs Obhut gelassen hatte, wenn etwas Unvorhergesehenes in ihrem Job die für David reservierte Zeit beanspruchte.

In stiller Übereinkunft unterhielten sie sich angeregt während des Essens. Carol war sicher, daß keine von ihnen imstande war, die Realität auch nur eine Sekunde zu vergessen. Sybil hatte ihren Wagen bei Carol stehenlassen, so plauderten sie auf dem Heimweg weiter. Zu Carols Erleichterung, was ihr Schuldgefühle bereitete, machte Sybil klar, daß sie müde war und nicht mehr ins Haus kommen wollte.

Kaum hatte Carol den Wagen geparkt, da sprang Tante Sarah heraus. „Ich geh' schon mal rein, Carol. Sybil, meine Liebe, ich rufe dich morgen an."

Es ärgerte Carol, wie ihre Tante dafür sorgte, daß sie mit Sybil allein war. „Ich bringe dich zu deinem Wagen", sagte sie.

„Es ist schon merkwürdig, nicht wahr?“ bemerkte Sybil, als sie vor ihrem Auto standen.

„Was meinst du?“

„Ich meine uns – oder vielmehr die Tatsache, daß es *uns* eben nicht ist.“

Carol zuckte die Achseln, sie wollte nicht in Worte fassen, was sie fühlte oder vielleicht auch nicht fühlte. Im Grunde, so wurde ihr bewußt, fühlte sie sich distanziert, kühl.

„Ich weiß von Leota Woolfe.“

Carol schnaubte gereizt: „Tante Sarah hat's dir erzählt, nicht wahr?“

„Nein, eigentlich war es Pat.“

Jetzt war Carol wütend, bissig bemerkte sie: „Na toll! Du und Mark und Pat, ihr zerreißt euch also das Maul über mich?“

„Nein, natürlich nicht. Es wurde in einem Gespräch eher zufällig erwähnt“, widersprach Sybil.

Carol funkelte sie an, aber ihr war bewußt, daß sie unfair war. Vor ein paar Monaten war Carol aus einer Besprechung gekommen und hatte Leota und Mark in angeregter Unterhaltung vorgefunden. Leota war überraschend für einen Tag nach Sydney gekommen und wollte sie kurzentschlossen im Präsidium besuchen.

„Ich habe Mark gerade erzählt, wie wir uns kennengelernt haben“, hatte sie fröhlich erklärt, „und wie du mich nach Australien gelotst hast.“

Danach, als sie in Carols Büro allein waren, hatte Carol eisig gefragt: „Wieso hast du Mark von uns erzählt? Ich würde so etwas nie tun.“

Völlig perplex hatte Leota eingewandt: „Aber unsere Beziehung ist doch kein Geheimnis, Liebste. Du lebst doch nicht verkappt. Außerdem hast du so oft von Mark erzählt, daß ich weiß, ihr seid eng befreundet. Oder nicht?“

„Ja, das sind wir, trotzdem ziehe ich es vor, manche Dinge da rauszuhalten.“ Leota war sprachlos, und Carol fügte hinzu: „Was meine Privatsphäre angeht, bin ich eigen. So ist es nun mal.“

Bourke gegenüber war sie mit keiner Silbe darauf zurückgekommen. Und er, in seiner gewohnt loyalen Art, hatte sich daran gehalten und die Begegnung mit Leota nie erwähnt. Natürlich aber seiner Frau Pat gegenüber.

„Es tut mir leid", sagte sie zu Sybil. „Ich habe überreagiert."

„Ich sehe Pat oft. Wir sind befreundet, und sie dachte, ich würde es gern wissen. Womit sie recht hatte. Jetzt fällt es mir leichter, dir zu sagen, daß ich auch jemand habe."

„Es geht mich nichts an, mit wem du dich triffst."

Sybil seufzte. „Schon gut, Carol. Gute Nacht." Sie stieg in ihren Wagen, drehte die Scheibe runter und sagte: „Was Tante Sarah betrifft, ich könnte mir freinehmen, auch auf die Schnelle. Laß mich wissen, was los ist, bitte."

„Ist es eine, die ich kenne?"

Sybil schüttelte den Kopf. „Nein."

„Etwas Ernstes?"

Sybil verzog den Mund. „Ich dachte, es geht dich nichts an."

„Reine Neugier."

„Ich weiß nicht, vielleicht."

Carol sah ihr nach, als sie davonfuhr, dann ging sie ins Haus. Tante Sarah saß mit scheinheiliger Miene in der Küche. „Ich dachte, du möchtest vielleicht noch einen Kaffee, und bin dem Geheimnis deiner Kaffeemaschine auf die Schliche gekommen."

„Okay, Tantchen, du hast uns absichtlich da draußen allein gelassen."

„Ich dachte, es sei an der Zeit, daß ihr mal vernünftig miteinander redet."

„Nun gut. Das haben wir." Ihre Tante machte den Mund auf, doch Carol schnitt ihr das Wort ab: „Nein, ich werde nicht darüber reden, also spar dir die Frage."

Zehn schweigsame Minuten später saßen die beiden beim Kaffee auf der Küchenbank. Schließlich sagte Carol: „Um das Thema zu wechseln, weißt du zufällig etwas über einen Todesfall am Govetts Leap letztes Jahr? Ein Jogger stürzte vom Aussichtspunkt und kam zu Tode, während seine Frau ganz in der Nähe im Wagen saß."

„Da muß es sich um Barry Lyne handeln. Wieso interessiert dich das?"

„Ich weiß noch nicht, ob es das tut. Es könnte mit einem anderen Fall in Zusammenhang stehen."

„Wenn es um finstere Mauscheleien geht, ist Lyne höchstwahrscheinlich involviert."

Sie sagte es so verächtlich, daß Carol sie verblüfft ansah. „Ich habe so das Gefühl, daß du ihn nicht mochtest."

„Ich habe den Mann nie kennengelernt, aber er hat die Planung dieser riesigen Touristenburg in den Blue Mountains betrieben, mit der er sich über sämtliche Umweltvorschriften hinwegsetzte."

„Dann war er also eine kontroverse Figur im Bezirk?"

„Allerdings. Meine Ökohexen standen in den Startlöchern."

„Ich nehme an, ihr habt demonstriert?" fragte Carol ergeben, denn sie wußte bereits, was kam.

„Selbstredend haben wir das", erklärte Tante Sarah befriedigt. „Einige Male. Die Ökohexen für die Umwelt waren der Aufmacher in den Lokalnachrichten. Das nächste Mal, wenn du hochkommst, zeige ich dir unser Archiv. Natürlich wirst du dich schon bald in unsere Website einloggen und dort alles nachlesen können, wie ich schon gesagt habe."

Tante Sarah war voller Begeisterung. Carol konnte ihr ansehen, daß nun ein detaillierter Bericht von den letzten Erfolgen der Umweltgruppe auf sie niederginge, deshalb sagte sie rasch: „Können wir uns einen Moment auf Mr. Lyne konzentrieren?"

„Wenn du darauf bestehst. Obwohl er es kaum wert ist, allzuviel Zeit auf ihn zu verschwenden. Wenn man alles glaubte, was Lyne gesagt hat, bekamst du den Eindruck, daß er allein mit links die ganze Wirtschaft in den Blue Mountains ankurbeln würde. Im Grunde war er ein raffinierter Betrüger, der um jeden Preis Geld machen wollte, egal welchen Schaden er anrichtete. Als er starb, hat der

Landkreis ziemlich zu tun gehabt. Und über seine Frau Alyce wurde lange gemunkelt."

„Ich dachte, daß sie zum Zeitpunkt des Absturzes im geparkten Wagen auf ihn gewartet hat."

Tante Sarah nickte und spitzte die Lippen. „Das hat sie behauptet, aber es ging das Gerücht, sie oder vielleicht ihr Liebhaber hätten ihn über den Rand geschubst."

„Ihr Liebhaber?"

„Man munkelte allgemein, sie habe was mit dem Dorfpolizisten gehabt", sie wedelte abwehrend mit der Hand, „aber das war halt Gerede."

„Der Dorfpolizist ist wohl nicht etwa Oberinspektor Block, oder?"

„Saul Block?" bemerkte Tante Sarah wütend. „Kennst du den Mann? *Äußerst* unattraktiv. Der ist es nicht, schon aus dem Grund nicht, weil seine Frau Ida ihm bei lebendigem Leib das Fell über die Ohren zöge, wenn er fremdginge. Nein, man nahm an, daß es sich um jemand von den unteren Chargen handelte. Man hat auf viele gezeigt, aber keinen Namen genannt. Es wurde sogar angedeutet, daß Alyce Lynes Bruder mit dem Tod ihres Mannes zu tun hätte."

„Du bist da oben in den Bergen ja bestens informiert", bemerkte Carol.

Ihre Tante nahm es als Kompliment. „Das kannst du laut sagen, obwohl es dort genauso ist wie überall sonst – nur eben viel, viel schöner."

„Erzähl mir von dem Bruder."

Tante Sarah zuckte die Achseln. „Da weiß ich nicht viel zu erzählen. Ich bin nicht mal sicher, ob ich seinen Namen noch weiß – ein Ian soundso, glaube ich. Jedenfalls ist er jünger als seine Schwester, Ende Zwanzig, würde ich sagen, und sehr fürsorglich. Nach dem Unfall war er auf jedem Foto zu sehen, das von ihr erschien."

„Lebt Alyce noch immer in der Gegend?"

„Wie ich hörte, ist sie weggezogen, wohin, weiß ich nicht." Tante Sarah rieb sich die Hände, das Thema war offensichtlich für sie erledigt. „Das ist alles, Carol. Schade, daß jemand gestorben ist, aber etwas Gutes hatte das Ganze. Nach dem Tod von Barry Lyne platzte die Finanzierung dieses schrecklichen Erschließungsprojekts, was bedeutet, daß viele Pflanzen und Tiere vor der Vernichtung bewahrt blieben."

„Gut", sagte Carol geistesabwesend.

„Ach, zum Teufel, Carol! Wenn es dir dermaßen wichtig ist, werde ich dich an Lillian Broadhall verweisen. Sie gehört zu den Gründerinnen der Ökohexen und weiß alles über jeden. Sie hat sämtlichen Schmutz für dich, den du willst."

„Vielen Dank. Das wäre toll."

Tante Sarah musterte sie eindringlich. „Hast du es eigentlich niemals satt? Das Gerede und die Anschuldigungen und Skandale? Wie gern die Leute schlecht über andere reden?"

„Es ist mein Job zu ermitteln. Das bedeutet, ich höre zu, was Leute mir zu erzählen haben."

„Hach", sagte Tante Sarah, „ich würde es hassen, wenn ich mit all diesem Müll zu tun hätte."

„Nicht alles ist Müll, Tantchen. Oft ist es der Beweis für ein bestimmtes Verbrechen, wo das, was Menschen sehen und hören, jemanden als schuldig oder unschuldig erweist."

Tante Sarah grunzte vage, was ihr Mißfallen zeigte.

„Ich nehme nicht an, daß deine Ökohexen jemals klatschen, oder doch?"

„Niemals", antwortete Tante Sarah mit Würde. Und fügte mit zögerndem Lächeln hinzu: „Wir *diskutieren,* lang und breit. Das ist alles."

6

Die Klinik war ein anonymes, schnörkelloses Gebäude mit einem steril wirkenden Empfangsbereich. Carol fühlte sich nervös und verkrampft, doch Tante Sarah wirkte einigermaßen ruhig, ihre Anspannung äußerte sich nur in untypischem Schweigen und in der Art, wie sie den Umschlag mit den Mammographien und dem Bericht des Radiologen an sich drückte.

Als eine freundlich lächelnde junge Frau in hellblauer Uniform sie abholte, versuchte Carol, sich in ihren Roman zu vertiefen, den sie schon lange hatte lesen wollen. Er war von der Literaturkritik hoch gelobt worden, eine Familientragödie voller Dramatik und unendlichem Leid. Als die vierte Katastrophe auf die unglückliche Familie niederkam, und das in den ersten Kapiteln, hatte Carol genug – wäre sie ein depressiver Typ, hätte sie sich jetzt mit Sicherheit umgebracht.

Nachdem sie an der Rezeption die Auskunft erhalten hatte, daß es bei ihrer Tante länger dauerte, wanderte Carol aus dem Hauptportal nach draußen auf der Suche nach etwas heiterem Lesestoff. Es war ein schöner Herbsttag, frisch, doch nicht kalt. Sie fand eine geschützte Stelle, von wo aus sie Bourke anrief. Nachdem sie sich vergewissert hatte, daß nichts Aufregendes passiert war, legte sie beruhigt auf und schlenderte zum Buchladen, den sie auf der Herfahrt an der Ecke gesehen hatte.

Als sie drinnen den Ständer drehte und die Bücher begutachtete, klingelte ihr Telefon. Ein Doppelmord war gerade gemeldet worden. Sie notierte sich die Adresse, sagte Bourke, sie käme zum Tatort, sobald sie könnte, und marschierte geradewegs zur Klinik zurück.

Sie kam genau zur rechten Zeit, denn in diesem Moment erschien Tante Sarah am Arm der jungen Frau, die sie hinausgeführt hatte. Ihre Tante sah ziemlich blaß aus, erklärte aber resolut, daß sie die Prozedur der Nadelbiopsie überrascht hätte.

Carol bugsierte sie auf einen Stuhl im Wartebereich. „Du meinst, es hat dir weh getan?" fragte sie besorgt.

„Nein, eigentlich nicht, ich hatte doch eine Lokalanästhesie", sagte Tante Sarah. „Aber ich mußte mich bäuchlings auf einen Tisch legen, der ein Loch hatte, so daß mein Busen durchhängen konnte, während sie etliche Mommographien machten, um den Tumor zu lokalisieren. Ich durfte mich nicht bewegen, aber das Team, das die Biopsie vornahm, machte laufend Bemerkungen, die mich zum Lachen brachten, deshalb fiel mir das Stillhalten ziemlich schwer. Jedenfalls haben sie, nachdem sie den Knoten lokalisierten, die Nadel eingeführt und eine Gewebeprobe entnommen." Sie tätschelte sehr zärtlich ihre Brust. „Ich habe einen Eisbeutel in meinem BH."

„Wann werden wir es erfahren?" fragte Carol.

„Dr. Wu will mir Montagnachmittag das Ergebnis mitteilen. Ich kann ein Taxi nehmen –"

„Kommt nicht in Frage. Ich fahre mit dir hin."

„Das ist prima, weil Dr. Wu nämlich möchte, daß du als meine nächste Verwandte bei dem Gespräch anwesend bist."

Das erregte Carols Verdacht. War die Ärztin bereits zu dem Schluß gelangt, daß das Ergebnis erschütternd war? „Hat die Ärztin irgendwas über den Knoten gesagt?"

„Hm, ich weiß, daß er sich an der üblichen Stelle befindet, im oberen Teil der Brust zur Achselhöhle hin. Und wenn es Krebs ist, hält sie es für ein Frühstadium."

Gestern nacht, nachdem ihre Tante zu Bett gegangen war, hatte Carol im Internet über Brustkrebs recherchiert. Inzwischen waren ihr Begriffe geläufig, die ihr zuvor ein böhmisches Dorf gewesen waren, wie Duktalkarzinom, Lobulärkarzinom, Medullär-, Tubular- und Mucinkarzinom. Sie hatte sich auch mit den Behandlungsmethoden befaßt, wobei ihr vorher gar nicht klargewesen war, wie sehr eine gesunde Lebensweise auf die speziellen Bedürfnisse einer Patientin zugeschnitten wurde.

„Warte hier. Ich fahre den Wagen vor den Eingang und hole dich ab."

Die Tatsache, daß Tante Sarah nicht widersprach, war bemerkenswert. Als sie sich auf dem Beifahrersitz niederließ, verzerrte sich ihr Gesicht, und Carol empfand Gewissensbisse, als sie sagte: „Tantchen, es tut mir so leid, aber ich wurde zu einem Tatort gerufen. Kannst du zu Hause allein zurechtkommen? Soll ich Sybil anrufen? Sie sagte, sie könnte sich jederzeit freinehmen."

„Ich brauche keinen Babysitter. Ich bin müde, ich habe nicht gut geschlafen – ich denke, ich werde mich hinlegen." Sie rang sich ein kleines Lächeln ab. „Und hast du die Websites über Brustkrebs gespeichert, die du letzte Nacht studiert hast? Ich würde sie mir gern selbst ansehen."

„Ich gebe dir mein Paßwort."

„Nicht nötig", erklärte Tante Sarah. „Du bist nicht die einzige Detektivin in der Familie. Ich weiß es bereits."

***

„Ich hasse diese Mord-Selbstmordfälle." Bourke rümpfte die Nase. Düster starrte er auf die beiden Gestalten, die auf den Fliesen des Küchenbodens lagen. „Zum Glück sind diesmal keine Kinder betroffen. Dann ist es noch schrecklicher."

„Da hast du recht." Carol hatte bei genug Gewalttaten gesehen, was Eltern ihren Kindern antun konnten. Mord war ihr von Berufs wegen vertraut. Wenn die Opfer Kinder waren, die allen Grund hatten zu glauben, daß ihre Eltern sie behüteten, war das Blutbad besonders bestürzend, selbst für hartgesottene Profis.

Bei den Toten handelte es sich um Joseph und Faye McDonald. Beide Anfang dreißg, kinderlos, offensichtlich bisher gesund, von außen machte es den Eindruck, als hätten sie alles, wofür zu leben sich lohnt, und nichts, das ein so blutiges Gemetzel rechtfertigte, mit dem sie ihrem Leben ein Ende gesetzt hatten. Ihr Haus befand sich in einer privilegierten Gegend, in der Garage standen ein neuer Mercedes und ein BMW, das Mobiliar war gediegen und zeugte von Geld und gutem Geschmack. Die Küche war von designermäßiger Perfektion, wie ein Schöner-wohnen-Foto, wäre das Blutbad nicht gewesen.

Da sie erst spät am Tatort erschienen war, hatte Carol den

Leichenbeschauer verpaßt. Auch Liz Carey war schon gegangen, nachdem sie ihr Spurensicherungsteam an die Arbeit geschickt hatte.

„Wer hat die Leichen gefunden, Mark?"

„Faye McDonalds Schwester. Sie ist momentan mit Anne im vorderen Zimmer."

„Hast du mit ihr gesprochen?"

„Nur ein paar Worte. Ich dachte, du würdest das selbst tun wollen. Entweder ist sie sehr beherrscht oder ein kalter Fisch, der von dem Fund nicht sonderlich berührt ist."

Der metallische Geruch des Blutes stieg Carol in die Nase. Beide Leichen hatten Kopfschüsse erhalten. Blut und Hautfetzen befanden sich überall auf den weißen Flächen und Wänden, und gerinnende Pfützen hatten sich um die zerschmetterten Schädel gesammelt. „Bist du sicher, daß es sich um Mord-Selbstmord handelt?"

„Klassisch", sagte Bourke. „Der Mann stellt seine Frau in der Küche, das Gewehr in der Hand. Vielleicht kommt er einfach herein und feuert, vielleicht sagt er ihr auch, warum sie sterben muß, und ein Wort gibt das andere, wie dem auch sei, das Ergebnis ist das gleiche – ihr halber Kopf ist weggepustet. Er sieht, was er getan hat, richtet das Gewehr auf sich selbst und feuert aus dem zweiten Lauf. Bum! Sie ist tot, er ist tot. Klarer Fall und Ende der Geschichte."

„Der Staatsanwalt erwartet vielleicht von der Untersuchung ein klein bißchen mehr als das."

Bourke grinste über Carols trockenen Ton. „Natürlich werden wir den Ablauf eruieren, aber am Ende wird die Schlußfolgerung stehen, daß der Typ den Kopf verloren, erst seine Frau und dann sich selbst getötet hat. Allerdings..."

„Allerdings was?"

„Schau dir den Burschen ganz genau an." Carol beugte sich über die Leiche und unterdrückte dabei ein Stöhnen. Sie hatte schon viele Opfer gesehen, die eines brutalen Todes gestorben waren, doch Gewehrsalven aus nächster Nähe erschienen ihr immer besonders grauenhaft.

Bourke deutete hin und sagte: „Du weißt so gut wie ich, daß die meisten Leute, die einen Selbstmord durch eine Gewehrkugel planen, sich den Lauf unters Kinn halten und dann abdrücken. so daß der Schuß durch die Mundhöhle ins Gehirn geht. Dieser Typ hier hat sich einen Großteil seine Gesichts weggeschossen. Der Einschußwinkel beginnt zirka in Höhe seiner Nasenlöcher und endet oben am Hinterkopf."

„Wo ist die Waffe?"

„Liz hat sie mit ins Labor genommen. Es war ein ganz normales Doppellaufgewehr. Nichts Besonderes."

Carol stellte sich den Selbstmord vor und sagte: „Bei der Länge des Laufs wäre es schwierig, ein Gewehr so zu halten und gleichzeitig abzudrücken. Deshalb stellen so viele Leute den Gewehrkolben auf den Boden – es läßt sich leichter hinunterreichen und den Abzug ziehen."

„Schwierig schon, aber nicht unmöglich", sagte Bourke.

Vom Gesicht des toten Mannes war nicht viel übriggeblieben. „Besteht irgendein Zweifel, daß das der Ehemann ist?" fragte Carol.

„Seine Schwägerin sagt, er ist es."

„Kommissarin Ashton!" rief ein Techniker von der Spurensicherung. „Schauen Sie, was wir gefunden haben."

Mit Bourke auf den Fersen umging sie vorsichtig die Leichen, um keine Spuren zu zerstören. „Was gibt's?"

Der junge Techniker namens Urban hielt ihr mit der Pinzette einen zerrissenen Papierfetzen hin. „Das haben wir unter dem Ofen gefunden."

Carol entzifferte die zwischen den Blutflecken lesbaren Worte. „Der Ausdruck einer E-mail?"

„Sieht ganz danach aus." Er drehte ihn ein wenig, damit Carol besser lesen konnte. *Liebste, allerliebste Faye, bitte, sag ihm nichts von uns, sag nur, daß du ihn verlass...*

Bourke spreizte seine Hände. „Na, was hab' ich gesagt, Carol. Ein klarer Fall und Ende der Geschichte."

„Ein allzu klarer vielleicht."

***

Die Schwester der Ermordeten war zierlich und schätzungsweise Anfang vierzig. Sie saß sehr gerade auf dem cremefarbenen Ledersofa, die Füße nebeneinander auf dem Boden, die Hände im Schoß gefaltet. Carol musterte sie rasch. Die Frau hatte eine wächserne Haut, stumpfes aschblondes Haar und trug einen braunen Rock mit schlichter beiger Bluse. Ihr einziger Schmuck waren eine Uhr und ein ziselierter Silberring am kleinen Finger der rechten Hand.

Eine farblose Frau, dachte Carol, dann blickte Penelope Neale einen Moment hoch, und Carol sah in ihre knallblauen Augen, bevor sie den Blick wieder auf den herrlich gemusterten Teppich senkte. Das warf Carols ersten Eindruck über den Haufen. Es war nicht allein der Kontrast dieser verblüffenden Augen, sondern der berechnende Ausdruck – wie sie die Situation mit einem Blick erfaßte und taxierte, war praktisch unübersehbar.

„Ich bin Kriminalkommissarin Carol Ashton, Ms. Neale. Es tut mir leid, Ihnen zu diesem Zeitpunkt einige Fragen stellen zu müssen, aber Sie verstehen hoffentlich die Notwendigkeit."

Sie warf Carol einen zweiten Blick zu, dann starrte sie wieder zu Boden. „Natürlich, Kommissarin. Wenn ich Ihnen irgendwie helfen kann. Es ist so ein schrecklicher Schock. Ich kann einfach nicht glauben, daß Faye tot ist."

Aus ihrem Ton sprach sowenig Gefühl, daß es fast wie eine Computerstimme klang.

„Würden Sie mich einen Moment entschuldigen", sagte Carol und machte Anne ein Zeichen, ihr in den Flur zu folgen. Dort fragte Carol: „Hat sie irgend etwas gesagt, während Sie bei ihr saßen?"

„Ziemlich viel, um genau zu sein. Sie schilderte mir die Situation ihrer Schwester und sagte, sie allein wisse, wie sehr ihre Schwester unter ihrem Mann gelitten habe. Ich zitiere: ‚Nach außen war es eine ideale Ehe, tatsächlich aber die Hölle.'"

„Kam sie Ihnen richtig erschüttert vor?"

Anne legte den Kopf schief und dachte nach. „Ich würde sagen, nein, aber Sie wissen ja, wie Schock auf manche Menschen wirkt. Vielleicht beherrscht sie sich bisher mit aller Willenskraft und kann jeden Moment zusammenbrechen."

Aus ihrer Erfahrung mit Angehörigen wußte Carol, daß die Reaktionen auf den plötzlichen, vor allem aber gewaltsamen Tod höchst unterschiedlich waren. Dennoch hatte sie das Gefühl, daß Penelope Neale nicht zusammenbräche, es sei denn, sie hätte es bewußt auf eine große Show angelegt.

„Was sagt Ihnen Ihr Gefühl über sie?"

Anne grinste, offensichtlich erfreut, nach ihrer Meinung gefragt zu werden. „Nageln Sie mich nicht fest, aber ich glaube, sie ist eine Schauspielerin."

Nachdem sie Anne hinausgeschickt hatte, um Bourke bei der Von-Haus-zu-Haus-Befragung, ob jemand etwas gesehen oder gehört hatte, abzulösen, kehrte Carol ins Zimmer zurück. Es machte den Anschein, als hätte Penelope Neale sich die ganze Zeit nicht gerührt. Aufrecht saß sie da, die blauen Augen auf einen Punkt auf dem Boden vor ihren Füßen gerichtet.

„Sie haben Ihre Schwester und den Ehemann gefunden?"

„Ja. Ich war im Büro, ich komme immer sehr früh, und als gegen neun Uhr weder sie noch er eingetroffen waren, habe ich mir Sorgen gemacht. Ich bat meine Sekretärin, bei ihnen zu Hause anzurufen, doch es ging niemand ran, also habe ich meine Termine verschoben und bin hergefahren. Und da fand ich..." Sie vergrub ihr Gesicht in den Händen. „Es war grauenhaft."

Carol hätte tiefes Mitgefühl empfunden, hätte sie nicht den raschen berechnenden Blick aufgefangen, den Penelope in ihre Richtung warf, ehe sie ihr Gesicht verbarg.

„Besitzt Ihr Schwager ein Gewehr?"

„Ich glaube ja. Er geht auf Entenjagd, meine ich, bin mir aber nicht hundertprozentig sicher." Sie hob den Kopf. „Ich hasse Gewehre."

Mark Bourke kam herein. „Wir haben da etwas – ein Nachbar von gegenüber hat die Schüsse gehört."

Penelope Neale sah auf. „Wann?"

„Um welche Zeit waren Sie hier, Ms. Neale?"

Die Frau runzelte die Stirn. „Sie glauben doch nicht, ich hätte etwas damit zu tun, Kommissarin? Das ist abwegig."

„Aber nicht doch", entgegnete Carol locker. „Wir müssen nur einen Zeitrahmen feststellen."

„Ich weiß nicht genau, wann ich eintraf. Gegen zehn, halb elf. Bestimmt ist mein Anruf bei der Polizei registriert."

„Vielleicht haben Sie ja nicht sofort angerufen", sagte Bourke freundlich.

„Doch, habe ich. Und als ich vor dem Haus parkte, hab' ich mit jemandem gesprochen, bevor ich hereinkam. Ein Rentner von nebenan. Dann bin ich durch den Garten zur Hintertür gegangen – ich komme immer durch die Hintertür – und fand..." Sie senkte wieder den Kopf. „Das ist entsetzlich", flüsterte sie.

Carol und Bourke blickten sich an. „Neun Uhr", sagte er tonlos. Carol nickte, ehe sie auf den gebeugten Kopf herabsah. *Richtig überzeugend bist du nicht,* dachte sie.

Sie konnte Mark ansehen, daß auch er sich fragte, warum Penelope Neale sich solche Mühe gab, sie davon zu überzeugen, daß sie definitiv erst lange nach dem Ereignis eingetroffen war.

„War Ihnen bekannt, daß Ihre Schwester eine Affäre hatte?" fragte Bourke.

Die Frage schien sie zu verblüffen. „Wie bitte?"

„Ich habe gefragt, ob Sie wußten, daß Ihre Schwester eine Affäre hatte."

„Ich wußte, daß es da jemanden gab..." Sie hob hilflos die Hand. „Ich wünschte, ich könnte Ihnen mehr erzählen, Kommissarin, aber Faye hat mir seinen Namen nie genannt. Ich weiß lediglich, daß er ihr etwas bedeutet hat."

Sie betupfte sich mit dem Taschentuch die Augen. Carol hätte schwören können, daß sie trocken waren. „Sie haben keine Ahnung, wer er ist?“ hakte sie nach. „Das kann ich kaum glauben.“

Ärger trat auf Penelopes farbloses Gesicht. „Ich hatte keinen Schimmer. Wieso auch, wenn Faye ihn mir nie anvertraut hat.“

„Aber Sie wußten, daß es Probleme in der Ehe gab?“

„Ja, sicher. Die meisten Leute müssen es für eine musterhafte Ehe gehalten haben, aber ich habe selbst miterlebt, wie schwierig Joseph privat sein konnte.“ Sie schüttelte den Kopf. „Trotzdem – der Gedanke, daß er etwas so Gewalttätiges tun würde...“ Ein Seufzen. „Offen gesagt, der ist mir nie gekommen.“

„Wir haben noch weitere Fragen“, sagte Carol, „deshalb muß ich Sie bitten, noch ein paar Minuten zu bleiben, Ms. Neale.“

„Ja gut, aber dann muß ich in die Firma zurück.“

Außer Hörweite hinten im Flur fragte Carol Bourke: „Was hältst du davon?“

„Sie gibt sich allzuviel Mühe.“

„Ja, stimmt.“

„Allerdings“, Bourke grinste, „würde ich mich an ihrer Stelle noch etwas mehr ins Zeug legen.“

Carol zog die Brauen hoch. „Ein Motiv?“

„Kann man wohl sagen. Das Gespräch mit den Nachbarn war sehr aufschlußreich. Wie es scheint, sind die drei, Penelope, ihre Schwester und ihr Schwager, gleichberechtigte Teilhaber einer Firma, die Videospiele produziert, eine kleine, aber lukrative Firma und potenzielle Übernahmekandidatin für eine große Gesellschaft. Jetzt, da ihre Teilhaber tot sind, gehört Penelope alles. Das nenne ich ein gewichtiges Motiv.“

„Und hat sie sich bei ihrer Ankunft mit einem Nachbarn unterhalten?“

„O ja, mit Mr. Havisham“, erklärte Bourke, „einem pensionierten Herrn von nebenan. Er hat in seinem Vorgarten gearbeitet, als sie ihr Auto parkte und zu ihm rüberkam. Mr. Havisham kannte Penelope Neale, trotzdem hat sie sich noch einmal vorgestellt und gesagt, sie mache sich Sorgen um ihre Schwester, die nicht zur Arbeit gekommen sei, und dann fragte sie explizit, ob er irgend etwas gehört habe."

„Und hat er?"

„Er sagte, nein, habe er nicht", erklärte Bourke.

„Zwei Gewehrsalven. Das ist ein ganz schöner Lärm. Ich bin überrascht, daß er nichts davon mitbekommen hat."

„Als ich Mr. Havisham befragte, stellte ich fest, daß er ziemlich schwerhörig ist und das nicht so recht zugeben will, insofern nehme ich an, daß er nicht allzu oft von seinem Hörgerät Gebrauch macht."

„Na toll!" Carol zog eine Grimasse. „Und wie steht's mit seiner Sehkraft?"

„Ganz ordentlich, wie es scheint, aber gesehen hat er ja auch nichts. Er hat nicht bemerkt, daß irgendwer kam oder ging. Interessant ist allerdings, daß er erwähnte, Ms. Neale hätte mächtig viel Wind in bezug auf die genaue Uhrzeit gemacht, einen Uhrenvergleich, um festzustellen, daß es zehn nach zehn war."

„Das sieht ja ganz danach aus, als hätte sie versucht, sich ein Alibi zu verschaffen."

Bourke schaute zur Decke. „Ein Mord-Selbstmord-Fall ist dir wohl nicht kompliziert genug?" flachste er. „Worauf läuft deine Andeutung hinaus?"

„Wie wär's mit Auftragsmord?" flachste Carol zurück.

Aber eigentlich scherzte sie nicht. Penelope Neales Art und Verhalten hatte in Carol die kleine Alarmglocke anschlagen lassen, der zu vertrauen sie längst gelernt hatte.

7

Freitagmorgen überflog Carol ihre Aktionsliste und seufzte bei Terry Rohams Namen. Nicht weil sie seine Beschwerde am Hals hatte, sondern weil das ihre Zeit noch knapper machte. Mit Joseph und Faye McDonalds Tod hatte sie einen weiteren Fall auf ihrem Terminplan.

Mit gequältem Lächeln dachte sie an Bourkes flapsige Bemerkung, daß die Toten im Leichenschauhaus sich praktisch bereits auf dem Flur stapelten. Wenn es mit den Morden in diesem Tempo weiterging, müßte das Leichenschauhaus bald Kühlwagen bestellen, um den Überschuß unterzubringen.

Liz Carey hatte ihr eine Notiz hinterlassen, daß die auf dem Sicherheitszaun des Aussichtspunktes von North Head gefundenen Fingerabdrücke weder mit einem aus der Datenbank noch mit Trelawneys übereinstimmten. Carol machte einen Vermerk in der Akte und dachte irritiert, daß sie zuerst Richie Dent auf dem Revier in Manley löchern mußte, ihr seinen Bericht zu schicken, bevor sie ihren eigenen für den Staatsanwalt schreiben konnte.

Ein Anruf von Leota hob ihr Laune beträchtlich. „Samstagabend? Ich glaube, da kann ich, obwohl ich vielleicht zuerst in meinem vollen privaten Terminkalender nachsehen sollte", erklärte Carol.

„Ich bitte darum." Leota gluckste. „Ich würde deine Gesellschaft vorziehen, obwohl ich immer noch auf meine zweite Wahl zurückgreifen könnte."

„Und die wäre?"

„Fernsehen und eine Tüte Kartoffelchips."

„Da ist es wohl meine verdammte Pflicht, dich davor zu bewahren. Um wieviel Uhr?"

„Gegen sechs. Bei dir oder bei mir?"

„Tante Sarah ist im Moment bei mir." Carol zögerte, dann fügte sie hinzu: „Sie ist gekommen, um ein paar medizinische Untersuchungen durchführen zu lassen."

„Ich würde sie gern wiedersehen. Du hast es schon lange versprochen."

Gestern abend war Tante Sarah beinahe so lebhaft wie immer gewesen, aber Carol war sich nicht sicher, ob ihr der Besuch einer doch relativ Fremden angenehm wäre, wenn ihr so ein Stein auf der Seele lag.

„Tut mir leid, Leota, aber ich rufe dich an, ob es Tante Sarah im Moment recht ist oder nicht, auf jeden Fall aber bin ich morgen um sechs in deinem Hotel."

Lächelnd legte sie auf. Das Wochenende erschien ihr plötzlich so vielversprechend. Der Gedanke an das Gespräch mit Sybil gestern abend, als sie erfuhr, daß Pat von Leota erzählt hatte, schmälerte ihre Freude ein wenig. Wieso überreagierte sie eigentlich derart, sobald sie feststellte, daß andere über sie sprachen, wenn sie sich ihrer Beziehung zu Leota doch gar nicht schämte?

Es ist ja nichts falsch daran, grübelte sie, in persönlichen Dingen verschwiegen zu sein. Wie oft hatte sich Carol gewundert, wie manche Menschen ohne zu zögern über die intimsten Details ihres Lebens diskutierten, manchmal sogar mit praktisch Fremden. Daß sie je so etwas täte, erschien ihr unvorstellbar.

Sie beschloß, mit Bourke über Terry Roham zu reden, bevor Renfrew Downing käme, der morgens angerufen und sich mit ihr verabredet hatte. Sie hatte Ren immer sehr gemocht und freute sich auf das Treffen. Sie hatte keine Ahnung, warum er sie sprechen wollte, war aber überzeugt, daß es nichts mit Abwerbung für Downing & Pate zu tun hatte, egal, was Mark Bourke vermutete.

Sie blätterte Terrys Personalakte durch, fand darin nichts Bemerkenswertes und rief Mark zu sich ins Büro.

„Bitte, schließ die Tür", sagte sie, als er eintrat.

Bourke sah sie schief an, sagte aber nichts, sondern schloß die Tür und setzte sich auf den Stuhl vor ihrem Schreibtisch. „Käptn Trelawneys Autopsie ist für Montagnachmittag angesetzt", informierte er sie.

Tante Sarahs Termin bei Dr. Wu war am Montagnachmittag, und Carol wollte dabei sein. „Mark, ich bitte dich nur sehr ungern, aber –"

„Du möchtest, daß ich hingehe? Okay", sagte er liebenswürdig, weshalb es Carol noch unfairer vorkam, das Thema zur Sprache zu bringen. Mark erwies ihr eine Gefälligkeit in einer Sache, die sie selbst hätte tun sollen. Am besten kam sie gleich auf den Punkt.

„Terry Roham hat sich beschwert. Offenbar ist er der Ansicht, daß Anne die interessantere Arbeit zugeteilt kriegt und er nur den Abfall." Sie reichte ihm Terrys Beschwerdeliste.

Bourke las sie stirnrunzelnd und warf sie auf den Tisch. „Terry denkt also, daß ich Anne vorziehe?"

„Scheint so. Wie siehst du das?"

Bourke beugte sich vor und stützte die Ellbogen auf die Knie. „O Mann", sagte er.

Aufgrund seines ausgeglichenen, stets gut gelaunten Naturells hatte Carol vielleicht eine irritierte Reaktion erwartet, aber wie sie überrascht bemerkte, war er richtig sauer.

„Sieh mal, Carol, Anne ist wirklich klasse, sie ist effizient, ergreift Initiative, wo es angebracht ist, und sorgt stets dafür, daß ich informiert bin. Warum sollte ich ihr keine anspruchsvollen Aufgaben überlassen? Sie erledigt ihre Arbeit, und ich kann mich auf das, was sie sagt, verlassen."

„Und Terry?"

„Terry Roham? Daß es da ein Problem gibt, ist meine Schuld. Ich hatte allzuviel um die Ohren, um mir die Zeit zu nehmen, ihm über die Schulter zu sehen, insofern neigte ich leider dazu, Terry zu übergehen, wenn es um schwierige Aufträge ging, und sie Leuten zu übertragen, die ich nicht ständig kontrollieren muß."

Das war eine Situation, die Carol sich nicht hatte vorstellen können. Seit vielen Jahren war Mark ihr solider, verläßlicher Stellvertreter. „Verdammt noch mal, Mark, warum hast du mir nicht gesagt, daß du mit Terry Roham Probleme hast, bevor er mit der Anschuldigung zu mir kam, andere würden vorgezogen?"

Bourke fuhr sich mit der Hand übers Gesicht. „Glaub mir, ich könnte mir deswegen selbst in den Hintern treten, aber du weiß, wie es ist – diese Joungster sind alle so grün hinter den Ohren. Manche haben was drauf, die meisten sind gerade mal Durchschnitt. Die richtig hoffnungslosen Fälle scheiden eher früher als später aus, aber Typen wie Terry Roham sind scharf auf den Job und hängen dir am Rockzipfel. Solche Leute brauchen Anleitung, Kontrolle und gelegentlich einen ordentlichen Tritt in den Hintern. Offen gesagt, hab' ich's mir einfach gemacht und die kniffligen Aufgaben anderen gegeben, vorwiegend Anne."

„Hast du ihm jedesmal erklärt, weshalb du seine Arbeit nicht den Anforderungen entsprechend fandest?"

„Mit einer Bemerkung vielleicht, aber nicht formell."

Carol konnte nicht glauben, daß sie so nachlässig gewesen war. Dieses Problem köchelte offensichtlich schon eine Weile, ohne daß sie sich der Sache angenommen hatte. Es war eher ihr Fehler als Marks, wie sie im stillen mit sich haderte. Sie verließ sich so sehr auf ihn, daß sie ganz selbstverständlich davon ausging, er hätte alles unter Kontrolle.

„Und seine Beurteilungen?" Sie klopfte auf Rohams Personalakte. „Hervorragend sind sie nicht, aber okay."

Bourke wirkte verlegen und zerknirscht. „Es tut mir leid, Carol. Es ist einfacher, sich zurückzuhalten, als irgendwelche Überraschungen erleben zu müssen. Ich übernehme die volle Verantwortung."

„Ich habe Terry gesagt, daß ich die Angelegenheit mit dir bespreche und wir drei uns dann zusammensetzen."

Bourke runzelte sein freundliches Gesicht und sagte entschieden: „Ich habe diesen Mist verzapft, laß mich also die Sache ausbügeln, bevor du dich weiter reinhängst. Ich werde mit Roham nach Feierabend ein Bier trinken gehen und sehen, ob ich die Dinge zwischen uns regeln kann."

„Gute Idee, trotzdem möchte ich, daß wir drei uns zusammensetzen."

Er nickte wenig erfreut. „Es ist eher ein Sturm im Wasserglas", sagte er. „Ich meine, erinnere dich, wie es war, als du und ich hier Frischlinge waren. Natürlich haben wir damals die Drecksarbeit machen müssen."

„Ich glaube", sagte Carol mit beißendem Unterton, „daß Wachtmeister Roham sich zu Recht beschwert, daß er mehr als seinen fairen Anteil an der Drecksarbeit zugeschoben bekommt."

Bourke nickte ergeben. Er stand auf. „Ich komme drauf zurück", sagte er, ohne sie anzusehen, und verließ das Büro.

***

„Carol!" Der Mann in der Tür breitete die Arme aus. Carol kam hinter ihrem Schreibtisch hervor und umarmte ihn.

„Ren Downing! Ich habe dich ja eine Ewigkeit nicht gesehen! Wie geht's den Schnüfflern heutzutage?"

„Ich kann nicht klagen. Eine Menge Versicherungsfälle, und wenn die terroristische Bedrohung weiter zunimmt, kommt großer Bedarf an Personen- und Unternehmensschutz auf uns zu. Ich kann mich vor Aufträgen nicht retten und Gemma auch nicht, aber wir scheffeln die Dollars. Und wir haben sogar Personal! Kannst du dir das vorstellen? Ich als Boss mit persönlichem Assistenten und Untergebenen?"

„Nur schwer", sagte Carol und bedeutete ihm, sich zu setzen. Sie zog sich wieder hinter den schützenden Schreibtisch zurück und fragte sich dabei, wieso sie sich nicht neben ihn setzte. Immerhin waren sie gute Freunde, auch wenn sie lange nicht miteinander gesprochen hatten.

Als sie sich setzte, wurde es ihr klar, und sie grinste. Obwohl sie Bourkes Gedanken, daß Ren sie für Downing & Pate abwerben wollte, als absurd verworfen hatte, hatte sie unbewußt den Schreibtisch zwischen sie gesetzt, nur für den Fall, daß er wirklich deshalb gekommen war. Hinter ihrem Schreibtisch war sie der Boss, und er wollte etwas von ihr.

„Du lächelst, Carol, du freust dich wohl, mich zu sehen."

„Immer, das weißt du doch."

Sie musterte ihren Besucher. Ren hatte sich kaum verändert, noch immer der schlaksige große Bursche, mit dem sie zu Beginn ihrer Karriere soviel zusammengesteckt hatte. Sein dunkles Haar war leicht ergraut. Von den Lachfältchen um die dunklen Augen mal abgesehn, hatte er noch immer das gleiche schmale, intelligente Gesicht mit der langen Nase und dem lebhaften Mund. Er war, wie stets, wie aus dem Ei gepellt. Heute trug er einen tadellos geschnittenen schwarzen Anzug, ein weißes Hemd mit roter Seidenkrawatte. Als er sein Jackett aufknöpfte, sah sie, daß das rote Futter genau dem Krawattenton entsprach.

Ihre Musterung amüsierte ihn. „Na, bin ich durch die Gesichtskontrolle gekommen, Carol? Ich muß sagen, du trotzt dem Zahn der Zeit und bleibst die tolle grünäugige Blondine, an die ich mich so liebevoll erinnere."

„Gerade dachte ich, wie umwerfend gut du aussiehst. Und so geschmackvoll gekleidet..."

Er lachte über ihren belustigten Ton. „Dann sind wir uns ja einig: Wir beide sind einfach zu schön für diese häßliche Welt."

„Möchtest du einen Kaffee?"

„Gott soll schützen", empörte er sich grinsend. „Komm mir bloß nicht mit der Polizeibrühe. Heutzutage trinke ich nur noch den guten Stoff, Baby."

„Baby?"

„Bei uns Schnüfflern herrscht ein rüder Ton. Das gehört zum Image. Das Vokabular hab' ich bei Raymond Chandler abgekupfert."

„Und beeindruckt es deine Klientel?"

„Naja, ich verwende es ja nicht wahllos. Ich versuche doch nicht, einen großen Versicherungskonzern oder eine Bank damit zu blenden. Da verlasse ich mich auf mein intelligentes ultraprofessionelles Understatement. Du würdest dir die Augen reiben."

Carol sah ihn liebevoll an. „Es ist viel zu lange her, wir sollten uns wirklich bald wiedersehen."

„Gute Idee. Ben wird sich freuen."

Das letztemal, als sie zu viert ausgegangen waren, Ren mit seinem langjährigen Lebensgefährten, war sie noch mit Sybil zusammengewesen, deshalb erklärte sie: „Ren, ich bin nicht mehr –"

„Mit Sybil zusammen? Das ist mir bekannt. Ein Schnüffler weiß nämlich alles."

„Das verhüte der Himmel."

Downing gluckste. „Ich übertreibe ein bißchen, wie immer. Ich habe nämlich keine Ahnung, ob du jemand speziellles hast. Hast du?"

„Vielleicht." Bevor er ihr weitere Details aus der Nase zog, fuhr sie rasch fort: „Ren, ich will ja nicht drängen, aber..."

„Ich weiß, wie beschäftigt du bist. Ich komme also zur Sache, obwohl es sich ein bißchen melodramatisch anhören wird. Es hat mit ein paar Fällen zu tun, die wir für verschiedene Versicherungsgesellschaften untersuchen. Du weißt bestimmt, daß, wenn eine große Versicherungssumme zur Auszahlung kommt, die Gesellschaften überprüfen lassen, ob alles seine Richtigkeit hat, und da wenden sie sich an Downing & Pate."

„Und du prüfst, ob Versicherungsbetrug vorliegt."

„Genau. Und weil die menschliche Natur ist, wie sie ist, gibt es leider immer mehr Betrugsfälle zu entdecken. Zum Beispiel wärst du erstaunt, wie viele Arbeitskräfte behaupten, durch bleibende Rückenschäden verkrüppelt zu sein, und Invaliditätsprämien beantragen – wundersamerweise verschwinden die Schäden, sobald sich die angeblichen Krüppel unbeobachtet fühlen."

„Das alles ist ja sehr interessant, aber –"

„Du fragst, weshalb zum Teufel ich einfach so, aus dem Blauen, auf deiner Matte stehe und dir das erzähle."

„Klär mich auf."

„Okay, ein paar Informationen vorab. Wir überprüfen Versicherungsansprüche in ganz Australien, nicht nur in Sydney und Umgebung, und weil wir für diverse Versicherungskonzerne arbeiten, können wir manchmal ein Muster entdecken, das niemandem sonst auffiele. Kraftfahrzeugversicherungen tauschen inzwischen Informationen aus, zum Beispiel über inszenierte Unfälle und daraus resultierende Tricksereien mit ärztlichen Attesten, auch wenn die Ganoven ihr Operationsfeld in andere Städte verlagern. Bei Verdacht auf Brandstiftung ist es genauso, auch hier wiederholen die Feuerteufel oft ihre Vorgehensweise, deshalb lohnt es sich, nach Übereinstimmungen zu suchen."

„Lebensversicherungen?" fragte Carol.

„Aha", sagte Ren, „ich hab' ja schon immer gewußt, daß du nicht nur gut aussiehst. Lebensversicherungen – genau darum geht es mir. Wir haben es mit einer Wiederholung bestimmter Charakteristika zu tun, die alarmierend sind... Naja, für mich jedenfalls."

„Würde Unfalltod, vielleicht durch einen Sturz aus großer Höhe, zu dem erwähnten Muster gehören?"

Ren betrachtete sie voller Anerkennung. „Respekt! Also ist es dir auch aufgefallen."

„Zuviel der Ehre. Es ist überhaupt nichts Konkretes, jedenfalls bisher noch nicht, aber es hat ein paar Fälle gegeben, die auf Tod durch Unfall lauteten, bei denen wir heute denken, es könnte sich lohnen, sie noch einmal zu überprüfen."

Downing spitzte die Lippen. „Nur ein paar?" fragte er.

„Wie viele hast du?"

„Vier Unfalltode, die ich für definitiv verdächtig halte, und einen fünften könnte ich auf die Liste setzen."

„Möglicherweise fünf Morde?" fragte Carol unangenehm überrascht. Ihr fiel ein, daß Mark gesagt hatte, wenn sie auf vier verdächtige Unfälle stieße, müßte sie zugeben, daß etwas vor sich ginge. Jetzt kam ihr Ren mit fünf. „Wie sicher bist du, daß es sich nicht um Unfälle handelt?" fragte sie.

„Ich bin ziemlich überzeugt, muß aber zugeben, daß ich mich in mindestens einem Fall irren könnte. Du weißt ja, wie es ist, wenn man erst anfängt, nach kriminellen Absichten zu suchen – du entdeckst sie überall. Ich bin durchaus geneigt zuzugeben, daß ich manchmal Mord wittere, wo es sich lediglich um Unvorsichtigkeit oder Dummheit des Verstorbenen handelt."

Carol nahm die Kappe ihres goldenen Stiftes ab. „Nenn mir die Details."

„Okay, was mir zuerst auffiel, waren die Übereinstimmungen. Immer das gleiche Schema: Das Opfer, in der Regel Gatte oder Gattin, hat kürzlich eine Lebensversicherung abgeschlossen oder eine bereits existierende Police beträchtlich erhöht. Bald danach kommt die versicherte Person durch einen Unfall ums Leben, entweder durch einen Absturz ohne Zeugen oder Unfall mit Fahrerflucht und gestohlenem Fahrzeug, bei dem es keinen Beweis für ein Verbrechen gibt. Jedesmal hat der oder die Versicherungsbegünstigte ein wasserdichtes Alibi für genau die richtige Zeit."

„Reines Glück, Zufälle gibt es schließlich und Übereinstimmungen auch, Ren."

„Alibis sind schlüpfrige Dinge, wie du weißt. Zum Beispiel achten Zeugen nicht richtig auf die Zeit, es sei denn, man stößt sie mit der Nase drauf. Bei jedem dieser Fälle fand die begünstigte Person ganz zufällig die Möglichkeit, daß ein Zeuge mitspielte und für ein wasserdichtes Alibi sorgte."

„Ich habe Schwierigkeiten, mir draußen in den Vororten eine Mörder-GmbH vorzustellen", sagte Carol locker, obwohl ihr Downings Eröffnung wie ein Kloß im Magen lag.

„Es ist ein todsicheres Schema. Du beseitigst einen unliebsamen Ehe- oder Geschäftspartner, die Untersuchung ergibt Tod durch Unfall, und die Versicherungsgesellschaft macht dich reich."

„Somit existiert da irgendwo ein Mordkoordinator? Vielleicht gibt es ja eine Website, die Mord als geiles Geschäft propagiert?" parierte Carol seinen flapsigen Ton.

„Carol, es besteht tatsächlich die Möglichkeit, daß es einen Unternehmer für diese Morde gibt."

„Das meinst du ernst?"

Er antwortete nüchtern: „Ich meine es ernst, wenn ich sage, daß es sich bei manchen oder sogar bei allen Fällen, die diesem Muster entsprechen, um Mord handeln könnte. Und ich möchte daran erinnern, daß ich nur Kenntnis von Todesfällen habe, bei denen die Verstorbenen bei den Gesellschaften versichert waren, die mit Downing & Pate zusammenarbeiten. Wer weiß, wie viele Unfalltote es sonst noch gibt?"

„Hat eine der Versicherungsgesellschaften die Auszahlung der Prämie verweigert, weil sie deiner Meinung war, daß die Sache verdächtig sei?"

Übertrieben betrübt verzog er die Mundwinkel. „Diese Typen haben alles bezahlt."

„Also fanden sie das nicht verdächtig?"

„Du sagst es, Carol. Und zu Anfang fanden Gemma und ich das auch nicht. Erst als wir unsere Notizen verglichen, stellten wir fest, daß irgendwas merkwürdig war, zu dem Zeitpunkt waren die ersten drei Policen bereits ausgezahlt. Dann, obwohl wir in unserem Untersuchungsbericht des letzten Todesfalles mit der roten Fahne wedelten, hat die Versicherungsgesellschaft keine hinreichend überzeugenden Gründe gesehen, die Prämienzahlung zurückzuhalten, vor allem, weil die Kripo nichts Fragwürdiges daran gefunden hat."

„Namen und Orte, Ren."

Carol notierte die Fälle, die Ren Downing nannte. Als er fertig war, stützte sie das Kinn in die Hand und las das Notierte: Barry Lyne stürzte zweihundert Meter tief vom Blackheath in den Blue Mountains; Wayne Cronnite wurde in Newcastle von einem Auto überfahren, der Fahrer beging Fahrerflucht; Cindy Dunn erlag ihren Kopfverletzungen infolge eines Sturzes von der Feuerleiter in einem Bürogebäude in Sydney; Hildy Perry ertrank in schwerer Brandung bei Kiama an der South Coast nach einem Sturz von der Steilküste. Betroffen waren drei Versicherungsgesellschaften: Australasian Risk, Callard Insurance und International Fire, Flood & Life.

„Sind deine beiden Fälle dabei?" fragte Ren.

„Der erste ja – Barry Lyne am Govetts Leap. Den zweiten Absturz hast du nicht, eine Paulette Bruehl aus Wollongong fiel letztes Jahr vom Gap in der Watson Bay."

Während er sich den Namen aufschrieb, sagte Carol: „Du sprachst von einem fünften Fall, bei dem du nicht sicher bist."

„Ja, eine Frau namens Ursula Stein, die draußen im Westen, in Dubbo, lebte. Alles entspricht dem Schema – der kürzliche Abschluß einer hohen Lebensversicherung, ihr Mann hatte für die fragliche Zeit ein wasserdichtes Alibi – nur starb sie an einer Kohlenmonoxydvergiftung. Sie hatte ihr Auto unvorsichtigerweise in der geschlossenen Garage laufen lassen. Die Ermittlungen ergaben Tod durch Unfall, weil nichts auf Selbstmord schließen ließ, ihr Mann aber behauptete, sie sei von notorischer Schusseligkeit gewesen und bereits früher bei einem ähnlichen Zwischenfall beinahe umgekommen. Callard Insurance zahlte ohne einen Mucks."

„Ich hoffe wirklich, daß du dich irrst, Ren."

„Ich auch. Übrigens – vor ein paar Tagen sah ich in den Nachrichten, daß jemand am North Head abgestürzt ist. In letzter Zeit, sooft ich höre, daß jemand abgestürzt ist, befällt mich Paranoia. War irgendwas verdächtig daran?"

„Bisher nicht. Am Montag kriegen wir das Obduktionsergebnis. Die Frau des Toten saß zur fraglichen Zeit im geparkten Wagen am North Head, unterließ aber jeden Versuch, einen Zeugen zu finden, der ihr ein Alibi verschafft hätte. Wie paßt das in dein Schema?"

Ren grinste. „*Mein* Schema?" In übertriebenem amerikanischem Akzent fügte er hinzu: „Mein sensorischer Urinstinkt eines Privatdetektivs sagt mir, daß es schon bald *dein* Schema sein wird, mein süßes Goldlöckchen."

„O bitte! Nicht Goldlöckchen, dann doch lieber Baby", wehrte sich Carol.

Ren sprang auf, schob Carol eine cremefarbene geprägte Visitenkarte über den Tisch und sagte: „Ich bin sicher, wir bleiben in Verbindung, also hier meine Karte, Baby."

Sie besah sich die Karte. „Was denn? Weder Lupe noch Sherlock Holmes-Kappe?"

„Also bitte! Wir sind ein gediegenes, diskretes Unternehmen. Nichts Bombastisches."

„Außer dir, Ren."

„Außer mir", stimmte er zu.

8

„Na, hat Ren dir einen Job offeriert?"

Carol blickte von der Akte über den tödlichen Absturz der Paulette Bruehl hoch. „Nein, Mark, und es hatte auch nicht den Anschein, als käme Ren auf eine solche Idee. Schade, daß ich nicht mir dir gewettet habe – da hätte ich jetzt abkassiert."

„Zum erstenmal bin ich froh, daß ich mich geirrt habe."

Sie lehnte sich zurück. „Hast du tatsächlich geglaubt, daß ich mit fliegenden Fahnen überlaufe?"

Er zuckte die Achseln. „Ich dachte, es könnte dich reizen."

„Niemals", sagte sie und dachte, daß vielleicht, nur vielleicht, irgendwann in der Zukunft sie sich vorstellen könnte, irgendwo anders als bei der Kripo zu arbeiten.

Bourke schien seine gute Laune wiedergewonnen zu haben. „Ich habe mich heute nach der Arbeit mit Terry Roham auf ein Bier in der Kneipe verabredet. Ich bin sicher, wir werden die Sache zwischen uns klären."

„Verbrüderung beim Bier am Freitagabend", mokierte sich Carol. „Als ich junge Kriminalwachtmeisterin war, mußte eine Frau, wenn sie ernstgenommen werden wollte, sich aufführen wie ein ehrenwerter Kerl und das Bier eimerweise in sich reinkippen. Karrieremäßig kamst du sonst überhaupt nicht weiter. Das waren Zeiten." Ihr Ton machte klar, daß sie denen nicht im Geringsten nachweinte.

Bei dem Anflug von Besorgnis in seinem Gesicht mußte sie lachen. „Keine Sorge, Mark, ich wollte hier keine Predigt über die Behandlung von Frauen im Polizeidienst halten. Ich erzähle dir lieber, weshalb Ren Downing mich besucht hat."

Während sie ihm von dem Gespräch mit Downing berichtete, sah sie, wie Marks anfängliches Interesse in Überraschung und schließlich in Bestürzung umschlug. „Verdammt", sagte er, „als ich den Gedanken ventilierte, daß sich bei der Untersuchung einige Unfälle als etwas Übleres erweisen könnten, hatte ich keine Ahnung, daß es praktisch auf eine Epidemie an Mordfällen hinausliefe."

„Bis jetzt wissen wir das nicht."

„Ich habe immer gesagt, die beste Möglichkeit, ungestraft einen Mord zu begehen, ist, es wie einen Unfall erscheinen zu lassen."

Carol warf ihm einen leidenden Blick zu. „Nicht gerade ein origineller Gedanke. Ich habe mal gelesen, daß ein berühmter englischer Krimiautor auf die Frage, wie er einen Mord begehen würde, antwortete, ein kleiner Schubs über eine Klippe sei eine exzellente Methode, ohne eine Verurteilung fürchten zu müssen."

„Jetzt bin ich auf das Autopsieergebnis am Montag aber richtig gespannt", sagte Bourke. „Da der Typ so weit runtergestürzt ist, besteht eine Chance von eins zu einer Million, daß die Gerichtsmedizin irgendwas Ungewöhnliches findet, sollte aber was dran sein, wird Jeff Duke es bemerken."

Carol nickte. Jeff Duke war der beste Pathologe, den sie kannte. Er war forsch und jovial, doch nicht gefühllos, und schien einen sechsten Sinn zu haben, was Todesursachen betraf. Es gehörte zu Carols Job, bei Obduktionen dabei zu sein, trotzdem konnte sie sich nicht vorstellen, sich tagtäglich mit dem Tod in allen Erscheinungen zu konfrontieren, wie der Pathologe es tat. Am schrecklichsten war es bei Kindern. Sogar Jeff Duke war in solchen Situationen gedämpft.

Sie schob diese Gedanken beiseite und verabredete, daß Bourke sie am Montag anriefe, sobald er das vorläufige Ergebnis der Autopsie von John Trelawney hatte. Ganz in Gedanken verloren tippte Bourke sich mit dem Finger ans Kinn.

„Mark?"

Er richtete sich auf und sagte: „Ich weiß, daß der Fall McDonald nach Mord-Selbstmord aussieht und nicht nach Unfall, aber es gibt einige Ähnlichkeiten mit den Fällen, die

Ren genannt hat. Zum Beispiel machte die Begünstigte, Penelope Neale, ein großes Bohei bei dem Nachbarn, was die Zeit ihres Eintreffens am Tatort angeht."

„Bei diesem Fall habe ich das gleiche Gefühl, Mark. Es wird interessant sein zu erfahren, ob die Policen ihrer Schwester und ihres Schwagers kürzlich erhöht wurden."

„Ich lasse das gleich überprüfen", sagte Bourke. „Vielleicht", er grinste ironisch, „bitte ich Terry, sich darum zu kümmern. Hoffentlich ist ihm das spannend genug."

***

Carol suchte Kriminalrat Edgar auf, aber der war schon gegangen. Auch bei ihrem unmittelbaren Vorgesetzten, Hauptkommissar Bertram, hatte sie kein Glück, deshalb kehrte sie in ihr Büro zurück und schrieb eine Notiz an Edgar, mit Kopie an Bertram, und schilderte die Punkte, die Ren Downing genannt hatte.

Das war, wie sie zynisch dachte, eine Übung, um sich abzusichern, auch wenn sie außer Vermutungen nur wenig zu berichten hatte. Jim Bertram war kein Problem. Er war ziemlich schwach, es war ihr bis heute ein Rätsel, wie er einen solchen Aufstieg gemacht hatte. Mit Kriminalrat Edgar verhielt es sich anders. Carol hatte die Erfahrung gemacht, daß Edgar Überraschungen ganz und gar nicht liebte und fuchsteufelswild wurde, wenn er das Gefühl hatte, ins Hintertreffen zu geraten, weil er nicht ausreichend informiert worden war.

Obwohl Edgar forderte, über alles in Kenntnis gesetzt zu werden, wurde er ungeduldig bei den Details und wollte stets nur „das breite Bild", wie er es nannte. Carol verstand es aus dem Effeff, dem Chef immer mehr zu liefern, als er eigentlich wollte. Das fand er sehr beruhigend, auch wenn er die Informationen bloß überflog, hauptsächlich um festzustellen, wie es sich auf seine Karriere auswirkte.

Momentan hatte sie nur wenig konkrete Fakten, deshalb schilderte sie Ren Downings Überlegungen, vermerkte die

Namen, Daten und Orte und endete mit der Bemerkung, daß sie der Sache nachginge und darauf zurückkäme, sobald sie mehr Material habe.

Nachdem sie Leota die Nachricht auf Band gesprochen hatte, daß Tante Sarah sich freue, sie am Samstag zu sehen, packte Carol ihren Aktenkoffer. Am Donnerstag hatte sie eine Kopie der Akte über Barry Lynes tödlichen Absturz angefordert und sie heute morgen aus den Blue Mountains erhalten, aber zu lesen noch keine Zeit gefunden.

Die Büros rechts und links leerten sich rasch, und sie tat es den anderen gleich, die es eilig hatten, ins Wochenende zu kommen. Vom Auto aus rief sie Tante Sarah auf ihrem Mobiltelefon an. „Ich fahre jetzt los. Was soll ich zum Essen mitbringen? Pizza? Was Chinesisches? Wonach ist dir?"

„Nachdem ich gesehen habe, daß du gute heimische Küche brauchst, hab' ich einen Braten in den Ofen geschoben – mit allem Drum und Dran. Beeil dich, Schätzchen. Du kannst mir bei der Soße helfen, wie früher, als du klein warst."

Auf der Heimfahrt grübelte Carol darüber nach, wie wichtig Tante Sarah für sie gewesen war, seit sie denken konnte. Szenen aus ihrer Kindheit fielen ihr ein, sie konnte sich noch gut an die Freuden der langen Sommerferien erinnern, die sie bei Tante Sarah und Onkel Paul in ihrem Landhaus in den Blue Mountains bei den Gordon-Fällen verlebte, wo das Wasser in Kaskaden die schroffen Sandsteinklippen in das flache Tal und den See von Eukalyptusbäumen herabstürzte.

Als behütetes Einzelkind hatte Carol die Freiheit genossen, mit den Nachbarkindern zu spielen, durch Büsche zu toben, Ströme und Wasserfälle zu erforschen, unbelastet von elterlichen Ängsten und Warnungen. Und jedesmal war sie spätnachmittags verschwitzt und müde zu Tante Sarahs Kuchen und Gebäck heimgekehrt, die sie frisch aus dem schwarzen mit Holz befeuerten Herd in ihrer gemütlichen altmodischen Wohnküche holte.

Sie sah Onkel Paul vor sich, dürr und lakonisch, wie er pfeiferauchend auf der Veranda vor dem Haus saß. Vögel zwitscherten in der Dämmerung. Georgette, die aristokratische Siamkatze, zu seinen Füßen musterte lässig ihr Terrain. Manchmal erzählte Onkel Paul ihr mit dieser ernsten, getragenen Stimme Geschichten von Fabelwesen, die sich angeblich an Wasserläufen im dichten Gebüsch versteckt hielten und unvorsichtige Spaziergänger verschleppten. Carol konnte sich noch ganz genau an den prickelnden Schauder erinnern, der sie bei diesen Geschichten überlief, ein Gefühl von unbekannten Gefahren, die draußen in der Welt lauerten, aber hier bei ihrer Tante und ihrem Onkel fühlte sie sich geborgen und geliebt.

Die Tante Sarah ihrer Kindheit hatte die gleiche unerschöpfliche Energie an den Tag gelegt und die gleiche Lebenslust und überschwängliche Liebe zur Natur wie heute. Obwohl Carol bei ihrer Tante kaum eine physische Veränderung von damals zu heute wahrnehmen konnte, war ihr klar, daß ihre Erinnerung ihr da wohl einen Streich spielen mußte. Sie wußte, daß Tante Sarah früher so blond wie Carol gewesen war und daß ihr Gesicht nicht dieses Netz von feinen Fältchen gehabt hatte wie heute.

Als sie den Wagen parkte, schwelgte sie bereits in der Vorfreude auf die köstlichen Düfte, die ihr Haus erfüllten. Sie wurde nicht enttäuscht. Sobald sie die Tür öffnete, lief ihr das Wasser im Mund zusammen. „Tante Sarah! Das riecht ja phantastisch."

„Du siehst müde aus, Darling. Trinken wir einen Aperitiv, und danach essen wir."

„Schön." Unwillkürlich strahlte Carol übers ganze Gesicht. Nach Hause zu kommen, wo eine geliebte Person und ein köstliches Mahl sie erwarteten, das war eine Wonne, die sie schon fast vergessen hatte.

Während sie den Tisch deckte – „Stoffservietten, nicht dieses Papierzeug" –, kamen ihr wieder die wundervollen Erinnerungen an das Landhaus in den Bergen..

„Ich habe gerade an Onkel Paul gedacht, wic er auf der Veranda vor dem Haus saß und seine Pfeife rauchte."

„Wenn er heute noch lebte, würde ich ihm das Rauchen keinesfalls mehr gestatten", sagte Tante Sarah streng. „Das hab' ich ihm schon gesagt – nach all den Jahren unterhalte ich mich noch immer mit ihm", fügte sie weich hinzu. „Und sag' nicht, daß ich nicht mehr richtig ticke – ich habe immer mit ihm geredet."

„Ich finde gar nicht, daß du nicht mehr richtig tickst."

„Auch nicht, wenn ich dir sage, daß ich noch heute manchmal zu Hause in die Küche komme und überrascht bin, daß er dort nicht am Tisch sitzt und seine Zeitung liest?"

Carol schlang den Arm um sie und drückte sie. „Ihr wart schließlich sehr lange verheiratet."

„Fünfunddreißig Jahre. Das war nicht lange genug, mein Kind."

Ohne genau zu wissen, warum, fragte Carol: „Als du Onkel Paul damals kennenlerntest, wußtest du gleich: der und sonst keiner?"

„Himmel, nein, Darling! Ich fand ihn ein bißchen langweilig, um ehrlich zu sein. Er hat nicht viel geredet, und ich habe ihn kaum bemerkt. Später hat Paul mir erzählt, er hätte damals von mir den Eindruck gehabt, ich sei so ein junges wildes Ding und nicht im Entferntesten die Art Mädchen, die ihn interessierte."

„Warst du wild?"

„Wer, ich?" Tante Sarah grinste im Rückblick. „Du hast keine Ahnung... Und frag mich nicht weiter... Du kriegst nichts aus mir raus."

„Wenn du ihn also langweilig fandest und er dich zu wild, wie seid ihr beide dann zusammengekommen?"

Tante Sarahs Gesicht leuchtete bei der Erinnerung auf, als sie erzählte: „Wir waren eine ganze Clique, mit den meisten bin ich noch heute befreundet. Wir gingen tanzen, ins Kino und hatten viel Spaß zusammen. Paul war ein Freund von Kitty Lakes Bruder und rutschte irgendwie in die Clique. Ich hab' mich nicht sehr für ihn interessiert, aber er war immer da, und so lernten wir uns besser kennen. Dann, eines Tages, völlig aus dem Blauen, wurde mir bewußt, daß er der einzige Mensch auf der Welt war, bei dem ich mich durch und durch wohl fühlte. Da wußte ich, daß ich den Rest meines Lebens mit ihm verbringen wollte. Zum Glück empfand er das gleiche."

„Somit war es keine wahnsinnige, leidenschaftliche Beziehung?"

„Natürlich war es das. Nur daß der Anlauf eben länger war." Forschend blickte sie Carol an. „Was bedeutet dir Leota?"

Überrumpelt konterte Carol: „Wieso fragst du das?"

„Weich mir nicht aus, Carol. Antworte einfach."

„Viel. Aber wieviel wirklich, weiß ich noch nicht."

„Hmm."

„Du wirst Leota doch wohl nicht in die Mangel nehmen?" fragte Carol, durch den nachdenklichen Ausdruck ihrer Tante alarmiert. „Wenn ja, verhindere ich das Zusammentreffen."

Mit Unschuldsmiene fragte Tante Sarah: „Wie kommst du nur auf diese Idee?"

„Weil ich dich kenne, Tantchen", sagte Carol mit widerstrebendem Lächeln.

„Ich zeige mich von meiner besten Seite, versprochen."

„Und wieso beruhigt mich das nicht?" fragte Carol.

***

Samstagmorgen drängte Tante Sarah Carol zum Einkaufen, und als sie zurückkehrten, war das Auto mit „lauter gesundem Essen", so Tante Sarah, beladen.

„Das ist wirklich Verschwendung", protestierte Carol, die die Tüten zur Haustür schleppte. „Davon esse ich nicht mal die Hälfte."

„Doch, das wirst du, meine Liebe, weil ich nämlich hier bin und dafür sorgen werde."

Carol wurde bewußt, was sie meinte, und sagte über die Tüten hinweg: „Es bestehen gute Chancen, daß du Dienstag nach Hause in deine Berge fährst, dann wirst du einiges hiervon mitnehmen müssen."

„Ich glaube nicht eine Sekunde daran, daß ich so bald heimfahren werde“, entgegnete Tante Sarah nüchtern. „Ich werde bestimmt operiert und habe gehofft, daß ich hierbleiben kann, wenn ich aus der Klinik komme.“

„Tante Sarah...“, begann Carol, wußte dann aber nicht weiter. Leere Phrasen der Ermunterung würde sie zu Recht verachten.

„Reden wir nicht weiter darüber, Carol. Was sein muß, muß sein, und das werden wir Montagnachmittag genau wissen.“

Am Nachmittag war es sehr ruhig im Haus, Carol saß über den Akten, die sie mitgebracht hatte, Tante Sarah beschnitt im Garten die Sträucher. Später rief sie ihre Freundin Lillian Broadhall an, arrangierte eine Verabredung mit Carol, die morgen früh nach Leura fahren und sich von ihr über Barry Lyne und dessen Familie informieren lassen wolle.

„Lillian ist ein unschätzbares Mitglied der Ökohexen“, sagte Tante Sarah, als sie aufgelegt hatte. „Sie kommt immer direkt auf den Punkt und fackelt nicht lange. Auf einer Demo, wenn die Polizei gerufen wird, stellen wir sie stets in die erste Reihe. Sie ist pensionierte Lehrerin und hat Generationen von Kindern im ganzen Umkreis unterrichtet. Da geraten die Bullen immer ein bißchen ins Hintertreffen, weißt du, sobald sie sich namentlich nach deren Familienmitgliedern erkundigt. Ich erinnere mich, daß ein Inspektor uns auf einer Demo ziemlich mies behandelt hat, bis Lillian sich nach seiner Mutter erkundigte. Das hat ihn völlig aus dem Konzept gebracht.“

„Ich weiß nicht, ob ich es gut finde, wie ihr die Polizei einschüchtert“, sagte Carol lachend.

Um Viertel nach fünf, als Carol sich aufmachte, um Leota im Hotel in der Innenstadt abzuholen, brachte Tante Sarah sie zum Wagen. „Ich freue mich auf Leota, du wirst sie doch nicht auf die Schnelle hier durchschleusen, nicht wahr? Ich möchte sie wirklich gern besser kennenlernen.“

„Genau das hab’ ich befürchtet“, murmelte Carol, während sie den Wagen anließ.

„Was sagst du, Liebe?"

„Nichts. Bis gleich dann."

Bevor Carol um die Ecke bog, sah sie im Rückspiegel, wie ihre Tante ihr nachblickte, eine kleine, rundliche Person, die nicht unterzukriegen war.

Es versetzte Carol einen Stich ins Herz. Was, wenn ihre über alles geliebte Tante Sarah an Krebs sterben sollte?

***

„Darf ich Tante Sarah zu Ihnen sagen?"

Carols Tante strahlte Leota an. „Natürlich." Und mit süffisantem Grinsen fragte sie: „Und ich soll Sie wohl Agentin Leota nennen. Oder?"

Leota fletschte die weißen Zähne in ihrem schwarzen Gesicht. „Wenn Sie unbedingt wollen, aber etwas weniger Formelles wäre mir lieber."

Amüsiert betrachtete Carol die beiden von fern. Das war vielleicht ein Unterschied: Leota, deren schwarze Haut nur so vor Gesundheit strotzte, ihr Haar in einer kurzgeschnittenen Frisur gebändigt, die salbeigrüne Hose mit dem passenden Oberteil sehr apart, überragte Tante Sarah, die sich für diese Gelegenheit in ein karminrotes Hemd über lilafarbenen Leggins geworfen hatte, um einiges. Carol bemerkte, daß ihre Tante irgend etwas mit ihrer weißen Mähne versucht hatte, die sie mit etlichen kirschroten Kämmen vergeblich in Schach zu halten trachtete.

„Wissen Sie, Leota", sagte Tante Sara und musterte sie eingehend, „ich glaube, leuchtende Farben stünden Ihnen sehr gut."

„Vielen Dank."

„Ich denke da an pink oder vielleicht ein sattes Chromgelb. Was meinen Sie?"

„Tante Sarah", griff Carol ein.

„O ja, wo bleiben meine Manieren? Setzen sie sich doch, Leota, machen Sie es sich bequem. Ich weiß, daß Sie später noch essen gehen, aber ein paar Häppchen als Vorspeise werden Ihnen sicher schmecken."

„Ich hole sie", erklärte Carol.

Als sie mit der Vorspeisenplatte zurückkehrte, fand sie die beiden in angeregter Unterhaltung. Carol schwante, daß ihre Tante es auf eine geistreiche Ausfragestunde abgesehen hatte. Den lächelnden Blick auf Leota gerichtet, sagte sie gerade: „Leota – das ist ein schöner Name. Woher kommt er?"

„Tut mir leid, ich hab' keine Ahnung."

„Tss", sagte Tante Sarah, „ein solcher Mangel an Neugier überrascht mit bei einer FBI-Agentin. Ich dachte, Sie hinterfragen absolut *alles*."

Ihre Betonung des letzten Wortes gefiel Carol gar nicht. Sie hatte die Meinung ihrer Tante über FBI, CIA, ASIO und ähnliche Organisationen schon öfter gehört.

„Tante Sarah", unterbrach sie mit allem Nachdruck, „du hast doch nicht etwa die Absicht, politisch zu werden, oder?"

„Natürlich nicht, Carol. Warum holst du uns nicht etwas zu trinken, Schätzchen?"

Carol stellte die Platte vor ihnen auf den Couchtisch. „Offen gesagt, fürchte ich mich, euch allein zu lassen."

„Ein weiser Schluß", sagte Tante Sarah, „weil wir nämlich lang und breit über dich reden werden, sobald du aus dem Zimmer bist."

„Dann bleibe ich lieber."

Tante Sarah verzog das Gesicht. „Einen kleinen Sherry bitte, Schatz. Trocken – das süße Zeug mag ich nicht."

„Bourbon on the Rocks?" bat Leota auf Carols fragenden Blick. „Wenn du hast."

„Southern Comfort?"

„Fein."

Als Carol sich geschlagen zurückzog, um die Getränke zu holen, hörte sie noch ihre Tante sagen: „Also, Leota, erzählen Sie mir genau, was Sie nach Australien verschlagen hat."

Später im Wagen sagte Carol: „Spuck's aus, was hat meine Tante aus dir rausgeholt, als ich nicht im Zimmer war?"

„Absolut alles", Leota lachte. „Ich konnte ihr einfach nicht widerstehen. Daran gemessen sind die Verhörmethoden des FBI finsteres Mittelalter."

9

Leotas Suite besaß die angenehme Anonymität, die Hotelzimmer so rasch vergessen läßt. Sie war in neutralen Tönen gehalten, die typischen Drucke hingen an den Wänden. Carol blickte sich um und dachte, wie ordentlich Leota war. Alles war aufgeräumt. Abgesehen von Zahnbürste und Toilettenartikel im Bad deutete nichts darauf hin, daß das Zimmer bewohnt war.

„Ich habe Champagner bestellt. Französischen, natürlich", sagte Leota, als Carol sich vom Fenster abwandte, wo sie die Aussicht auf die Stadt und den Hafen genossen hatte.

„Was ist deine Lieblingsfarbe?"

„Gelb", antwortete Leota spontan. Dann überlegte sie sich das. „Naja, eher goldgelb, genau gesagt." Und grinsend fügte sie hinzu: „Das liegt an meinem sonnigen Naturell, keine Frage."

„Keine Frage."

Leota zog sie in die Arme. Bei ihrem Kuß überlief es sie heiß. „Wow", sagte sie an Leotas Lippen, „promptes Feuer entfacht."

„Und was ist deine Lieblingsfarbe?"

„Meine? Ich gehöre zu den konventionellen Sieben von Zehn. Es ist blau."

Leotas Hände strichen über ihren Rücken. „An dir ist gar nichts konventionell, meine liebe Kommissarin."

„Erinnerst du dich noch an unseren ersten Kuß? Der hat mein Adrenalin zum Kochen gebracht."

„Das sollte er auch."

Wieder küßten sie sich, langsam, ohne Hast. Leota unterbrach: „Wenn wir so weitermachen, überhören wir glatt noch den Zimmerservice, und das wäre schade. Ich will nämlich anstoßen, auf dich und uns, mit dem Schampus."

„Eine besondere Gelegenheit?"

„Liebste, jede Gelegenheit mit dir ist eine besondere."

„Wenn du weiter so Süßholz raspelst, schmelze ich gleich dahin", sagte Carol.

Das scharfe Klopfen an der Tür brachte sie beide zum Lachen. Der junge Kellner, etwa so alt wie ihr Sohn, dachte Carol, rollte den Wagen mit den Champagnerflöten, der Kristallvase mit roten Rosen und dem silbernen Kübel mit der Champagnerflasche herein, ließ sich von Leota den Zimmerservice quittieren und war innerhalb weniger Sekunden wieder verschwunden.

„Rote Rosen für die Leidenschaft", sagte Leota und entkorkte gekonnt die Champagnerflasche. „Auf uns." Schweigend stießen sie die Gläser an und tranken.

Carol hatte eine Schwäche für Champagner, sie liebte das Perlen auf der Zunge und das Spritzige, das ihr einen Kick gab. Alkohol war Alkohol, egal in welcher Form, trotzdem hatte Champagner eine besondere Qualität, er regte sie an und erfüllte sie mit herrlicher Leichtigkeit.

„Komm zu Bett", Leota nahm ihre Hand.

„Wieso habe ich jedesmal, wenn ich mit dir zusammen bin, das Gefühl, es sei wie beim erstenmal."

„Wahrscheinlich liegt es an meiner unendlichen Variationsbreite." Leota streifte Carol die Bluse ab.

„Das muß es sein!"

„Du zitterst ja, Carol."

„Glaub mir, mir ist nicht kalt."

Nackt, Brust an Brust, umschlangen sie einander. Unter Leotas Händen brannte Carols Haut wie Feuer. Auch wenn sie sich in Muße der Sinnlichkeit hinzugeben gedachte, befiel sie eine plötzliche Ungeduld, ein glühender Schmerz, der nach leidenschaftlicher Eroberung und Hingabe gierte.

Sie packte Leota und küßte sie fordernd, ihr Körper loderte in brennendem Verlangen. Sie sanken aufs Bett, total verstrickt ineinander, begierig, den Höhepunkt der Erregung zu erlangen, aus sich herauskatapultiert zu werden, über die Grenzen von Körper und Geist hinauszufliegen.

„Oh, ja!“ Carol bäumte sich auf und erbebte im Rhythmus, der jedes Bewußtsein von Zeit, Denken, Ängsten auslöschte.

Später, als sie völlig verschwitzt in Leotas Armen lag, kam die Realität langsam zurück: Daß sie sich meist in Hotelzimmern liebten, abgestimmt auf den prallen Terminkalender, nie den Luxus genossen, einen freien Tag miteinander zu verbringen, zu lesen, zu plaudern, Muße miteinander zu haben.

Ohne es zu wollen, sprach Carol ihre Gedanken aus. „Ich frage mich, ob dies der Kuchen ist oder der Zuckerguß?“

„Die Glasur meinst du? Es ist beides, Carol.“

Das war keine ausreichende Antwort, dachte Carol. „Zum Teufel mit der Küchenphilosophie“, sagte sie, drehte sich um und drückte Leota aufs Bett. „Du bist wie eine Droge“, flüsterte sie und biß Leota sachte ins Ohrläppchen. „Ich glaube, befriedigt zu sein, aber das bin ich nie. Nicht wirklich.“

„Diese Bemerkung wird dir noch leid tun“, erklärte Leota lachend. Mit einem Schwung rollte sie Carol auf den Rücken. „Du wirst um Gnade flehen, bevor die Nacht vorüber ist.“

„Nur keine leeren Drohungen.“ Und als Leota sie berührte, sagte sie: „Tu dein Bestes – bitte.“

10

Am nächsten Tag beschloß Tante Sarah, mit Carol in die Blue Mountains zu fahren, um nach ihrem Haus zu sehen und ein paar Vorkehrungen zu treffen, falls sie länger als erwartet fort wäre. Es war ein klarer, frischer Tag, hoher

Wind fegte die Wolken vom Himmel, so daß er tiefblau leuchtete. Obwohl Carol erst kurz vor dem Morgengrauen nach Hause gekommen war, bestand sie darauf, früh aufzubrechen, und da der Sonntagmorgenverkehr noch nicht eingesetzt hatte, schafften sie die Fahrt in Rekordzeit.

Als sie die Berge erreichten, fühlte sich Carol ganz aufgekratzt, sie freute sich fast so wie früher als Kind, wenn sie mit ihren Eltern hier hinauffuhr, um Tante und Onkel zu besuchen.

„Dein Haus sieht noch genauso aus wie früher", sagte Carol und hielt vor dem kleinen Landhaus. Wie viele alte Häuser in den Bergen aus der gleichen Epoche hatte es breite Veranden, die Wände waren mit gestrichenen Holzschindeln verkleidet. Das dunkelrot gestrichene Wellblechdach ruhte auf den geschnitzten Pfosten der Vorderveranda. Vier breite Steinstufen führten zur Haustür, die wie die Fensterstöcke dunkelgrün gestrichen war, was zu den cremefarbenen Wänden in hübschem Kontrast stand. Zu dieser Jahreszeit war der Garten nicht in allerbestem Zustand, doch verglichen mit ihrem in Seaforth eine wahre Blütenpracht.

Lillian Broadhall wohnte nur ein paar Straßen entfernt. Carol begleitete ihre Tante ins Haus und ging dann zu Fuß zu ihrer Verabredung. Es war kühl, aber sie stopfte ihre Hände in die Taschen ihrer Windjacke und genoß es, durch die frische Luft und die Ruhe zu wandern.

Hier in den Bergen schienen die Uhren anders zu gehen, und Carol spürte, wie sich ihre Schultern entspannten. Sie begegnete ein paar Leuten, die sie alle grüßte, tätschelte unterwegs zwei Hunde, die ihre Besitzer ausführten – einen munteren Golden Retriever und einen traurigen Basset –, und kam einige Minuten zu früh ans Ziel.

Das Haus im gleichen Stil wie das ihrer Tante war sehr viel größer, dunkelgrün gestrichen, Fenster und Tür hellgrün abgesetzt, und das Dach schimmerte silbern. Im Unterschied zu Tante Sarahs Haus war hier die Vorderveranda von einer Lattenbrüstung umgeben, was Carol für einen Fehler hielt, da das Freie, Luftige einer offenen Veranda verlorengegangen war.

Der kupferne Türklopfer glänzte in poliertem Goldbraun. Es war ein Löwenkopf mit schwerem Metallring im Maul, den Carol zweimal kurz betätigte. Sogleich öffnete sich die Tür. Die Frau musterte Carol von oben bis unten, nickte und sagte im Kommandoton: „Den Flur entlang und am Ende links."

Carol folgte dem lakonischen Hinweis und gelangte in einen bezaubernden Raum, der mit wunderbar restaurierten antiken Bambusmöbeln ausgestattet war. Das Haus stand am Rand der Klippe, und der Blick aus den breiten Schiebefenstern war atemraubend. Das Tal lag so weit unten, daß die mächtigen Baumkronen einen graugrünen Teppich bildeten, über den die Schatten der Wolken huschten.

„Was für ein schöner Raum", sagte Carol.

„Vielen Dank. Nehmen Sie Platz."

Lillian Broadhall war groß, sehnig und grauhaarig, hatte einen entschlossenen Mund und direkten Blick, der ganz sicher Generationen von Schulkindern Angst gemacht hatte.

Mit behender Grazie, als sei sie viel jünger, durchmaß sie den Raum und blieb vor einem zierlichen Bambustischchen stehen, auf dem ein unpassender großer Chromzylinder thronte. „Kaffee? Hab' ich hier in dieser Thermosflasche. Oder lieber Tee? Ich kann welchen machen."

„Kaffee, schwarz, bitte." Carol grinste in sich hinein und dachte, daß ihre markige Art zu reden durchaus einschüchternd wirkte.

Die pensionierte Lehrerin reichte Carol den Kaffee in einer dünnen Porzellantasse mit grünbraunem Bambusdekor auf der Seite. „Zucker?"

Als Carol den Kopf schüttelte, nickte sie anerkennend. „Gut. Diabetes entwickelt sich mittlerweile zur Volkskrankheit. Ein Grund ist allzuviel Zucker."

Nachdem sie sich selbst eine Tasse Kaffee eingeschenkt hatte, setzte sie sich und fragte: „Laufen Sie?" Ihre klare Aussprache gab ihrer Stimme etwas Tragendes.

„Möglichst jeden Morgen."

„Gut so, das wird Sie jung halten." Sie spitzte die Lippen. „Gute Gene helfen natürlich. Auf Sarahs Seite ist es eine starke Familie. Sie ist kaum je einen Tag krank gewesen, soweit ich weiß. Sie macht es noch eine Ewigkeit."

Eine Ewigkeit? Ja, bitte, dachte Carol. Offensichtlich wußte Lillian nicht, daß Tante Sarah womöglich Krebs hatte.

„Möchten Sie was zum Kaffee? Ich halte nichts von Zwischenmahlzeiten, aber ich kann Ihnen etwas holen."

„Nein, danke." Entschlossen nahm Carol das Heft in die Hand, bevor sie es gänzlich verlor, und sagte: „Ms. Broadhall, ich bin gekommen, um Ihnen ein paar Fragen zu stellen. Gewiß hat meine Tante gesagt –"

„Lillian. Lily oder Lil kann ich nicht ausstehen." Mit einem Anflug von Lächeln fügte sie hinzu: „Kapiert?"

„Kapiert."

„Soll ich Sie Kommissarin nennen?"

„Carol tut's auch."

„Dann Carol." Sie legte den Kopf schief, um Carol genau zu betrachten. „Sarah ist sehr stolz auf Sie. Also, worum geht's?"

„Meine Tante sagt, daß Sie eine echte Informationsquelle in den Blue Mountains sind."

Dieses Lob entlockte ihr ein zustimmendes Brummen. „Kann schon sein. Ich hab' mein Leben lang hier gelebt, aber daß ich alles weiß, kann ich nicht behaupten."

„Mich interessiert die Familie und der Freundeskreis von Barry Lyne."

Lillians Gesicht verdüsterte sich. In schneidendem Ton sagte sie: „Ein übler Kerl. Als er starb, haben ihm viele hier keine Träne nachgeweint."

„Er war nicht sehr beliebt?"

„Beliebt war er bei bestimmten Typen. Solche, die davon faselten, Arbeitsplätze zu schaffen und die Wirtschaft in den Blue Mountains anzukurbeln." Sie grunzte zornig. „Raffkes, die nehmen, was sie kriegen. Zum Teufel mit den kleinen Leuten und der Umwelt. Und so was nennen sie Fortschritt!"

„Meine Tante hat gesagt, die Ökohexen hätten gegen das von Lyne betriebene Erschließungsprojekt demonstriert."

Unvermittelt lächelte Lillian Broadhall und entblößte lange gelbe Zähne, die durchaus den Eindruck machten, als könnten sie jemandem den Kopf abbeißen. „Wir haben eine tolle Show abgezogen. Da waren wir nicht die einzigen. Teil eines breiten Bündnisses gegen dieses Projekt."

„Und das Projekt fiel in sich zusammen, als Lyne starb?"

„Gottseidank, ja."

„Kannten Sie Barry Lynes Frau?"

Heftiges Nicken. „Allerdings. Von Kindheit an. Ich hab' sie unterrichtet, als sie klein war. Alyce Mure hat sie damals geheißen. Und ihr Bruder Ian ist drei Jahre jünger. Unzertrennlich, die beiden."

„Tante Sarah sagt, Alyce ist nach dem Tod ihres Mannes hier weggezogen."

„Nach Wollongong."

„Wollongong?"

„Wirklich – kaum zu glauben. Nach Wollongong. Ihr Bruder Ian lebt dort, Alyce ist zu ihm gezogen." Sie legte das Gesicht in mißbilligende Falten und fuhr fort: „Industriestadt, Wollongong. Von hier nach dort zu ziehen und dort glücklich zu sein, ist mir unvorstellbar. Ihnen auch?"

„Ian ist ihr einziger Bruder?"

„Nein. Alyce hatte noch einen älteren Bruder. Der starb, als sie noch zur Schule ging."

„Ein Unfall?" fragte Carol äußerst gespannt.

„Kann man so sagen. Haben hier am Bahnsteig rumgealbert. Er ist vor einen Güterzug gefallen."

„Irgendein Zweifel, daß es ein Unfall war?"

Lillian verzog zynisch die Lippen. „Fett-Mure nannten sie ihn. Ein bulliger Typ, der andere schikanierte. Ich hatte zwar nie das Vergnügen, ihn zu unterrichten, aber ich kannte seinen Ruf. Er terrorisierte die Kinder, die sich nicht von ihm ‚beschützen' lassen wollten."

„Damit sagen Sie, daß es kein Unfall war?"

„Ich sage, daß ihm niemand eine Träne nachweinte."

Carol erkundigte sich ganz allgemein nach der Familie Mure. Die Eltern kamen beide bei einem Flugzeugabsturz in Neuseeland um, als die kleine Maschine die Schneefelder von South Island anflog. Alyce und Ian waren zu der Zeit Anfang zwanzig. Lillian erklärte, daß Ian Mure schon als Teenager mit dem Gesetz auf Kriegsfuß stand und wegen Schlägereien, Verkehrsgefährdung unter Drogeneinfluß und ein paarmal wegen Rezeptfälschung Jugendarrest bekam.

Wie Lillian sagte, hatte ihn sein persönlicher Charme, seine Bußfertigkeit und ein schlauer Rechtsbeistand vor dem Gefängnis bewahrt. Nach dieser endgültigen Abmahnung hatte er sich offenbar besonnen, später stieg er dann in das örtliche Tourismusgeschäft ein und agierte als Verbindungsmann der verschiedenen Gruppierungen, die die Gegend für den Tourismus zu erschließen beabsichtigten. Zu der Zeit, als seine Schwester heiratete, zog er nach Wollongong.

„Wenn er hier so erfolgreich war, wieso ist er dann weggezogen?" fragte Carol.

„Keine Ahnung. Aber aus welchen Gründen auch immer, es wird für Ian von Vorteil gewesen sein."

„Wie kam Ian Mure mit Barry Lyne aus?"

Lillian lächelte dünn. „Sie suchen einen Grund, weshalb er Lyne den Govetts Leap runtergestoßen haben könnte? Viel Glück. Ian und Barry waren seelenverwandt." Sie lachte schallend. „Sofern man das Wort auf diesen Typus anwenden kann."

„Inwiefern seelenverwandt?"

„Umweltschänder. Bauen, bauen, bauen. Das war ihre Devise." Sie deutete auf Carols Tasse. „Noch Kaffee?"

„Vielen Dank. Er ist vorzüglich."

Während Lillian Kaffee nachschenkte, erklärte sie: „Frische Kaffeebohnen. Die einzig richtige Art. Sie mahlen selbst?"

„Manchmal."

„Gewöhnen Sie es sich an. Es lohnt sich."

Carol kam aufs Thema zurück: „Wie ist Ihre persönliche Meinung von Ian Mure?"

„Ein Charmeur, ohne Zweifel. Einer, der sich aus Schwierigkeiten herausreden kann. Einer, der einem einreden kann, daß schwarz weiß ist und grün rot."

„Ich kann mir nicht vorstellen, daß er Ihnen was einreden konnte", sagte Carol grinsend.

„Ich hab' seine Versuche nicht unterbunden. Es fällt schwer, Ian nicht zu mögen."

„Und Alyce, was ist mit ihr?"

Lillian spitzte die Lippen. „Sie glaubt, die Welt schulde ihr was. Und sie ist hübsch genug, daß ihr die Welt zu Füßen liegt. Regeln gelten für andere Leute, nicht für Alyce."

„Was war mit ihrer Ehe?"

Ein Schnauben. „Die beiden haben einen Deal gemacht. Lyne bekam eine Schönheit, um die andere Männer ihn beneideten. Alyce bekam Geld und eine gesellschaftliche Stellung."

„Gab es Probleme?"

„O ja." Lillian Broadhall zog eine Grimasse. „Lyne war sehr viel älter als Alyce. Und eifersüchtig. Einige Wochen vor seinem Tod wurde der Notarzt gerufen. Veilchen auf den Augen, Prellungen am Körper, gebrochene Rippe und so weiter."

Gestern hatte Carol die Akte über die Ermittlungen zum Tod von Lyne gelesen. Da hatte nichts von ehelichen Problemen gestanden. „War das allgemein bekannt?" fragte sie.

„Alyce hat ihren Stolz. Sie sagte kein Wort davon." Lillian bleckte ihre langen Zähne und grinste Carol an. „Woher ich das weiß? Die Frau des Notarztes ist die Tochter einer Freundin, Edie Bligh. Edie ist Ökohexe und eine kleine Plaudertasche, aber nur innerhalb unserer Gruppe."

„Mich wundert, daß die örtliche Polizei nichts von dieser ehelichen Gewalt erwähnt hat."

„Kann da nur vermuten. Alyce steckte mit einem zusammen. Mit Owen Ingram. Den sollten Sie fragen." Sie hielt den Finger hoch. „Ich warne Sie – Owen ist Star unserer Volkstheatergruppe. Und kein schlechter Schauspieler."

***

Bewaffnet mit Ingrams Adresse – „Ich singe nämlich mit seiner Schwester im Kirchenchor. Ich singe Alt. Und Sie?“ – kehrte Carol zum Haus ihrer Tante zurück, sagte ihr, daß sie noch mal für etwa eine Stunde weg wäre, und fuhr zum Inspektor in den Nachbarort Katoomb.

„Owen Ingram?“ fragte sie den Mann, der ihr die Tür des unscheinbaren Backsteinhauses öffnete. In jungen Jahren mußte er ein gutaussehender, muskulöser, frischer Bursche gewesen sein. Jetzt hatte er einen Stiernacken und wurde langsam ein rotgesichtiger Fettwanst.

„Wer will das wissen?“ fragte er in aufsässigem Ton. Sein Ausdruck veränderte sich, als er Carol erkannte. „Kommissarin Ashton. Was zum Teufel...“

„Ich habe ein paar Fragen zu Barry Lyne und seiner Frau. Sie haben die Ermittlungen im Todesfall geleitet, glaube ich.“

Ingram blickte über seine Schulter nach hinten. „Schauen Sie, Kommissarin, meine Frau... Sie erwartet ein Kind... Neunter Monat. Könnten wir in den Garten gehen? Ich möchte nicht, daß sie sich aufregt.“

Sie gingen um das Haus herum in den rückwärtigen Garten, der penibel gepflegte Gemüsebeete enthielt. In einer Ecke befand sich ein Gewächshaus mit blankgeputzten Scheiben.

„Beeindruckend“, sagte Carol.

Ingrams angespannter Gesichtsausdruck entkrampfte sich für einen Augenblick. „Ich habe so ein bißchen ein grünen Daumen. Ich liebe es, zu pflanzen und Gemüse zu ziehen.“

Am hinteren Zaun in der Sonne stand eine Holzbank. Sie setzten sich jeweils ans Ende und ließen einen Meter Platz zwischen sich. „Was möchten Sie wissen?“ Er schien sich offenbar außer Hörweite des Hauses sehr viel wohler zu fühlen. „Der Tod von Lyne war ein Unfall.“

„Es sind ein paar Fragen dazu aufgetaucht. Womöglich rollen wir den Fall noch einmal auf und ermitteln wegen Mordes.“

Ein Anflug von Befriedigung huschte über sein schweres Gesicht. „Ach ja? Was für Fragen?“

Es war heiß in der Sonne. Carol ließ seine Frage in der Luft hängen und zog sich die Windjacke aus. Sie faltete sie zusammen und legte sie zwischen sich. Dann sagte sie: „Ich möchte wissen, warum die Tatsache, daß Alyce Lyne ein Opfer ehelicher Gewalt war, verschwiegen wurde. Es war für Ihre Untersuchung von grundlegender Bedeutung, und doch taucht diese Tatsache weder im Polizeibericht auf noch in einem Vernehmungsprotokoll.“

Ingram schwieg, in seinem Gesicht spiegelten sich widerstreitende Gefühle. Carol vermutete, daß die Freude über eine Wiedereröffnung des Falls mit dem Bedürfnis, seine Haut zu retten, kollidierte. „Ich habe so das Gefühl, daß Sie die Wiedereröffnung des Falls begrüßen“, sagte sie.

Baff starrte er sie an. „Das hab’ ich nicht gesagt.“

„Lügen Sie nicht, um sich zu schützen“, sagte Carol scharf. „Darüber ist es längst hinaus. Sagen Sie einfach die Wahrheit.“ Noch ehe er antworten konnte, fuhr sie fort: „Offensichtlich stand einer der Ermittlungsbeamten in enger privater Beziehung zu Alyce Lyne. Ich vermute, dabei handelt es sich um Sie.“

„Um mich doch nicht!“ Unwillkürlich blickte er zum Haus. „Da sind Sie auf dem falschen Dampfer.“

„Ihr Name wurde genannt.“

Er runzelte die Stirn. „Wer hat das gesagt?“

„Das spielt keine Rolle. Wichtig ist nur, ob es stimmt oder nicht. Ich bin sehr geneigt, jeden Polizisten des Reviers zu vernehmen, sollten Sie es vorziehen, zu schweigen.“

Die eventuelle Einbeziehung seiner Kollegen war ihm sichtlich zuwider. „Nein, warten Sie –“

„Es ist durchaus möglich, daß Barry Lyne ermordet wurde. Damit steht für Sie viel mehr auf dem Spiel, wenn Sie involviert sind.“

Unentschlossen machte er den Mund auf und klappte ihn wieder zu. Nach einem Blick in Carols versteinertes Gesicht lenkte er ein: „Okay." Und dann flüsterte er fast: „Wir waren Freunde."

„Da hab' ich was anderes gehört."

„Nun gut, etwas mehr als bloß Freunde. Aber nur bis zu Allies Hochzeit. Da hat es aufgehört." Errötet warf er ihr einen flehenden Blick zu. „Hören Sie, muß meine Frau das erfahren? Ich meine, es ist vorbei, und es würde sie doch nur aufregen..."

„Erzählen Sie mir die ganze Geschichte, Inspektor Ingram, dann werde ich sehen, welche Schadensbegrenzung, wenn überhaupt, angebracht sein dürfte."

Er rieb sich die Stirn. „Großer Gott, war ich dumm, aber als Alyce mich bat, nichts davon verlauten zu lassen, daß Lyne sie geprügelt hatte, habe ich nachgegeben. Sie sagte, daß sie sich schäme und ihr Arzt schweigen würde. Außerdem, da Lyne ja nun tot wäre, hätte es keinen Sinn, sagte sie, seinen guten Namen in den Dreck zu ziehen."

„Und das hat gereicht, Sie zum Schweigen zu bringen?"

Er wand sich ungemütlich. „Ja..."

„Und es kam Ihnen nie der Gedanke, daß eheliche Gewalt für Alyce Lyne ein starkes Motiv gewesen sein könnte, ihren Mann umzubringen?"

„Das hätte Alyce nie getan. Ich meine, ich kenne sie." Absolut überzeugt klang er nicht.

„Ich werde dafür sorgen, daß Sie Ihre Aussage zu Protokoll geben, Ingram. Zeiten, Orte, sämtliche Details." Carol hob die Hand, als er protestieren wollte. „Wenn Sie kooperativ sind und mit Lynes Tod im Wesentlichen nichts zu tun haben, ist es mir eventuell möglich, diese Information aus den Medien herauszuhalten. Das ist alles, was ich dazu sagen kann."

„Im Wesentlichen nichts zu tun habe?" Zum erstenmal wurde Ingram bewußt, in was für einem Schlamassel er womöglich steckte. „Ich habe wirklich nichts damit zu tun. Ehrlich", flehte er, „ich habe nur einer Freundin einen Gefallen getan."

Dabei fiel Carol ein, was Lillian Broadhall über Ingrams schauspielerisches Talent gesagt hatte, und sie fragte sich, wieviel von dem, was er sagte, Show war. „Welche Gegenleistung haben Sie erwartet?“

Er errötete noch mehr. „Ich weiß nicht, was Sie meinen.“

„Gab es die Übereinkunft, daß, wenn Sie ihr einen Gefallen taten, Alyce Lyne die frühere sexuelle Beziehung zu Ihnen wieder aufnähme? Oder hatten Sie das bereits?“

„Ich –“

„Die Wahrheit, bitte.“

Er knetet seine Hände zwischen den Knien und senkte den Kopf, so daß Carol nicht in seine Augen sehen konnte, dann sagte er leise: „Allie hat mir gesagt, sie hätte Angst, man gäbe ihr die Schuld am Tod ihres Mannes, deshalb sollte ich nicht erwähnen, was er getan hatte, damit sie nicht in Verdacht geriete. Sie hat gesagt...“ Seine Stimme war nur noch ein Wispern.

„Tut mir leid, aber ich kann Sie nicht hören.“

Ingram setzte sich auf und räusperte sich. „Sie hat gesagt, sie hätte mich immer geliebt und daß wir da wieder ansetzen würden, wo wir aufgehört hatten. Kommissarin, es ist nicht so, wie es klingt. Ich liebe meine Frau, aber Allie –“ Er seufzte tief. „Allie ist etwas ganz anderes.“ Er sah die Ungeduld in Carols Gesicht und fuhr fort: „Allie sagte, wir müßten die Untersuchung abwarten. Dann, ohne ein Wort zu sagen, packte sie ihre Sachen und war weg. Nach Wollongong gezogen. Ich versuchte, sie anzurufen, aber als ich sie schließlich an der Strippe hatte, hat sie mich einfach abgewimmelt.“

„Sie erklärte, daß die Affäre vorbei ist?“

„Ohne einen Zweifel zu lassen.“

„Haben Sie danach noch einmal mit ihr gesprochen?“

„Kein Wort.“ Seine Stimme klang bitter.

Carol dachte, daß ihm alles recht wäre, was seine Ex-Geliebte unglücklich machte. „Sollte Alyce Lyne Sie kontaktieren, möchte ich, daß Sie unser Gespräch nicht erwähnen und mich sofort informieren. Haben Sie das verstanden?“

„Allie wird mich nicht kontaktieren." Und zornig fügte er hinzu: „Warum sollte sie? Ich kann ja nichts mehr für sie tun."

Ein Punkt nagte an Carol, seit sie den Polizeibericht über Lynes Tod gelesen hatte, deshalb sagte sie: „Es war sehr früh am Morgen, als Barry Lyne abstürzte."

„Ja, bei Sonnenaufgang."

„Er ist oft diesen Weg an den Klippen entlanggelaufen."

„Es steht im Bericht. Wenn Sie mich jetzt nicht mehr brauchen..." Er verhehlte seine Ungeduld nicht.

„Und Alyce Lyne hatte verabredet, ihn an diesem Aussichtspunkt abzuholen und zum Frühstück heimzufahren."

„Ja? Und?"

„Sie hatte ein Alibi, weil sie mit einem Passanten in ein längeres Gespräch vertieft war. Zu dieser frühen Morgenstunde und in dieser Gegend überrascht mich, daß überhaupt jemand dort war."

Ingram zuckte die Achseln. „Der Typ war wirklich da. Er heißt Ken Stevens. Ein Tourist aus Bulli, der einen Morgenspaziergang machte und eine hübsche Frau parken und aussteigen sah. Wieso sollte er nicht anhalten und ein bißchen mit ihr plaudern?"

Wollongong, wohin Alyce' Bruder Ian nach der Hochzeit seiner Schwester gezogen war, lag etwa sechzig Kilometer südlich von Sydney an der Küste. Bulli, eine kleine Ansiedlung, befand sich nur wenige Kilometer nordöstlich von Wollongong. Zufälle gibt es, dachte Carol, aber diesem sollte sie nachgehen.

Ingram war aufgestanden, ein wenig subtiler Hinweis, daß er sie los sein wollte. Sie tat ihm den Gefallen, erhob sich, zog die Windjacke an und fragte: „Wo waren Sie eigentlich an dem Morgen, als Lyne starb, Inspektor Ingram?"

„Ich?" Empörung und Verwunderung waren nur allzu deutlich. „Sie fragen, verdammt noch mal, *mich* nach einem Alibi?"

Und als Carol nicht antwortete, giftete er: „Zum Teufel! Ich war im Bett, mit meiner Frau. Reicht das? Sie wird es beschwören, also vergessen Sie's, mir irgendwas anzuhängen."

„Das ist nicht gerade das beste Alibi", bemerkte Carol.

„Aber zufälligerweise die Wahrheit. Ich war noch im Bett, als der Anruf kam, am Govetts Leap wäre jemand zu Tode gekommen. Das können Sie überprüfen, wenn Sie wollen."

Ingram komplimentierte Carol mit unschmeichelhafter Hast von seinem Grundstück und verschwand im Haus, noch bevor sie ihr Auto erreicht hatte. Während sie zu ihrer Tante zurückfuhr, fragte sie sich, welche Rolle Ingram tatsächlich spielte. Vielleicht hatte er nur einer ehemaligen Geliebten, deren Mann bei einem echten Unfall ums Leben gekommen war, einen Gefallen getan. Oder villeicht steckte er bis über beide Ohren in der Verschleierung eines Mordes. Oder, noch faszinierender, Ingram hatte Lyne selbst getötet. Wenn das zutraf, war er wirklich doppelt geleimt, als Alyce wegzog.

Carol fand ihre Tante in der Küche, wo sie gerade ein Blech mit Scones aus dem Herd zog. „Ich dachte, du brauchst eine Stärkung, bevor wir nach Sydney zurückfahren", sagte sie.

In einem plötzlichen Anfall von Heißhunger hätte sich Carol am liebsten ein dampfendes Scone direkt vom Blech in den Mund gestopft. „Butter? Marmelade? Sahne?" fragte sie.

„Mit allem Drum und Dran", antwortete Tante Sarah zufrieden.

11

Montagmorgen saß Carol schon früh in ihrem Büro, um soviel aufzuarbeiten wie möglich, ehe sie Tante Sarah zu ihrem Nachmittagstermin in die Klinik fuhr. Auch Bourke kam früh, wie immer. Deshalb ergriff sie die Gelegenheit, ihm von den Gesprächen mit Lillian Broadhall und Ingram zu berichten und ihn zu bitten, dafür zu sorgen, daß Ingram seine Aussage zu Protokoll gab.

„Glaubst du, daß er Lyne in den Abgrund gestoßen hat?" fragte Bourke und fügte hinzu: „Als Leiter der Untersuchung war er in der Lage zu garantieren, daß das Ergebnis auf Tod durch Unfall hinauslief."

„Ich bin mir noch immer nicht sicher, ob es nicht doch ein Unfall war, aber wenn nicht, könnte der Bruder involviert sein. Laut Lillian Broadhall stand Ian Mure seiner Schwester sehr nahe. Aber vielleicht war es auch Alyce selbst."

„Nach allem was ich gehört habe, scheint sie mir nicht der Typ", sagte Bourke. „Ich halte sie eher für eine femme fatale, die die Strippen zieht, während die armen Hampelmänner die Arbeit erledigen."

„Wie wär's mit einem kleinen Ausflug?" fragte Carol. „Ich glaube, daß es sich lohnt, Ken Stevens aufzusuchen, den Mann aus Bulli, der für das Alibi gesorgt hat. Und wenn wir schon mal in der Gegend sind, können wir auch gleich nach Wollongong fahren und uns Ian Mure vorknöpfen."

„Paulette Bruehls Mann lebt in Wollongong." Er zog die Brauen hoch. „Zufälle am laufenden Band, was?"

* * *

Einige Zeit später klopfte Liz Carey an Carols Tür. „Was macht die Kunst?" fragte sie und plazierte ihre vierschrötige Gestalt auf den Stuhl vor dem Schreibtisch.

„Ich ersticke in Arbeit. Sie sterben wie die Fliegen."

Liz grinste. „Was Sie nicht sagen. Ich bin mit meinem Papierkram so im Rückstand, daß ich dachte, ich komme vorbei und gebe Ihnen schon mal ein paar vorläufige Details."

Carol blickte Liz gespannt an. „Etwas Interessantes?"

„Nicht in der Trelawney-Sache. Ich habe ja schon gesagt, daß uns die Fingerabdrücke nicht weiterbringen. Bei diesem Tatort gibt es nichts zu holen. Das Salzwasser hat die Stelle, wo der Körper aufgeschlagen ist, sofort überflutet, und oben auf der Felsklippe fanden wir gar nichts."

„Also sind Sie wegen der McDonald-Schießerei gekommen."

„Volltreffer. Glauben Sie noch immer an das Szenario, daß McDonald erst seine Frau erschossen und dann sich selbst den Schädel weggeballert hat?"

„Es sei denn, Sie haben Beweise für das Gegenteil."

„Nichts Stichhaltiges, aber wir stehen ja noch am Anfang. Allerdings ist mir etwas aufgefallen, und ich dachte, das sollten Sie wissen."

„Ich bearbeite den Fall mit Mark zusammen, soll ich ihn herüberrufen?"

„Für Inspektor Bourke hab' ich immer Zeit, er ist ist so sexy", sagte Liz mit wölfischem Grinsen und strich sich durch das graue Haar, „aber offenbar hat er nie Zeit für mich."

Bourke kam mit einem Becher Kaffee herein. „Hallo, Liz", sagte er, „kann ich Ihnen auch einen Kaffee holen?"

Liz rollte die Augen. „Sie wollen mich wohl vergiften?"

„Das verstehe ich als ein Nein." Er setzte sich Liz gegenüber. „Worum geht's?"

„Liz will uns etwas Interessantes im Fall McDonald berichten", erklärte Carol.

„Allerdings." Liz reichte den beiden je eine Fotokopie aus ihrer Mappe. „Ich glaube, Sie waren dabei, als Urban das hier gefunden hat."

Die Fotokopie war der blutgetränkte Fetzen Papier, der auf dem Boden in McDonalds Küche gelegen hatte. Carol las noch einmal: *„Liebste, allerliebste Faye, bitte erzähl ihm nichts von uns, sag ihm nur, daß du ihn verlass...*

„Wir haben es für den Teil eines E-mail-Ausdrucks gehalten", sagte Carol.

„Es scheint tatsächlich eine E-mail zu sein", erwiderte Liz. „Ganz gewöhnlicher Tintenstrahldrucker, nicht aufzuspüren. Leider, leider, die Tage der Schreibmaschine sind vorbei."

Sie tippte mit dem kurzen Nagel ihres Zeigefingers auf Carols Fotokopie. „Da sind zwei Dinge, die ich interessant finde. Erstens, sehen Sie sich an, wie das Papier zerrissen worden ist, nämlich so, daß man es als E-mail erkennt, ohne Datum und Absender zu enthüllen. Die Hälfte der E-mail-

Adresse von Faye McDonald ist unter dem Blut verschwunden. Und sehen Sie, wie der Riß durch das Wort *verlassen* läuft, und die restliche Zeile mitsamt dem Teil, wo sonst der Name des Absenders steht, abgerissen ist."

Bourke starrte auf seine Fotokopie. „Damit wollen Sie sagen, daß sie mit Absicht hier durchgerissen wurde?"

„Genau. So sieht mir das aus. Überlegen Sie mal, wie Sie im allgemeinen ein Blatt Papier durchreißen." Liz zerriß ein imaginäres Blatt, legte die beiden Teile aufeinander und riß sie noch einmal durch. „Sie wollen es beseitigen, entweder knäueln Sie es zusammen oder zerreißen es in kleine Stücke. Und wenn es allzu enthüllend ist, schreddern Sie es – und die McDonalds haben einen Schredder zu Hause im Arbeitszimmer. Das kommt mir sehr verdächtig vor." Mit schlauem Lächeln fügte sie hinzu: „Aber, verflixt, die Ermittler sind Sie."

„Vielen Dank, Liz, für soviel Vertrauen", erklärte Carol. „Ich glaube, Sie sprachen von zwei Dingen...?"

„Das zweite ist, was *nicht* am Tatort gefunden wurde. Nämlich der Rest dieses Blattes. Stellen wir uns vor, McDonald konfrontiert seine Frau mit der E-mail und wirft ihr vor, sie hätte einen Liebhaber. Woher hat er die E-mail? Und warum ist sie zerrissen? Trägt sie ein abgerissenes Stück der Nachricht ihres Liebhabers mit sich herum? Wenn sie die aufhebt, warum sollte sie sie dann zerreißen?"

Liz verzog das Gesicht. „Und noch etwas macht mir Kopfzerbrechen. Wir haben das Gewehr vom Tatort mitgenommen, bevor Sie gekommen sind, Carol, deshalb haben Sie es nicht gesehen. Es ist eine kompakte Waffe, ein ausgewachsenes Doppellaufgewehr. Ich würde sagen, daß McDonald sich mächtig ins Zeug legen mußte, das Gewehr so zu halten und auf sich zu schießen, wie er es angeblich getan haben soll. Sobald ich einen Moment Zeit finde, werde ich runter ins Leichenschauhaus gehen und mir die Toten noch einmal ansehen, bevor Duke sie zerlegt. Ich nehme einen Zollstock mit und schaue, ob es überhaupt möglich ist, daß er sich auf diese Weise erschoß."

„McDonald hat Pulverspuren an den Händen."

„Ja, Mark, auch die will ich mir noch einmal ansehen."

Als Liz gegangen war, diskutierten Carol und Bourke die Punkte, die sie vorgebracht hatte. „Das rechtfertigt kaum die Annahme eines Doppelmords", sagte Carol, „aber entschieden mehr Aufmerksamkeit. Wen kannst du darauf ansetzen?"

„Terry könnte sich darum kümmern. Er überprüft bereits die Lebensversicherungen der McDonalds."

Carol sah auf die Uhr. „Mark, heute nachmittag bin ich nicht im Hause. Ruf mich auf dem Mobiltelefon an, sobald Trelawneys Obduktion beendet ist. Ach, und wenn du schon mal da bist, sag Jeff Duke, daß wir das Obduktionsergebnis von Faye und Joseph McDonald brauchen – so schnell wie möglich."

„Dein Charme zieht bei Jeff mehr als meiner", bemerkte Bourke.

Carol wußte, er sagte das nicht, um sie darauf zu stoßen, daß eigentlich sie bei Trelawneys Obduktion anwesend sein sollte. Trotzdem empfand sie Schuldgefühle. Wenn sie Bourke sagen könnte, was mit Tante Sarah war, würde er verstehen, weshalb sie ihn gebeten hatte, sie zu vertreten, aber Tante Sarah wollte vorläufig nicht, daß es sonst jemand erfuhr.

„Ich versuche, ihn zu erreichen", sagte sie ohne viel Hoffnung, daß ihr das gelänge. Der Pathologe war kaum in seinem Büro anzutreffen.

Bevor sie losfuhr, um Tante Sarah abzuholen, wählte sie Jeff Dukes Nummer und war baff, als er sich meldete. „Carol, wie oft haben Sie mich schon gebeten, Termine vorzuziehen?"

„Oft, Jeff, aber ich würde Sie nicht darum bitten, wenn es nicht wichtig wäre."

„Das sagen Sie jedesmal, Carol. Tut mir leid, aber diesmal kann ich Ihnen nicht helfen. Die Leichen stapeln sich hier bis zur Decke. Vor Freitag kann ich's nicht machen."

„Freitag? Jeff, es ist dringend."

Er schnaubte vor sich hin. „Nun gut, Donnerstagmorgen, elf Uhr. Sie Sie dabei?"

„Ja."

„Fein. Bis dann."

Der späte Termin verdroß sie, sie hätte mit ihm um einen Mittwochstermin gerungen, aber Duke hatte immer eine Schwäche für sie gehabt, und Carol wußte, daß er McDonalds Obduktion vorverlegt hätte, wäre ihm das möglich gewesen.

Es war schon spät, und sie mußte sich beeilen, als sie heimkam, trippelte Tante Sarah bereits ängstlich vor der Haustür. In Rekordzeit schafften sie es in die Klinik und kamen gerade noch rechtzeitig an.

Dr. Wu verspätete sich um zehn Minuten und entschuldigte sich wortreich. Tante Sarah fragte mit verzerrtem Gesicht: „Ist es Krebs?"

„Leider ja. Der Knoten in Ihrer Brust ist eine Krebsgeschwulst, aber der Tumor ist nicht groß, was bedeutet, daß wir ihn offensichtlich im Frühstadium entdeckt haben. Das ist eine gute Nachricht, weil die Bösartigkeit mit an Sicherheit grenzender Wahrscheinlichkeit auf einen kleinen Bereich begrenzt ist."

Wie betäubt ergriff Carol die Hand ihrer Tante. Diese Nachricht hatte sie erwartet. Trotzdem hatte sie die ganze Zeit gehofft, daß es sich bei dem Knoten doch um etwas Gutartiges handeln mochte. Jetzt, da ihr dieser optimistische Gedanke genommen war, bedrückte sie die rauhe Wirklichkeit.

Dr. Wu war aufgesprungen und erklärte anhand von Diagrammen, wo sich der Tumor befand und welche Operationsmöglichkeiten es gab. „Bei der Operation wird Ihr Chirurg, Dr. Ristow, die Lymphknoten unter Ihrem Arm entfernen, um sicherzugehen, daß der Krebs nicht gestreut hat."

Carol drückte Tante Sarahs Hand, doch die schien das nicht zu bemerken. Sie fragte Dr. Wu: „Und wenn er gestreut hat?"

„Dann müssen wir aggressivere Behandlungsmethoden anwenden. In jedem Fall aber habe ich große Hoffnung, daß er nur einen begrenzten Bereich befallen hat."

Carol konnte sich nur schwer auf das konzentrieren, was die Ärztin sagte. Und sie sagte, sie hätte große Hoffnung. Waren das nur die üblichen tröstlichen Worte, oder meinte sie, was sie sagte?

Tante Sarah, die steif und angespannt zuhörte, fragte: „Wer entscheidet hier? Und wird es die ganze Brust sein? Ich meine, wird der Chirurg..."

„Wie Sie wissen, gibt es zwei Möglichkeiten: eine Mastektomie, bei der die ganze Brust und die in der Nähe befindlichen Lymphdrüsen entfernt werden, oder eine Lymphektomie, bei der der Tumor und das umgebende Gewebe mitsamt den Lymphknoten entfernt werden, aber die Brust im großen und ganzen erhalten bleibt. Dr. Ristow wird das Für und Wider beider Möglichkeiten mit Ihnen besprechen."

„Sie haben meine Frage nicht beantwortet", sagte Tante Sarah mit einem Anflug ihres üblichen Temperaments.

Dr. Wu grinste. „Sie entscheiden", sagte sie. „Ihr Chirurg bespricht die ganze Sache mit Ihnen, und er wird auch einen Termin bei Ihrem Onkologen, Dr. Yeats, vereinbaren, der in die postoperative Behandlung einbezogen ist. In Ihrem Fall ist das wahrscheinlich eine Bestrahlungstherapie, die ist auf bösartige Zellen gerichtet, die sich möglicherweise im Umfeld befinden."

„Keine Chemotherapie?" fragte Carol.

„Das erscheint hier nicht angebracht."

Tante Sarah stimmte das etwas hoffnungsvoller. Carol verstand es nur zu gut. Eine Freundin, die sich dieser Prozedur unterziehen mußte, fand Chemotherapie furchtbar anstrengend.

Dr. Wu erklärte bereitwillig alles noch einmal, beantwortete die Fragen, wie Carol bemerkte, äußerst positiv. Bevor sie gingen, rief die Ärztin den Chirurgen an und vereinbarte einen Termin für den nächsten Morgen. Obwohl sie wußte, daß sie eigentlich keine Zeit hatte, sagte Carol, sie käme mit.

Beim Abschied bemerkte Dr. Wu: „Einen Gedanken sollten Sie mit nach Hause nehmen. Krebs ist kein Todesurteil."

Schweigend gingen Carol und Tante Sarah zum Wagen, die Ungeheuerlichkeit der Diagnose mußte erst einsinken. Carol war fast erleichtert, als ihr Telefon klingelte. Es war Bourke.

„Ich komme gerade von Trelawneys Obduktion. Jeff sagt, jemand hat ihm einen schweren Schlag auf den Kopf versetzt, bevor er von der Klippe gestürzt ist. Mit einem Totschläger oder einem Stahlrohr, das einen deutlichen Abdruck hinterlassen hat. Es sei reines Glück gewesen, daß der Körper so aufgeschlagen ist, nämlich aufs Gesicht, sonst wäre der Nachweis zerstört worden."

„Ich komme ins Büro, sobald ich kann. Wenn das möglich ist, vereinbare einen Termin bei Trelawneys Witwe am späten Nachmittag. Sag ihr, wir kommen zu ihr nach Hause."

Als sie aufgelegt hatte, sagte sie zu ihrer Tante: „Ich habe Sybil versprochen, sie anzurufen", und wählte die Nummer.

Die Nachricht verschlug Sybil die Stimme, dann sagte sie: „O Gott, das hab' ich befürchtet, wie wir alle, aber jetzt ist es definitiv... Wie geht es Tante Sarah? Ist sie jetzt bei dir?"

„Wir stehen draußen vor der Klinik. Sybil, ich muß ins Präsidium zurück und –"

„Ich treffe dich bei dir zu Hause. Ich werde dort bleiben, bis du wiederkommst."

Stirnrunzelnd zischte Tante Sarah: „Was arrangierst du da? Ich brauche keine Babysitterin."

Carol wiederholte ihre Bemerkung, worauf Sybil sagte: „Gib sie mir mal."

Es war nur ein kurzes Gespräch. Tante Sarah reichte Carol das Telefon und erklärte unwirsch: „Das ist völlig unnötig, weißt du, aber Sybil besteht darauf, rüberzukommen."

„Wir möchten nicht, daß du heute nachmittag allein bist. Du kennst das alte Sprichwort: Geteiltes Leid ist halbes Leid."

Tante Sarahs Zorn verrauchte ganz plötzlich. Sie nickte zögernd: „Danke, mein Kind."

Diese Ergebenheit verstörte Carol mehr, als hätte sie weiterhin aufbegehrt, was überhaupt nicht ihre Art war.

***

Terry Roham begegnete Carol auf dem Flur vor ihrem Büro. „Die McDonalds, wissen Sie – die Policen sind erst vor zwei Monaten erhöht worden."

Mit großer Mühe konzentrierte Carol ihre Gedanken von ihrer Tante auf Rohams Worte. „Sagen Sie das noch einmal."

„Australasian Fire & Life hat alle drei versichert, Joseph und Faye McDonald und Penelope Neale. Vor zwei Monaten wurden die Policen auf je eine Million erhöht. Begünstigt sind die oder der überlebende Partner." Er glühte beinahe enthusiastisch. „Interessant, nicht wahr?"

„Sehr", antwortete Carol. „Hat Mark gesagt, Sie sollen sich auf diesen Fall konzentrieren?"

„Ja, hat er!" Roham strahlte sie an. „Ich glaube, Liz Carey hat recht, was das zerrissene Papier angeht. Also ist es vielleicht ein Doppelmord." Die Möglichkeit freute ihn sichtlich.

„Wie würden Sie es anstellen, Terry, wenn Sie auf diese Weise zwei Leute aus dem Weg räumen wollten?"

„Ich?" Er machte eine Pause und sagte dann: „Wenn es die Schwester ist, muß sie jemanden haben, der die Drecksarbeit tut, während sie dafür sorgt., daß ihr niemand was anhängen kann. Das ist mal sicher."

„Aber das ist nur eine mögliche Verdächtige. Sie müssen unbedingt herausfinden, ob es noch andere gibt. Hatte Mrs. oder Mr. McDonald Feinde? Ist Penelope Neale die einzige Person, die von ihrem Tod profitiert? Und wenn ja, wem würde sie soweit vertrauen, daß sie diese Person mit der Ausführung des Mordes betraut?"

Mit Bestürzung sah sie Rohams Gesicht in fast religlösem Eifer glühen. „Terry, denken Sie immer daran. daß Sie unter Mark Bourkes Aufsicht stehen", schärfte sie ihm ein. „Sie dürfen auf gar keinen Fall selbst Zeugen vernehmen. Bevor Sie irgend etwas tun, besprechen Sie sich mit Mark, und tun Sie unter gar keinen Umständen etwas Eigenmächtiges. Sollten Sie Mark nicht erreichen, sprechen Sie mit mir."

„Vertrauen Sie mir", sagte er. „Ich unternehme nichts, ohne mich zu vergewissern, daß es okay ist."

Sie blickte ihm nach, als er den Flur entlang ging, fast kam es ihr vor, als hüpfe er vor Begeisterung. Sie wünschte, sie hätte ein besseres Gefühl, daß er ihre Anweisung tatsächlich befolgte.

Ihr blieb keine Zeit, sich den Kopf zu zerbrechen, ob Terry eher hinderlich als hilfreich war, denn in diesem Moment bat Kriminalrat Edgar sie in sein Büro. Hauptkommissar Bertram mit diesem ständig leicht verwirrten Ausdruck war ebenfalls anwesend.

„Was zum Teufel soll das hier?" Edgar tippte auf Carols Notiz. „Was geht eigentlich vor, Carol?"

Eine halbe Stunde lang erklärte sie den beiden die sich abzeichnende Möglichkeit, daß Ren Downings Theorie stimmte und ein Auftragsmörder in New South Wales operierte. Am Ende schilderte sie das klassische Beispiel von John Trelawney, dessen Tod so offensichtlich als Unfall erschien, sich aber jetzt aufgrund des Obduktionsergebnisses als Mord darstellte.

Wie vorauszusehen, war Edgar stocksauer und tat, als sei Carol schuld daran, daß es zu dieser bedauerlichen Situation überhaupt gekommen war. Da schien ihm plötzlich klarzuwerden, was für einen Wirbel das in den Medien erregen könnte – Carol sah zynischerweise bereits die Schlagzeile vor sich EDGARS COUP: AUFTRAGSMÖRDER GEFASST –, und er versprach ihr jede Hilfe, die sie brauchte. Bertram wurde angewiesen, als Vermittler zu den anderen polizeilichen Zuständigkeitsbereichen zu fungieren. Und beide sollte ihn umfassend informieren.

„Und ich meine *umfassend* informieren. Ich rede mit dem Polizeichef und erkläre ihm die Situation. Carol, ich möchte sobald wie möglich einen detaillierten Bericht auf meinem Schreibtisch haben. Jim, von Ihnen möchte ich eine Liste sämtlicher Abteilungsleiter der anderen Dienststellen. Ich werde mich persönlich mit ihnen in Verbindung setzen."

***

„Das hat gewaltig Staub aufgewirbelt", sagte Carol, als sie Bourke vor dem großen Ziegelsteinhaus der Trelawneys traf. Sie und Bourke waren getrennt gefahren, da Carols Haus nur zehn Minuten entfernt lag und sie anschließend direkt zu Tante Sarah heimfahren wollte.

„Und was sagt der Kriminalrat zur Situation?"

Carol lachte angeödet. „Was erwartest du? Idealerweise wäre ihm am liebsten, die ganze Auftragsmordgeschichte löse sich in Luft auf, wenn nicht, sollen wir den Verbrecher am besten gleich morgen verhaften, damit Edgar prima dasteht."

„Mei, mei", sagte Bourke, „du wirst ja noch zynisch auf deine alten Tage."

Evelyn Trelawneys hohe Piepsstimme an der Tür unterbrach sie: „Kommissarin, bitte treten Sie ein. Ich habe Sie schon erwartet. Und Sie sind Inspektor Bourke. Sie haben eine so sympathische Stimme am Telefon." Sie führte sie herein. „Ich habe Tee gemacht. Ich hoffe, Sie nehmen ein Stück von meinem Obstkuchen. In meinem kleinen Bekanntenkreis werde ich dafür gerühmt."

Dies war nicht dieselbe Frau, die Carol auf dem Parkplatz des North Head kennenlernt hatte. Ihre Körpersprache war definitiver, ihre Stimme entschiedener, sogar ihr glattes graues Haar schien mehr Spannkraft zu haben. Offensichtlich bekam Evelyn Trelawney die Witwenschaft, dachte Carol.

Die Möblierung des Hauses war auf Nützlichkeit ausgerichtet und in neutralen Tönen gehalten. Evelyn führte sie nach hinten in ein Wohnzimmerchen, das sich von den anderen Räumen sehr unterschied: Zwei aufgepolsterte Sofas in Pink und dazu passende Sessel mit vielen kleinen pinkfarbenen Kissen füllten das Zimmer.

„Der Käptn hat mir dieses Zimmer überlassen, ganz für mich allein", sagte sie. „Er hat nie einen Fuß hineingesetzt. Er sagte, darin fühle er sich nicht wohl. Es war ihm zu blumig und zu weiblich."

Sie gestikulierte, bis die beiden in den pinkfarbenen Sesseln saßen, dann schenkte sie den Tee in pinkfarbene Tassen. „Meine Lieblingsfarbe“, erklärte sie. „Ich habe gelesen, daß man geistig Verwirrte mit Pink beruhigt, und ich verstehe, wieso das funktioniert.“

Carol gab Bourke ein Zeichen anzufangen. Er sagte: „Der Tee ist vorzüglich.“

„Vielen Dank. So mag ich ihn am liebsten. Der Käptn hat Ceylontee vorgezogen.“

„Wir sind wegen Ihres Mannes gekommen“, sagte Bourke. „Hatte er Feinde?“

Evelyn saugte ihre Lippe ein wie ein kleines Mädchen. „Er konnte sehr schroff sein. Damit hat er Leute verprellt, ohne es zu wollen...“ Sie blickte Carol verschwörerisch an. „Sie verstehen, nicht wahr, Kommissarin? Männer können Dinge sagen und tun ohne den leisesten Schimmer, wie das auf andere wirkt. Sicher stimmen Sie mir da zu.“

„Wir denken nicht an Leute, die Ihr Mann brüskiert haben mag“, sagte Bourke. „Gab es da irgend jemanden, der ihm richtig Böses wünschte?“

„Seine Tochter Dianne“, sagte Evelyn giftig. „Sie hat sich fast jedesmal mit dem Käptn gestritten, wenn sie sich gesehen haben.“

„Sie haben bereits erwähnt, daß Sie glauben, seine Tochter könnte ihn in den Abgrund gestoßen haben“, sagte Carol.

„Das hab' ich nicht ernst gemeint. Ich war zornig auf sie.“

„Ms. Beaton sagte, sie glaube, ihr Vater zeigte Anzeichen von Alzheimer“, fuhr Carol fort.

„John war ein bißchen vergeßlich, wie das so ist in seinem Alter...“

„Als ich auf dem North Head mit Ihnen sprach, waren Sie sehr verstört“, sagte Carol und beugte sich vertraulich vor.

„Ja, ja, das war ich.“

„Ich nehme an, deshalb haben Sie wohl vergessen, mir zu sagen, daß Sie und Ihr Mann sich auf dem Parkplatz heftig gestritten haben, bevor er Schiffe beobachten ging.“

Evelyn Trelawney war sichtlich betroffen. Als sie mit zitternder Hand die Tasse hinstellte, schwappte Tee auf die Untertasse. „Es ist jemand dort gewesen?“ flüsterte sie.

„Zeuge des Streits zwischen Ihnen war ein Mann, der Vögel beobachtete. Er beschrieb Ihren Mann als gewalttätig, und Sie hätten geweint.“

Evelyn schlug die Hände vors Gesicht. „Das ist entsetzlich. Ich kann nicht...“

Carol und Bourke warteten schweigend. Evelyn ließ ihre Hände sinken und blickte von der einen zum anderen. „Es ist mir so peinlich“, sagte sie. „Um die Wahrheit zu sagen, Kommissarin, der Käptn wurde schwierig. Seine Fahrweise beunruhigte mich, aber jedesmal wenn ich versuchte, etwas zu sagen, hat er mich angebrüllt. Und er regte sich über alles auf, selbst über die kleinsten Dinge. Er war immer so stolz auf seine Contenance, die Beherrschung seiner Gefühle, und als er dann anfing, so auszurast... Ich wußte, wenn ihm klarwürde, wie er sich benahm, wäre er entsetzt, beschämt.“

„Haben Sie einen Arzt aufgesucht?“ fragte Carol.

„Bei der jährlichen Untersuchung des Käptn nahm mich der Arzt beiseite und sagte mir, daß John unter Gedächtnisverlust litte. Ich fragte ihn, ob es Alzheimer sei, und er antwortete, er glaube ja, aber es müßten noch weitere Tests gemacht werden. Ich habe auf den Käptn eingeredet, sich behandeln zu lassen, aber er weigerte sich, zuzugeben, daß irgend etwas nicht stimmte.“

„Es ist hart, wenn jemand so halsstarrig ist“, sagte Carol voller Mitgefühl.

„Ich wußte, daß Sie es verstehen, Kommissarin.“ Plötzlich verzog sie irritiert das Gesicht. „Warum fragen Sie nach seinen Feinden? Hat John irgend etwas getan, wovon ich nichts weiß? Er konnte manchmal sehr geheimniskrämerisch sein.“

„Es deutet einiges darauf hin, daß der Tod Ihres Mannes womöglich kein Unfall war“, erklärte Bourke.

Evelyn Trelawneys Hände flatterten auf ihrem Schoß. „Kein Unfall? Sie meinen, er hat sich umgebracht?“

Bewußt schonungslos antwortete Carol: „Kein Selbstmord. Mord. Jemand schlug ihm den Schädel ein."

Evelyn Trelawney starrte sie an. „Ich verstehe das nicht."

„Ihr Mann bekam einen Schlag auf den Kopf, bevor er abstürzte."

„Mord? Und die ganze Zeit habe ich gedacht, ich könnte schuld gewesen sein. Ich könnte John so verärgert haben, daß er völlig außer sich war und nicht gemerkt hat, wie nahe am Abgrund er stand."

Sie sprang auf, ihre Tasse fiel zu Boden und zerbrach. Sie schien es nicht zu bemerken. „Wer hat das getan? Dianne? Niemand sonst hat den Käptn gehaßt. Niemand."

Draußen sagte Bourke zu Carol: „Weißt du, da könnte sie recht haben."

„Evelyn Trelawney hat dafür ebenso viele Beweise wie wir", antwortete Carol spitz. „Nämlich null."

12

„Ich nehme ein Taxi", sagte Tante Sarah bestimmt wie immer, wenn sie keine Widerrede duldete. „Ich weiß, daß du eine Menge Arbeit hast. Nach dem Arzttermin fährst du zurück in die Stadt, und ich nehme ein Taxi nach Hause."

Diesmal saßen sie in einem anderen Wartezimmer. Carol fühlte sich sehr unwohl in ihrer Haut. Sie hatte Arztbesuche immer gehaßt, genauso Besuche in Krankenhäusern oder den Umgang mit medizinischem Personal. Das hatte vielleicht etwas mit Kontrolle zu tun, ihr war durchaus bewußt, daß sie sich in ihrem beruflichen Umfeld, in dem sie einiges zu sagen hatte, nicht so fühlte und nicht so abhängig war.

Als Dr. Ristow verspätet hereinplatzte, stand ein kleiner Mann mit Hitlerbärtchen und kurzem Drahthaar vor ihnen. „Typisch Arzt", sagte er, „niemals pünktlich. Entschuldigen Sie."

Carols erster Eindruck, wonach er ihr nicht sympathisch war, löste sich angesichts seiner freundlichen und rücksichtsvollen Art in Wohlgefallen auf. Er studierte Tante Sarahs Befund gründlich, beantwortete ihre Fragen auf verständliche Weise und versicherte, daß Tante Sarahs Entscheidung für eine Lymphektomie auch seinem Vorschlag entsprach. Er erklärte, daß er die Lymphknoten unter ihrem rechten Arm entfernen müsse, was zu eingeschränkter Bewegungsfreiheit bei ihr als Rechtshänderin führen würde. „Ich würde danach nicht gerade das Haus anstreichen", so sein Kommentar.

Der Operationstermin wurde für Donnerstagfrüh festgesetzt. „Sie werden die Erste sein, wenn ich noch frisch bin", sagte er lächelnd.

Nachdem Dr. Ristow sich vergewissert hatte, daß es keine weiteren Fragen oder Bedenken gab, rief er Dr. Yeats zu sich, den Onkologen, der die postoperative Behandlung vornähme.

Auch er war sehr freundlich und versicherte Tante Sarah, daß ihr durch die Bestrahlung nicht die Haare ausfallen würden, daß sie aber Müdigkeit und Erschöpfung zur Folge haben könnte. „Offen gesagt", erklärte er, „ist nicht die Bestrahlung das Ermüdende, sondern die Tatsache, daß es wöchentlich fünf Tage geschieht und das sieben Wochen lang, so daß Sie das Ganze richtig satt bekommen. Allerdings dauert es nur jeweils fünfzehn Minuten, und Sie können den Zeitpunkt bestimmen, so daß Sie sofort wieder draußen sind."

Als sie die beiden Ärzte verließen und draußen auf das Taxi warteten, das Carol gerufen hatte, wurde Tante Sarah schon merklich lebhafter. „Wirklich, Darling", sagte sie, „nach dem was sie sagen, ist es nicht so wild, wie ich dachte. Ich meine, es ist eine Pest und nervt, aber jetzt fühle ich mich doch relativ optimistisch. Ich muß nur am Donnerstagmorgen die Operation überstehen und dann die Bestrahlung, und danach kann ich den Brustkrebs vergessen und weiterleben wie bisher."

Carol lächelte zustimmend, auch wenn sie sicher war, daß eine schwierige Zeit vor ihnen lag. Ihre Tante war nämlich genau der Typ, der danach das Haus anstreichen würde und sich einen Dreck um die Folgen scherte.

***

Bourke saß auf der anderen Seite von Carols Schreibtisch mit dem Notebook auf den Knien. „Ich gebe jetzt alles direkt ein, aber sprich nicht zu schnell."

„Wann kommt Dianne Beaton hierher?"

„Wir haben noch eine Stunde, also fangen wir an."

Carol sagte: „Angenommen, wir haben es tatsächlich mit einem Auftragsmörder oder -mörderin zu tun, nennen wir diese Person X. Also, Mark, wie kommt X an Klienten? Schließlich ist das keine Dienstleistung, die du in den Gelben Seiten oder in Fachblättern annoncieren kannst."

„Mundpropaganda?" Er grinste. „Mir gefällt die Idee von der Weiterverbreitung durch zufriedene Kunden."

„Wie wär's im Internet, sagen wir, daß sich Leute im Chatroom über ihr Leben auskotzen und über Leute, die sie hassen?"

Bourkes Finger hackten in die Tasten. Er starrte auf den Monitor, korrigierte und sagte: „Meines Erachtens gibt es womöglich eine Verbindung zu den Versicherungen. Wie wär's mit einem Angestellten, der in Frage kommende Klienten herausfiltert und diese Informationen an X weitergibt?"

„Das wäre möglich, obwohl der für X ein Sicherheitsrisiko darstellen könnte. Je mehr Leute involviert sind, desto gefährlicher wird die Sache. Okay, die nächste Frage ist, wie spricht X seine potentiellen Kunden an? Wie würdest du dabei vorgehen?"

„Mit größter Vorsicht", sagte Bourke lachend. „Ich würde nicht gern von der angesprochenen Person angezeigt werden."

„An X' Stelle würde ich dafür sorgen, daß mich niemand identifizieren könnte", sagte Carol, „jedenfalls nicht bevor ich absolut sicher wäre, daß der potentielle Kunde den Mord partout will, und sogar dann besteht noch die Möglichkeit, daß es eine Falle ist. Das heißt, ich würde das Telefon benutzen oder E-mail, sofern ich meinen Absender tarnen könnte."

„Das ist nicht so schwierig", erklärte Bourke, der kürzlich an einem Kurs über E-mail-Betrug teilgenommen hatte, „problematisch ist vielmehr die geschriebene Nachricht."

Carol richtete sich auf. „Mark, bitte notiere, daß wir eventuell die Computer der Verdächtigen konfiszieren, sowohl am Arbeitsplatz als auch zu Hause."

„Schon erledigt." Bourke klapperte auf dem Keyboard herum.

„Du tippst schon viel besser", bemerkte Carol.

Bourke sah sie stirnrunzelnd an. „O bitte, wenn du Tippen sagst, ist kein Mann interessiert. Keyboard-Geschicklichkeit heißt das."

Carol tippte sich nachdenklich mit dem Finger auf die Lippen. „Wenn X einen Kunden an der Angel hat, müßte er ihm eine Anzahlung abknöpfen – und zwar schnell. Wenn jemand gewillt ist, einen größeren Batzen hinzublättern, kann X davon ausgehen, daß dieser Kunde es ernst meint."

„Was wäre deines Erachtens ein fairer Preis für einen Mord?" fragte Bourke. „Zehntausend? Zwanzig? Ein Fixpreis? Oder würdest du ihn nach dem Schwierigkeitsgrad staffeln?"

„Vielleicht eher danach, wie zahlungskräftig ein Kunde ist. Sinnvoll wären zwei Raten, eine auf Treu und Glauben vor dem Mord, der Rest nach erfolgreicher Ausführung. Bitte notiere, daß wir auf ungewöhnliche Kontoabhebungen achten."

Carol grinste, als Bourke sich auf das Notebook konzentrierte und dabei seine Zungenspitze sichtbar wurde. „Was glaubst du", fragte sie, „wird dieser kleine Computer demnächst dein Notizbuch ersetzen?"

„Nie und nimmer. Ich schätze, daß Zeugen nichts rauslassen werden, wenn ich alles, was sie sagen, in die Maschine eingebe."

Carol stand auf und streckte sich. Sie kam um den Schreibtisch und blickte über seine Schulter auf den Monitor. „So, jetzt hat X seine Anzahlung erhalten, ich stelle mir vor, der nächste Schritt ist, das Opfer zu beobachten und den geeigneten Zeitpunkt und Ort für den Mord festzulegen."

„Und die Methode", fügte Bourke hinzu. „Von den sieben Fällen, die wir untersuchen, sind fünf Abstürze, ein scheinbarer Selbstmord durch Autoabgase und einmal Überfahren mit Fahrerflucht. Sofern du deine Opfer an eine passende Stelle lotsen kannst, erscheint mir ein tödlicher Absturz am wenigsten problematisch."

„An diesem Punkt", sagte Carol und setzte sich wieder an ihren Schreibtisch, „hat X also die Anzahlung kassiert, die Methode festgelegt und seinem Kunden die genaue Uhrzeit mitgeteilt, für die er ein Alibi braucht."

„Wenn ich X wäre, würde ich meinem Kunden auf die Sprünge helfen und genaue Anweisung geben, was zu tun und zu sagen ist, wenn die Polizei erscheint. Schließlich willst du ja nicht, daß dein Kunde zusammenbricht und gesteht, daß er einen Mörder gedungen hat."

„Apropos Anweisung, wir haben den Versicherungsaspekt vergessen", wandte Carol ein. „Es bringt ja nichts, einen Mord zu begehen, wenn das Leben des Opfers es nicht wert ist."

„Du denkst an einen bestimmten Prozentsatz der auszuzahlenden Versicherungssumme?"

„Für mich macht das Sinn", sagte Carol. „Aber was, wenn der Kunde abspringt und die Restzahlung verweigert, nachdem die Tat vollbracht ist und X jetzt wohl kaum die Summe offiziell einklagen kann?"

„Sich mit einem Killer anzulegen, ist ziemlich gefährlich", sagte Bourke grinsend. „Du würdest für den Rest deines Lebens dauernd über deine Schulter blicken."

„Das könnten wir eruieren", sagte Carol, „ob eine begünstigte Person kurz nach dem Erblasser starb."

Bourke überzeugte das nicht. „Ich schreibe es mal mit auf die Liste, aber ich würde wetten, X schreibt seinen Verlust ab, falls so etwas passiert, und geht nicht das Risiko ein, bei einem Mord, der nichts einbringt, erwischt zu werden."

Er bearbeitete den Computer eine Weile, dann drehte er ihn herum, so daß Carol auf dem Monitor lesen konnte:

Identifiziere potentiellen Kunden (Internet? Versicherung?)
Tritt an den Kunden heran (Telefon? E-mail)
– Konfisziere Computer des Verdächtigen
Setze den Preis fest (Vorschuß und Restzahlung nach dem Mord)
– Überprüfe ungewöhnliche Kontoabhebungen
Rate dem Kunden, die Lebensversicherung zu erhöhen
Recherchiere die Gewohnheiten des Opfers
Lege die Tötungsart fest
Setze den Zeitpunkt des Mordes fest, um das Alibi zu beschaffen
Kassiere den Vorschuß
Führe den Mord aus
Kassiere den Restbetrag
Bei Zahlungsverweigerung eliminiere den Kunden???

„Ich habe mir gedacht, daß wir noch nach etwas anderem schauen sollten", sagte Carol. „Es wäre doch möglich, daß es einen ganz bestimmten Moment gab, als X sagte, ‚ich kann das tun'. Ich schätze, er hat aus eigenem Antrieb jemanden umgebracht und kam ungeschoren davon, darauf hat er beschlossen, das professionell zu betreiben. Oder vielleicht war er auf irgendeine Weise in einen tatsächlichen Unfall verwickelt und entdeckte dabei die Möglichkeit, einen Mord so auszuführen, daß es nach Unfall aussieht."

„Der erste dieser verdächtigen Todesfälle ist der von Paulette Bruehl, und da bestand nur eine geringe Lebensversicherung, insofern deckt sich das vielleicht mit deiner Theorie."

Carol überflog die Liste der Opfer auf ihrem Schreibtisch. „In chronologischer Folge war Ursula Stein die nächste, sie starb in der Garage bei laufendem Motor an Autoabgasen, dann kam Barry Lyne am Govetts Leap, Wayne Cronmite wurde von einem flüchtenden Fahrzeug überfahren, Cindy

Dunn stürzte die Treppe hinunter, Hilda Perry ertrank nach einem Sturz von der Steilküste und zuletzt John Trelawney vergangene Woche am North Head. Das alles geschah innerhalb der letzten achtzehn Monate."

„Ursula Stein paß irgendwie nicht hinein", sagte Bourke. „Ein solcher Mord wäre auch viel schwerer zu arrangieren."

„Ja, aber ihr Mann entspricht dem Profil. Sie besaß das Geld in der Familie, ihre Lebensversicherung wurde etwa einen Monat vor ihrem Tod erhöht, und ihr Mann gab sich mit seinem Alibi alle erdenkliche Mühe. Er zog in einem Restaurant eine Szene ab, die Polizei wurde gerufen und nahm ihn mit auf die Wache, da saß er, als seine Frau starb."

„Wenn am Donnerstag das Obduktionsergebnis von Faye und Joseph vorliegt, fürchte ich, daß wir auch sie auf die Liste der von X Erledigten setzen können."

Carols Telefon schrillte. An der Pforte wartete Dianne Beaton. Bourke ging sie abholen, während Carol noch einmal deren Alibi überflog.

Die Frau, die Bourke hereinführte, hatte eine gewissen Ähnlichkeit mit ihrem Vater, was die Haltung, die arrogante Nase und die entschlossene Kinnpartie anbelangte, die Carol von den Fotos kannte. Ihre Augen waren hart, wie Bourke gesagt hatte, so wie ihr schmallippiger Mund. Sie war gut frisiert und trug ein sichtlich teures rotes Kostüm.

„Ich habe Ihnen den Gefallen getan, herzukommen", sagte sie, Carols ausgestreckte Hand ignorierend. Sie setzte sich auf Bourkes Stuhl und blickte sich kalt im Zimmer um. „Nicht gerade beeindruckend für Kriminalkommissarin Carol Ashton", sagte sie mißbilligend. „Ich hätte schon etwas mehr Stil erwartet." Ihre harsche dissonante Stimme paßte genau zu dem gallig verächtlichen Ton.

Charmantes Herzchen, dachte Carol. Laut sagte sie freundlich: „Für die Inneneinrichtung sind wir nicht zuständig."

„Offensichtlich nicht." Sie reckte das Kinn in Bourkes Richtung, der auf dem anderen Stuhl Platz genommen hatte. „Der Inspektor hat mich bereits vernommen. Da Sie mich sprechen wollen, vermute ich, daß es etwas Neues gibt. Was ist es? Ist Evelyn wieder durchgeknallt und beschuldigt mich, meinen Vater umgebracht zu haben? Wenn ja, muß ich Sie daran erinnern, daß ich mit seinem Absturz vom North Head wohl kaum etwas zu tun haben kann."

„Ich muß Ihnen leider sagen, Ms. Beaton, wie die Obduktion ergab, ist Ihr Vater mit an Sicherheit grenzender Wahrscheinlichkeit ermordert worden."

Einen Moment lang erschlaffte Dianne Beatons Gesicht total, dann war die harte Maske wieder da. „Ach ja? Ich würde sagen, daß der alte Mann nach einem derartigen Sturz ziemlich zerschmettert sein müßte, wie also könnten Sie so etwas nachweisen?"

„Die Beweislage ist ausreichend."

„Inwiefern, genau gesagt?"

„Jemand schlug ihm den Schädel ein", sagte Carol.

„Das können Sie feststellen? Ich glaube es nicht."

„Ich war bei der Obduktion anwesend", bemerkte Bourke. „Der Pathologe ist sich ganz sicher."

Einen Moment war es still. Dann zuckte Dianne die Achseln, als ob sie Gewicht abwarf. „Mord, Selbstmord, Unfall, für mich macht das keinen Unterschied. Mein Vater ist tot – so oder so."

„Offenbar hatte er erste Anzeichen von Alzheimer", sagte Carol.

„Sagten Sie erste Anzeichen? Relativ fortgeschritten, meiner Meinung nach."

„Wieso sagen Sie das?"

Zum erstenmal wirkte Dianne betroffen. „Ich konnte nicht glauben, wie sehr er sich verändert hatte im Gegensatz zu dem Vater, den ich mein Leben lang kannte. Er hatte immer Zeit für mich, aber zuletzt..." Tränen schimmerten in ihren Augen.

„Zuletzt...?" half Carol nach.

„Manchmal hat mich mein Vater gar nicht erkannt. Er hat mich angesehen wie eine Fremde." Sie klapperte mit den

Augenlidern, dann fuhr sie mit harter Stimme fort: „Oft wußte er nicht, wo er war. Und hat schrecklich herumgebrüllt –" Sie schüttelte den Kopf.

„Er drohte, Sie aus seinem Testament zu streichen."

Dianne Beaton zuckte die Achseln. „Damit drohte er schon immer. Hat's aber nie getan."

„Also erben Sie?"

„Ja, ich erbe. Natürlich geht eine beträchtliche Summe an Evelyn." Ein unerwartetes Lächeln verzog ihren schmalen Mund. „Und weiß Gott, sie verdient jeden Cent. Ich habe für Evelyn nicht viel übrig, aber sie hat sich nie beklagt, und ein Leben mit dem Kapitän erforderte eine Engelsgeduld."

Carol ließ die Pause bestehen. Schließlich sagte Dianne Beaton: „Evelyn war dort auf dem North Head. Wieso klagen Sie sie nicht an? Sie ist ein bißchen klapprig, ich weiß, aber sie hat einen eisernen Willen, wenn sie sich was in den Kopf gesetzt hat. Sie könnte ihm gefolgt sein und ihm eins übergezogen haben, nicht wahr?"

Nachdem sie hinausgerauscht war, sagte Bourke zu Carol: „Bitte, laß sie es sein."

„Es könnte jede von ihnen sein, Mark."

„Doch nicht Evelyn, diese süße alte Dame?" Bourke lachte in gespielter Entrüstung.

„Stimmt, so ein Typ greift gewöhnlich zu Gift." Carol grinste. „Aber wenn du einen Vertrag geschlossen hast, spielt es da eine Rolle, wie es passiert, solange es denn passiert?"

13

Als Carol und Bourke den Raum zur Lagebesprechung betraten, sank der Geräuschpegel beträchtlich. Mark verteilte Schnellhefter an alle Mitarbeiterinnen und Mitarbeiter. Carol musterte ihr Team, das bereits bis an die Grenzen der Belastbarkeit arbeitete, auch ohne die neu aufgerollten Verdachtsfälle. Auf Carols Ersuchen um Verstärkung hatte sie lediglich Plattitüden zu hören bekommen und den Bescheid, aus dem vorhandenen Personal das Beste herauszuholen. Und als Carol nicht lockerließ, teilte man ihr vorübergehend Maureen Oatland zu, eine hartnäckige, erfahrene Kriminalistin.

Im großen und ganzen hatte sie ein gutes Team. Anne Newsome stach hervor. Der jungenhafte Miles Li, der oft als Milchgesicht gehänselt wurde, entwickelte sich allmählich zu einem hervorragenden Ermittler. Dennis Earl und Nanette Gates, die noch nicht lange im Team waren, machten einen aufgeweckten Eindruck. Und dann war da noch Terry Roham, der unter strenger Anleitung ein fähiger Kriminalbeamter werden konnte. Im Augenblick unterhielt er sich direkt vor Carol mit Maureen Oatland, deren massive Gestalt und laute Stimme in jeder Sitzung auffielen. Sie erzählte gerade eine skurrile Geschichte über die oberen Ränge bei der Kripo, als Carol um Aufmerksamkeit bat.

„Okay, bitte setzen Sie sich. Kriminalrat Edgar wird gleich das Wort an Sie richten, doch zuvor wollen wir uns mit der Logistik der Untersuchung befassen, die bei uns unter dem Namen Operation Pelikan läuft."

„Warum Pelikan?" fragte jemand.

„Weil sie mir gefallen." Carol wartete, bis es ganz still im Raum war, ehe sie fortfuhr: „Ich weiß, daß Sie alle Vorstellungen über das Ausmaß dieser Operation haben, und ich möchte hier klarmachen, daß jede und jeder von uns darauf achten muß, offen zu sein und nicht verbohrt in die Falle zu tappen, ein Muster oder Schema zu erkennen, wo vielleicht keines ist."

„Aber es muß ein Schema geben", sagte Maureen. „Warum sonst sind wir hier?" Sie blickte sich antwortheischend um, aber niemand sagte etwas.

Carol fuhr fort: „Meines Erachtens gibt es drei Möglichkeiten. Erstens, es existiert tatsächlich eine Person, die für die meisten Todesfälle, wenn nicht gar alle, verantwortlich ist, die wir untersuchen. Zweite Möglichkeit: Wir haben es außerdem mit einem Trittbrettfahrer zu tun, so daß zwei verschiedene Täter sich mit der gleichen Methode ihrer Opfer entledigen. Die dritte Möglichkeit wäre, daß zwischen unseren Fällen gar kein Zusammenhang besteht und es sich bei den meisten um Unfälle oder Selbstmorde handelt. Allerdings hat die Obduktion ergeben, daß Trelawneys Tod am North Head eindeutig Mord und kein Unfall gewesen ist."

Sie nickte Bourke zu, der fortfuhr: „Bitte, denken Sie immer daran, über Ausmaß und Zweck der Operation strengstes Stillschweigen zu wahren. Wenn diese Fälle in einen Zusammenhang gebracht werden, wird das Verdächtige alarmieren, daß wir ihnen auf den Fersen sind. Vor allem aber wollen wir jedes Aufsehen der Medien zu diesem Zeitpunkt vermeiden. Sollte irgend etwas durchsickern, ob absichtlich oder nicht, wird es streng geahndet werden."

„Trauen Sie uns nicht, Inspektor?" fragte jemand.

„Ich traue diesen Reportern nicht", sagte Bourke grinsend. „Die bringen es fertig, Blut aus einem Stein zu wringen, insofern wären Sie leichte Beute."

Nun klärte er sie über die Möglichkeit auf, daß ein Auftragsmörder in den verschiedenen Gegenden von New South Wales zugeschlagen hatte. Als er die Fälle im einzelnen schilderte, erfolgte ungläubiges Schnauben, und einige machten sarkastische Anmerkungen, doch als Bourke die Zusammenhänge dieser Fälle erläuterte, wurden alle ganz ernst.

„Sie finden in Ihrer Akte weitere Information zu den Fällen. Keiner von ihnen wurde zu der Zeit als Mord eingestuft. Die Ähnlichkeiten sind nur ansatzweise zu entdecken. Ich nenne Ihnen die Übereinstimmungen noch einmal: Erstens, die Todesursache erscheint als Unfall oder, in einem Fall, als Selbstmord; zweitens, jedes Opfer, abgesehen vom ersten – Paulette Bruehl –, hat entweder eine bestehende Lebensversicherung erhöht oder eine neue Police kurz vor dem Tod abgeschlossen; drittens, der oder die Begünstigte hat jedesmal, ich wiederhole, jedesmal ein wasserdichtes

Alibi, das ganz offensichtlich mit mindestens einem glaubhaften Zeugen inszeniert wurde. Sie werden bemerken, daß dieser Zeuge auf die genaue Uhrzeit angesprochen wird – oft mehr als einmal."

„Somit werden sie von jemandem darauf gedrillt", sagte Miles Li. „Aber besteht nicht die Sorge, daß die Inszenierung auffallen könnte, wenn sie wiederholt wird?"

„Deshalb sind wir ja hier", sagte Bourke. „Da sich die Fälle in verschiedenen Gegenden ereigneten, bestand sehr wohl die Möglichkeit, daß niemand zwei und zwei zusammenzählt. Glück für uns, Pech für den Täter, daß ein Versicherungsdetektiv dieses Muster zufällig entdeckte."

Carol trat vor. „Wonach wir nun suchen, ist etwas, das all diesen Fällen gemeinsam ist. Mögliche Zusammenhänge können sich auf eine Person oder mehrere beziehen, die Teilnahme am gleichen Chatroom im Internet oder am Schwarzen Brett, Mitgliedschaft in Clubs oder Vereinen, gemeinsame Interessen, Sport, Geschäftskontakte – Sie sehen, was ich meine. Alles, was die Fälle in Zusammenhang bringt, könnte uns zum Mörder führen."

Ihr Publikum lauschte gespannt. Bevor die ersten Fragen kamen, fügte Carol hinzu: „Außerdem suchen wir die Spur des Geldes – die Ratenzahlung vom Auftraggeber zum Mörder."

„Oder zur Mörderin", bemerkte Dennis Earl.

„Voll politisch korrekt", mokierte sich Maureen. „Ihr seid mir vielleicht Helden." Sie blickte Dennis böse an, der leicht erschrocken wirkte.

Carol fuhr fort: „Während Mark jetzt die Aufgaben verteilt, könnten Sie sich schon mal Gedanken machen, wie potentielle Kunden geworben werden, und wie der erste Kontakt hergestellt wird. Und noch ein Gedanke: Gibt es Menschen, die das Angebot abgelehnt haben? Sollten diese existieren, könnten sie wertvolle Informationen liefern."

„Ich würde die aus dem Weg räumen, die das Angebot abgelehnt haben", erklärte Anne. „Es wäre viel zu gefährlich, sie leben zu lassen."

Kriminalrat Edgar stand in der Tür. „Nein, nein, lassen Sie sich nicht stören." Er baute sich neben Carol auf, eine massige Gestalt, die stirnrunzelnd zusah, wie Bourke die individuellen Aufgaben verteilte. Als er fertig war, trat Edgar vor, räusperte sich vernehmlich und sagte:

„Also, Leute, dies könnte eine ganz große Sache sein oder –" er maß Carol mit herausforderndem Blick – „eine Frage von Zufälligkeiten, die nur so aussieht, als sei es ein übles Spiel. Wie auch immer, Ihre Aufgabe ist es, Informationen, Beweise und harte Fakten zusammenzutragen. Ich weiß, daß ich mich auf Sie alle verlassen kann."

Wieder räusperte er sich. „Und lassen Sie niemanden in Ihre Karten schauen, hm? Niemand riskiert eine Lippe in diesem Fall, okay?"

Und bevor er den Raum verließ, sagte er zu Carol: „Ich will auf dem Laufenden gehalten werden. Wenn irgendwas vorgeht, muß ich es umgehend wissen. Und keinen Kontakt zu den Medien. Ich will nicht, daß irgendein verdammter Reporter die Geschichte herausposaunt. Wenn oder falls es nötig wird, will ich die Informationen autorisieren, die wir veröffentlichen." Sein Gesicht war jetzt ganz nah. „Meine Befugnis, Carol. Ist das für Sie okay?"

„Einverstanden", sagte sie und sah ihn ungerührt an.

***

Als Roham in Carols Büro kam, wo die Nachbesprechung seines Problems mit Bourke erfolgen sollte, strahlte er vor Begeisterung. „Operation Pelikan", jubelte er, „was für ein Ding!"

„Mark, Sie und ich sind hier, um über Ihre Beschwerde zu reden", wies Carol ihn stirnrunzelnd zurecht.

Roham hob wegwerfend die Hand. „Hey, ich war etwas sauer über manche Dinge, aber das haben wir Freitagabend in der Kneipe geregelt."

„Inwiefern geregelt, Ihrer Meinung nach?"

Er zuckte die Achseln. „Naja, ich mußte das einfach mal loswerden, wissen Sie, was ich meine? Der Inspektor sagt, daß es jetzt anders wird." Er blickte Bourke lächelnd an. „Und damit hat sich das für mich."

„Somit sagen Sie, daß das Problem gelöst ist?"

„Ja, klar doch."

Als Roham aus dem Büro polterte, seufzte Carol. „Verdammt, Mark, hier befolge ich wortwörtlich das Handbuch für menschliche Ressourcen, und alles, was Terry Roham braucht, ist ein Pläuschchen beim Bier. Simpel, wirklich. Ich weiß nicht, wieso ich nicht öfter in die Kneipe gehe, um Personalprobleme zu lösen."

***

Die Logistik einer so weitreichenden Untersuchung war eine Herausforderung. Die nächsten Stunden arbeitete Carol mit Bourke aus, wie die Berichterstattung zu verlaufen hätte und nach welchem System die Informationen über jeden Todesfall gesammelt und abgeglichen werden könnten.

Schon vor ein paar Tagen hatte Carol entschieden, daß sie und Bourke sich auf Barry Lynes Tod konzentrieren wollten. Da sie am Freitag nach Bulli führen und dann auch die wenigen Kilometer nach Wollongong, waren sie übereingekommen, bei dieser Gelegenheit auch gleich Roger Bruehl aufzusuchen, dessen Frau am Gap tödlich abgestürzt war.

Carol arbeitete die Mittagspause durch, denn sie wollte möglichst früh heimfahren und den Abend mit ihrer Tante verbringen. Morgen früh würde sie Tante Sarah zur Operation in die Klinik fahren und anschließend zur Obduktion der McDonalds. Das Nebeneinander der Ereignisse entbehrte nicht einer gewissen Ironie. Während Dr. Ristow Tante Sarahs Körper aufschnitt, würde Jeff Duke Joseph und Faye McDonald zerlegen.

Mitten am Nachmittag rief sie fast intuitiv Ren Downing an und verabredete sich mit ihm. Das Bürogebäude, in dem sich die Detektei Downing & Pate befand, lag im Zentrum in der George Street. Carol mußte sich eingestehen, daß sie eher die Neugier als die Notwendigkeit hergetrieben hatte. Das Bürohaus war eine Komposition aus Blautönen, sowohl von außen als auch in der Eingangshalle zu den Fahrstühlen, die mit blaßblauen Facettenspiegeln ausgekleidet waren. Fast erleichtert öffnete sie die Tür von Downing & Pate, wo sie wärmere Farben umfingen.

Sie hatte sich vorgestellt, daß Ren bei der Innendekoration der Firma mitgewirkt hätte, aber der Empfangsbereich hatte nichts Umwerfendes, abgesehen von einem Marmortisch in der Mitte mit herrlichem Blumenbouquet. Die bequemen Sessel waren dunkelbraun gepolstert, der dicke kastanienbraune Teppichboden schluckte ihre Schritte, die Tapete in gedecktem Cremeton hatte ein zartrotes Muster. Alles war ziemlich gediegen und beruhigend konservativ und ganz und gar nicht das, was Carol erwartet hatte.

Der Rezeptionist hinter dem geschwungenen Rosenholzpult sprang auf. „Ren erwartet Sie, Kommissarin Ashton. Wenn Sie mir folgen wollen..."

Er war, wie Carol bemerkte, sowohl jung als auch äußerst ansehnlich, die männliche Version des Stereotyps einer langbeinigen, hübschen, blonden Empfangsdame.

„Hier bitte, Kommissarin."

Ren begrüßte Carol mit einer Umarmung. „Kaffee, Jason, bitte", sagte er zu dem jungen Mann, der nickte, sich zurückzog und behutsam die Tür schloß.

Auch dieser Raum zeugte von gutem Geschmack. Als Carol sich umsah, gluckste Ren: „Na, hast du etwas Moderneres und Ausgefalleneres erwartet? Vielleicht eine Collage an der Wand mit Revolvern, Handschellen und verschiedenen anderen Werkzeugen der Gesetzeshüter? Oder eher Poster von alten Gangsterfilmen?"

„Ungefähr so etwas."

Er holte weit aus. „Dies ist das Gesicht einer Unternehmensdetektei, Carol. Unsere Klientel möchte beruhigt und nicht daran erinnert werden, wie grausam die Welt da draußen ist. Wenn es nach mir ginge, käme ich in Jeans und T-Shirt mit dem Aufdruck *Make My Day,* aber leider würde so etwas untergehen wie ein bleierner Ballon."

Jason erschien mit einem Tablett, auf dem eine elegante Kaffeekanne und dazu passendes Porzellan standen. Er ließ es auf den niedrigen von Clubsesseln umringten Tisch gleiten und verschwand lautlos, wie er gekommen war.

Carol blickte verstohlen auf die Uhr und dachte, daß sie sich die Freiheit dieses Besuchs genommen hatte. Eigentlich sollte sie an ihrem Schreibtisch sitzen und arbeiten. „Ren, ich bin hier, um dich inoffiziell über die Ereignisse auf dem Laufenden zu halten. Es ist ausschließlich für deine Ohren bestimmt, aber da du uns auf die Fälle aufmerksam gemacht hast, ist es nur fair, dich zu informieren."

„Dein Kriminalrat Edgar hat mich bereits angerufen und gesagt, wenn ich auch nur ein Wort über die Fälle verliere, würde ich gesteinigt, gevierteilt, ersäuft und auf dem Scheiterhaufen verbrannt. Meine Lizenz könnte ich sowieso vergessen. Da ich auf Drohungen nicht gut anspreche, sind wir aneinandergerasselt."

„Ren, es tut mir leid. Das hätte ich nicht von ihm gedacht."

„Offen gesagt, es kam mir vor, als ob dein Kriminalrat nicht gern mit anderen das Rampenlicht teilt. Er hat die Gelegenheit, zu glänzen, gerochen und wollte keine Konkurrenz neben sich, weder von mir noch von irgendwem sonst. An deiner Stelle wäre ich auf der Hut."

„Das versuche ich immer."

Er reichte ihr eine fragile Tasse und sagte: „Auf meiner Seite des Zauns würde es dir gefallen, Carol. Du hättest volle Handlungsfreiheit ohne so ein Arschloch wie Edgar, diesen Klugscheißer, der dir ständig ins Handwerk pfuscht."

„Danke für den beruflichen Rat."

„Um das Thema zu wechseln", sagte Ren, „hast du am kommenden Samstagabend schon etwas vor? Du und deine momentane Liebste? Peter hat sich inzwischen zu einem

Meisterkoch gemausert, behauptet er jedenfalls, und braucht ständig Versuchskaninchen, bei denen er brillieren kann."

„Ich bin mir nicht sicher."

„Ruf mich an. Ich wäre gern auf dem Laufenden in bezug auf Arbeit, Liebe und diese Dinge. Übrigens, wer ist sie, die du mitbringst, wenn du kommst?"

„Wir sind noch im Anfangsstadium", amüsierte sich Carol über seine Beharrlichkeit.

„Wenn du nicht darüber sprechen willst, dann sprich über das, weshalb du gekommen bist. Erzähl mir, was es mit all den Unfalltoten auf sich hat."

Carol schilderte ihm den umfassenden Vorstoß der Operation Pelikan, faßte zusammen, was sie in den Blue Mountains erfahren hatte, und gab ihm einen Überblick über die mit Bourke entwickelte Logistik des Auftragmordgeschäfts.

„Was ist mit Faye und Joseph McDonald? Bist du zu dem Schluß gelangt, daß es sich um Mord-Selbstmord handelt?"

„Dieser Fall ist erst ein paar Tage alt. Wir ermitteln noch."

Bei dieser vorsichtigen Formulierung feixte Ren. Er legte den Kopf schief. „Du traust wohl niemandem, Carol? Wenn du meine Meinung wissen willst, es ist eine Finte, genauso wie alle anderen, und ich werde dir bei deinen Ermittlungen helfen können, unter der Hand natürlich."

Carol zog die Augenbraue hoch. „Daß Policen eine Rolle spielen, weiß ich."

„Callard Insurance ist die Versicherung, um die es geht. Wir sind beauftragt worden, die Situation zu überprüfen, da beide McDonalds Policen über je eine Million Dollar hatten."

„Existiert eine Selbstmordklausel?"

Ren nickte beifällig. „Respekt, Carol, altes Mädchen. Sofern sich Joseph McDonald selbst umgebracht hat, wird die Police nicht ausgezahlt. Bei Faye McDonald sieht die Sache anders aus."

„Somit spart die Versicherung eine und zahlt die andere."

„Das Problem ist, wie ich glaube, daß Callard für beide wird zahlen müssen. Ich wette, es war ein Doppelmord."

„Folge dem Geld“, sagte Carol. „Penelope Neale gewinnt.“

„Ich habe bereits mit ihr gesprochen“, erklärte Ren. „Sie hat ein unanfechtbares Alibi.“ Abscheu trat auf sein Gesicht. „Eigenartige Frau. Sie mißfiel mir auf Anhieb. Und du weißt, daß ich eigentlich Menschen liebe“, fügte er spöttisch hinzu.

„Ren, glaubst du wirklich, daß unser Auftragsmörder seine Methoden erweitert? Zwei Leute umzubringen und das Ganze wie Mord-Selbstmord zu inszenieren, braucht sehr viel mehr Vorbereitungen, als jemand über die Klippen zu schubsen.“

„Ach“, sagte Ren, „ich glaube, daß es eine Herausforderung ist. Etliche Morde sind ihm geglückt, und der Adrenalinstoß schwächt sich ab. Er braucht mehr, und dies ist es.“

„Du glaubst, daß ihm der Mord einen Kick gibt, schlicht und einfach?“

„Schlicht und einfach ist bei dem gar nichts. Er ist ein Psychopath, dem es Spaß macht und der damit auch noch einen Haufen Geld verdient. Glücklich bei deiner Arbeit zu sein – da geht nichts drüber.“

14

Die Fahrt in die Klinik war eine Tortur, ihnen beiden war bewußt, daß sie alles gesagt hatten, was es zu diesem Zeitpunkt zu sagen gab. Nach der Operation gäbe es viel zu besprechen und zu arrangieren, doch jetzt klang jeder Trost eher hohl. Sie spielten beide ihre Rolle. Carol gab sich hoffnungsvoll, daß alles gut ausgehen würde, überzeugter, als sie tatsächlich war. Und Tante Sarah gab sich nonchalant, was Carol für aufgesetzt hielt.

Die Aufnahmeprozedur in der Klinik dauerte eine Weile, und Smalltalk war zum Glück unnötig. Wie Dr. Ristow zuvor erläutert hatte, wurde ihre Tante, in Carols Beisein, einer postoperativen Vorbehandlung unterzogen, wobei mit Hilfe einer Hohlnadel ein Draht in den Tumor in der Brust eingeführt wurde. Das sei, wie Dr. Ristow erklärt hatte, eine Orientierungshilfe für die Operation.

Anschließend brachte man sie zur medikamentösen Vorbereitung für die Anästhesie in ein Krankenzimmer. Im hellblauen Kliniknachthemd in den weißen Kissen – ohne ihre üblichen knalligen Farben – wirkte sie fahl und erschöpft. Es drehte Carol das Herz um. „Alles wird gut“, sagte sie. „Bald ist es vorbei.“

„So oder so“, antwortete Tante Sarah grimmig.

Eine Schwester kam herein und sagte freundlich, aber resolut: „Das wird Sie ein bißchen benebeln.“ Mit geübtem Griff gab sie ihr eine Beruhigungsspritze in den Arm. „Entspannen Sie sich, in ein paar Minuten werden wir Sie abholen.“

Als sie davoneilte, kommentierte Tante Sarah verächtlich: „Entspannen! Die hat gut reden!“

Aber Carol konnte sehen, daß die Spritze zu wirken begann. Der Blick ihrer klaren grünen Augen verschwamm bereits, und ihre Hände entkrampften sich. „Darling“, sagte ihre Tante ein wenig nuschelig, „triff die richtigen Entscheidungen, wenn du kannst.“

„Ich versuche es.“

„Du weißt, was ich meine. Ich möchte, daß du glücklich bist.“

„Das bin ich.“

Da schnaubte Tante Sarah. „Nicht so, wie du solltest.“ Sie schloß die Augen. „Sagte die Schwester benebeln?“

„Bald wird alles vorbei sein, und wenn du aufwachst, ist Sybil hier.“

Als Antwort folgte ein leises Schnarchen.

Sie hatten gestern abend darüber gesprochen, daß Carol nicht garantieren könne, rechtzeitig in der Klinik zu sein, wenn Tante Sarah aus der Narkose erwache. Sybil hatte angeboten, an ihrer Stelle dort zu sein, und Carol hatte dankbar angenommen, wenn auch mit einem Anflug von Schuldgefühl.

***

Jeff Duke war höchst zufrieden, sie zu sehen. „Sie haben mich bewußt gemieden, Carol. Warum das?“ Er erwartete keine Antwort. „Die McDonalds.“ Er klang direkt erfreut und deutete auf den den rostfreien Stahltisch, auf dem eine nackte Leiche lag. „Ich wollte gerade beginnen.“

Da Carol anwesend war, stellte Duke die Opernmusik ab, mit der er für gewöhnlich den sterilen Obduktionsraum beschallte. Er begann mit seiner Schlachterei bei Faye McDonald. Carol erwartete bereits seinen Kommentar, seufzte aber in sich hinein, als er kam: „Ladies first.“

Während er Faye McDonalds Herz und Lunge entnahm und einem Assistenten zum Wiegen reichte, sagte er: „Wer hat wen getötet? Das ist die interessante Frage. Natürlich ist es schwer, genau zu sagen, wer zuerst starb. Verdammt unmöglich, wie Sie wissen. Und ich denke, in diesem Fall spielt es auch keine Rolle.“

„Wie meinen Sie das?“

„Liz und jemand von ihrem Team sind heute früh hier gewesen. Liz will noch mit Ihnen reden, aber sie ist sicher, daß Joseph McDonald sich nicht selbst umgebracht haben kann. Das war eine Finte.“ Jeff Dukes schallendes Lachen wurde von seiner Chirurgenmaske kaum gedämpft. „Um sich auf diese Weise umzubringen, hätte er schon ein Orang-Utan gewesen sein müssen. Seine Arme waren nicht lang genug. Das schmeißt uns Sand ins Getriebe, gell? Soviel zur Theorie von Mord-Selbstmord seitens des Ehemanns.“

Er deutete auf Faye McDonalds zertrümmerten Kopf. „Und falls Sie denken, die Situation war andersrum, daß sie ihn umgebracht hat und danach sich selbst, vergessen Sie’s. Daraus, wie das Schrot gestreut hat, schließe ich, daß diese Frau sich auf gar keinen Fall selbst in den Kopf geschossen hat, es seit denn, ihre Arme wären zwei Meter lang.“

Auf ihrem Weg ins Präsidium rief Carol in der Klinik an. Dr. Ristow operierte gerade eine andere Patientin, deshalb redete sie mit der Stationsschwester, die ihr sagte, daß die Operation gut verlaufen und ihre Tante noch nicht ganz aus der Narkose aufgewacht sei.

Gestern abend hatte Tante Sarah ihr erklärt, es mache ihr nichts aus, wenn enge Freunde von der Operation wüßten, nachdem der Termin jetzt feststehe. „Ich hasse es, wenn man um mich einen Wirbel macht, Carol, das weißt du. Wenn du willst, erzähle es Mark und Pat und auch Leota. Aber sie sollen versprechen, die Sache nicht so aufzubauschen."

Im Präsidium informierte sie Bourke, was Jeff Duke über die McDonalds gesagt hatte, und bat ihn, mit Penelope Neale einen erneuten Termin auszumachen. Dann erzählte sie ihm von Tante Sarahs Operation. Er blickte sie besorgt, dann erleichtert an. „Ich wußte, daß irgendwas los war", sagte er, „aber ich scheute mich, dich zu fragen."

„Warum? Was hast du gedacht?"

Verlegen mied er ihren Blick. „Ich weiß nicht. Ich dachte, du bewirbst dich woanders um einen Job. Edgar triezt dich seit einiger Zeit, und er blockiert deine Beförderung, das wissen wir beide, insofern hab' ich gedacht..."

„Du hast es wirklich ernst gemeint mit der Möglichkeit, daß mir Ren einen Job anbietet, stimmt's? Das wird nicht passieren, Mark, und wenn doch, würde es mich nicht reizen."

„Bist du sicher?"

„Natürlich. So, und nun berichte, was heute morgen hier los war."

Eine Stunde später rief Sybil an, um zu sagen, daß Tante Sarah aus der Narkose erwacht sei und voller Elan fordere, das Krankenhaus zu verlassen. „Sie ist richtig sauer, daß Dr. Ristow ihr ausrichten ließ, er wolle morgen nachmittag bei seiner Visite sehen, ob er sie entlassen könne."

„Sag ihr, ich komme am Abend mit tröstlichen Worten und ihren Lieblingspralinen."

„Carol, hättest du etwas dagegen, wenn ich sie übers Wochenende mit zu mir nehme? Ich weiß, daß du bis über die Ohren in Arbeit steckst, und mir würde es Freude machen."

„Was sagt Tante Sarah dazu?"

„Sie ist dafür."

So erleichtert wie irritiert über sich selbst bei diesem Gefühl, antwortete Carol: „Gut, dann bringe ich dir die Patientin am Samstagmorgen."

Sybils Haus war für die Rekonvaleszentin ideal. Es stand hoch über dem Strand mit der wundervollen Aussicht über Sand, Meer und Hochland, das den Strand flankierte. Carol sah direkt vor sich, wie die Wellen der Brandung heranrollten und sich auf dem weißen Sand brachen, hörte die Seemöven schreien und roch die reine salzige Luft.

Bourke unterbrach ihre Gedanken, „Ich habe versucht, Penelope Neale bei Dexterous zu erreichen, in der Firma, die jetzt nach dem Tod der McDonalds ihr allein gehört, aber sie hat sich bereits ins lange Wochenende verabschiedet. Irgendein Yogakurs im Hunter Valley."

„Bis du sicher, daß sie ihn nicht geschwänzt hat?"

„Warum sollte sie? Ich würde sagen, sie hat jetzt alles, was sie will."

Carol dachte an den kalkulierenden Blick der kalten blauen Augen dieser Frau. „Ich frage mich, wieviel sie wohl dafür bezahlt?" sagte sie.

Am frühen Nachmittag erwischte sie endlich Dr. Ristow. Die Operation war erfolgreich verlaufen, er hatte den Tumor und das Gewerbe ringsum sowie fünf Lymphknoten unter Tante Sarahs rechtem Arm entfernt.

„Somit sieht alles gut aus", sagte er, „aber das kann ich erst mit Sicherheit sagen, wenn ich den pathologischen Befund habe. Ich würde Sie beide gern Montag sprechen, dann werde ich mehr wissen."

Sie arbeitete konzentriert weiter, bis kurz vor fünf Leota anrief. „Ich bin gerade ins Hotel gekommen", sagte sie. „Die Konferenz endet, zum Glück, morgen abend mit einem Diner, an dem ich teilnehmen muß, aber dann habe ich das ganze Wochenende frei, Carol, bevor ich mich Montag in Canberra zurückmelden muß. Ich weiß, daß du sehr beschäftigt bist, aber könntest du nicht zwei Augenblicke abknapsen für eine Frau, die dich über alle Maßen liebt?"

In diesem Moment wurde Carol bewußt, daß sie Rens Einladung zum Essen am Samstagabend völlig vergessen hatte. Sie erzählte Leota von Ren und daß sie ihn seit vielen Jahren kannte. „Ich habe nicht zugesagt, wir müssen also nicht hingehen."

„Aber ich würde gern."

„Wirklich?"

„Carol, wie oft triffst du deine Freunde? Abgesehen von Mark Bourke und deiner ergötzlichen Tante Sarah hast du mich bisher im Dunkeln gelassen."

„Apropos Tante Sarah. Da ist etwas, das ich dir sagen muß." Und als Carol ihr alles erzählt hatte, war es am anderen Ende der Leitung ganz still. „Leota, bist du noch da?"

„Meine Mutter ist an Brustkrebs gestorben."

„Oh, es tut mir so leid, das wußte ich nicht."

„Ich werde es dir irgendwann mal erzählen."

Nachdem sie aufgelegt hatten, grübelte Carol, wie wenig sie eigentlich über Leota und ihr Leben wußte. Diese Unkenntnis beruhte auf Gegenseitigkeit, denn Carol selbst war ja auch nicht gerade ein offenes Buch.

Darüber nachzubrüten, blieb ihr keine Zeit, denn schon rief Kriminalrat Edgar sie zu sich, damit sie ihn über den Fortgang der Operation Pelikan unterrichtete. Rasch rief sie Ren an, der sich sehr freute, daß sie und Leota ihnen in ihrer „ärmlichen Hütte die Ehre erweisen" würden, wie er sagte. Dann raffte sie ihre Unterlagen zusammen und ging den Kriminalrat informieren, daß der McDonald-Fall immer mehr nach einem Doppelmord aussah.

„Oh, verflucht!" rief er verärgert. „Sollen wir denn jeden Todesfall im ganzen Staat wieder aufrollen? Die Beweislage hier erscheint mir doch etwas dünn. Ich möchte, daß Sie sich auf jene Fälle konzentrieren, bei denen wir unanfechtbare Beweise zusammenkriegen können. Und nicht wilde Theorien an die Wand malen."

Seine Säuernis schwand, als ihm Carol berichtete, daß sie und Bourke die Zeugen im Fall Barry Lyne aufsuchen würden. „Ausgezeichnet, Carol. Das ist ein Fall, den Saul Block unter Vorwand gern wieder aufgerollt hätte. Ich habe bereits mit ihm gesprochen und gesagt, wir würden ihn auf dem Laufenden halten. Er hat uns volle Unterstützung zugesagt."

***

Als Carol in die Klinik kam, sah sie erleichtert, daß das Gesicht ihrer Tante schon wieder Farbe hatte und sie aufrecht in ihrem Bett saß.

Tante Sarah wählte eine Praline aus der Schachtel, die Carol ihr mitgebracht hatte. „Sie haben mir sechzehn Stiche verpaßt" sagte sie mit einigem Stolz, „zehn unter meinem Arm und sechs in meine Brust."

„Das klingt ja schrecklich." Carol verzog das Gesicht. „Tut es weh?"

„Es ist ein bißchen unangenehm, aber das ist nicht das Problem." Tante Sarah zog die Stirn in Falten. „Ich hasse es, auf dem Rücken zu schlafen, aber das werde ich müssen, bis in zehn Tagen die Fäden herauskommen."

Carol bemerkte einen herrlichen Blumenstrauß und fragte: „Wer hat dir denn die tollen Blumen verehrt?"

„Sieh dir die Karte an."

Sie kamen von Leota.

„Aber ich habe ihr gar nicht gesagt, in welcher Klinik du bist", sagtc Carol verblüfft.

„Sie ist beim FBI, Schätzchen. Du weißt doch, daß die alles und jedes herausbekommen."

Carol wußte nicht, warum ihr bei dieser Bemerkung unbehaglich zumute wurde. „Vielleicht hab' ich es ihr ja doch gesagt", entgegnete sie, auch wenn sie wußte, daß das nicht stimmte.

15

Obwohl Bulli und Wollongong nicht weit von Sydney entfernt lagen, herrschte am Freitag immer ein solcher Verkehr, daß Carol darauf bestand, früh loszufahren. Sie würden einige Zeit brauchen, um aus Sydney herauszukommen und die Straße nach Süden zu erreichen. Sie hatten drei Termine vereinbart, mit Ken Stevens, Roger Bruehl und Alyce Lyne. Mit Ian Mure hatte Bourke nicht in Kontakt treten können.

Als sie vor Marks und Pats gepflegtem Haus vorfuhr, dachte Carol, wie sehr sie Mark Bourke schätzte und bewunderte – als Freund wie als Kollege. Sie waren ein phantastisches Team bei Zeugenvernehmungen und Verhören. Vor wichtigen Verhören besprachen sie immer ihre Strategie und Taktik. Sobald es begann, erfaßten sie intuitiv, worauf die oder der andere hinauswollte.

„Ich habe eine interessante Information für dich", sagte Bourke, als er eingestiegen war. „Nachdem du gestern gegangen bist, habe ich Mick O'Hare von der Polizei in Wollongong angerufen. Wir kennen uns von früher."

„Du hast ihn nach Alyce befragt?"

„Mick kannte sie nicht, aber Roger Bruehl. Wie es scheint, ist Bruehl dort eine bekannte Persönlichkeit, er ist im Stadtrat, organisiert Spendensammlungen für wohltätige Zwecke, kurbelt den Tourismus in der Gegend an, weshalb er oft in der Presse erscheint, und Derartiges mehr. Ein großer Fisch im kleinen Teich. Nach dem Tod seiner Frau letztes Jahr hat er einiges in seinem Leben verändert."

„Was nicht auf der Versicherungsprämie beruht, denke ich, da Paulette Bruehl nur eine niedrige Police hatte."

„Mick sagt, daß Bruehl ein großes Haus in erster Lage der Stadt bezogen und sich wiederverheiratet hat. Das hat eine

Menge Gerede gegeben. Und du würdest nie erraten, wer seine neue Frau ist."

„Dann lass' ich das lieber. Wer ist es?"

„Paulettes jüngere Schwester Nicola. Offenbar ist sie eine Schönheit, und Mick sagt, es würde gemunkelt, daß Bruehl hinter dem Rücken seiner Frau schon mit ihr ein Verhältnis hatte. Und außerdem..."

Carol warf ihm grinsend einen Seitenblick zu: „Mach's nicht so spannend, Mark. Raus damit."

„Paulette und Nicola Coombes, wie sie mit Mädchennamen geheißen haben, sind in Wentworth Falls in den Blue Mountains aufgewachsen."

„Das ist allerdings interessant. Die Schwestern kannten doch wohl nicht etwa Alyce Lyne oder ihren Bruder, hm?"

„Tja, hier kommen wir zum wirklich faszinierenden Punkt. Bruehl hat ein Unternehmen, eine Fachberatung für wirtschaftliche Entwicklung und Tourismus, und rate, wer sein Geschäftspartner ist."

„Ian Mure."

„Bingo!" sagte Bourke.

Er hatte O'Hare auch gebeten, Nachforschungen über Ken Stevens, der Alyce Lynes Alibi bezeugt hatte, anzustellen, und der Kollege aus Wollongong hatte Mark noch gestern abend zu Hause angerufen.

„Wir wußten bereits, daß Stevens nicht vorbestraft war, aber Mick erzählte mir, daß Stevens mit einer Bande von Jungs zusammengesteckt hatte, die verhaftet wurden, weil sie Autos geknackt, geklaut, ausgeschlachtet und die Teile verhökert hatten. Zu der Zeit arbeitete Stevens als Automechaniker in der örtlichen Tankstellenwerkstatt, deshalb war die Kripo ziemlich sicher, daß er mit der Sache zu tun hatte. Aber man konnte ihm nichts nachweisen."

„Arbeitet er nicht noch immer in dieser Autowerkstatt?"

„Ja, aber Mick sagt, daß sie ihm jetzt gehört."

„Ach was? Nicht schlecht für einen Aushilfsmechaniker", konstatierte Carol.

„Ich habe Anne eine Nachricht hinterlassen, daß sie Ken Stevens' finanzielle Situation recherchieren soll", sagte Bourke. „Wäre es nicht nett, wenn ihm der Reichtum nach dem Abgang von Barry Lyne in eine bessere Welt zugeflogen ist?"

Anderthalb Stunden später beantwortete ihnen Ken Stevens diese Frage selbst. Er stand vor seiner kleinen Werkstatt, rieb sich die schmierigen Hände an einem noch schmierigeren Lappen ab. „Ja, ich habe die Werkstatt gekauft", erklärte er. „Hatte einen großen Treffer beim Pferderennen."

„Ein lokales Rennen?" fragte Bourke.

„Nö, in Sydney." Stevens blickte von Carol zu Bourke. „Worum geht's eigentlich? Ich dachte, Sie wären wegen der Sache in den Blue Mountains hier."

Er war keine anziehende Erscheinung mit seinen Hängeschultern, der Hühnerbrust und dem fliehenden Kinn. Sein strohblondes Haar war ungekämmt. Er hatte sich nicht rasiert. Und sein Overall, der ursprünglich weiß gewesen war, starrte vor Schmier und Dreck.

„Wir *sind* wegen der Sache in den Blue Mountains hier, Mr. Stevens", sagte Carol in versöhnlichem Ton. „Vielleicht könnten wir unser Gespräch drinnen fortsetzen."

Er blickte sie argwöhnisch an. „Ich muß wieder an die Arbeit."

„Wir halten es so kurz wie möglich."

Er zog seine schmalen Schultern hoch und führte sie in das Werkstattbüro, eine Kammer mit einem von Papieren übersäten Tisch, auf dem sich diverse Autoersatzteile neben benutzten Pappbechern und den Resten eines Fast-Food-Frühstücks befanden. Ein dürrer junger Mann in fast ebenso schmierigem Overall knallte gerade hastig den Telefonhörer auf, griff nach seiner Zigarette und verdrückte sich.

„Fauler Sack", murmelte Stevens und blickte ihm nach. Dann räumte er Carol einen Stuhl frei und erklärte: „Ich hab' nicht viel Zeit. Stecke bis über die Ohren in Arbeit." Er zog sich einen quietschenden Drehstuhl heran und ließ Bourke stehen.

Als Carol ihn bat, seine Begegnung mit Alyce Lyne an dem Morgen, als ihr Mann starb, zu schildern, fluchte er: „So eine Scheiße, das hab' ich doch schon tausendmal."

„Versuchen wir es zum tausendundeinsten", sagte Bourke.

Perplex über den harten Ton blickte Stevens auf. „Schon gut, schon gut", lenkte er ein.

Dann rasselte er seinen Bericht herunter, daß er morgens früh aufgewacht und spazierengegangen war. Da hätte er eine Frau heranfahren und an der Govetts Leap Road in der Nähe des Aussichtspunktes parken sehen und sie angesprochen. Sie hätten eine ganze Weile geplaudert, sie erwähnte dabei, daß sie ihren Mann nach dem Joggen hier abholen sollte und sich wunderte, wo er blieb. Stevens war mit ihr zum Aussichtspunkt gegangen, aber da war gar nichts zu sehen. Dann sagte sie, daß sie sich große Sorgen machte, und bat ihn, mit ihr zum Wagen zu gehen und von dort die Polizei anzurufen. Stevens blieb bei ihr, bis die Polizei kam, der er seinen Namen gab, ehe er in seine Pension zurückkehrte. Später sei die Polizei gekommen und habe ihn auf die Wache gebracht, um seine Aussage zu Protokoll zu nehmen.

Ein Gespräch zwischen Alyce Lyne und einer Kreatur wie Ken Stevens konnte sich Carol kaum vorstellen. „Worüber haben Sie geredet?" fragte sie.

„Was?"

„Sie und Ms. Lyne – worüber haben Sie geredet bei diesem langen Gespräch."

„Weiß nicht. Irgendwas." Er kratzte sich das Kinn, dann grinste er und sagte: „Über die Gegend. Die Aussicht. Die Berge. Über so was halt."

„Sind Sie vorher schon einmal in den Blue Mountains gewesen?"

„Nö."

„Wieso haben Sie beschlossen, dorthin zu fahren?"

Er grinste. „Schien mir 'ne hübsche Gegend zu sein."

Bourke beugte sich über Stevens. „Kennen Sie Ian Mure?"

Stevens klappte den Mund auf und zu. „Wen?"

„Ian Mure“, wiederholte Carol freundlich. „Kennen Sie ihn?“

Stevens schüttelte den Kopf. „Nicht daß ich wüßte.“

Carol fragte: „Haben Sie Alyce Lyne schon einmal getroffen – vor diesem besagten Morgen, an dem ihr Mann starb?“

„Nein.“

Die Antwort kam postwendend, wie Carol bemerkte.

„Sie ist nach Wollongong gezogen. Haben Sie sie nach der Untersuchung wiedergesehen?“

Er leckte sich die Lippen. „Hab' sie nicht gesehen.“

Stevens drehte sich nach Bourke um, der jetzt hinter ihm stand. Der Inspektor maß ihn mit einem drohenden Lächeln, beugte sich zu ihm und sagte: „Mich interessiert das Geld, das Sie angeblich bei Pferderennen in Sydney gewonnen haben. Es war eine Pferdewette, nicht wahr?“

„Ja, stimmt.“

„Bei einem so großen Gewinn werden Sie sich ja sehr genau an alle Details erinnern.“

„Sehen Sie“, sagte Stevens in dem Versuch, die Kontrolle zurückzuerlangen, „Sie haben mir am Telefon gesagt, Sie wollten mit mir über das reden, was am Govetts Leap passiert ist, und ich hab' Ihnen gesagt, was ich weiß. Mir tut es leid, daß der Typ tot ist, aber das ist er nun mal. Die Sache ist lange vorbei.“

Mit ernstem Gesicht sagte Bourke: „Sie ist nicht vorbei, Stevens, wenn neue Fragen auftauchen über das, was an jenem Morgen geschah, als Barry Lyne abstürzte und ums Leben kam.“

Der Stuhl protestierte quietschend, als Stevens ihn zurückstieß und aufsprang. „Ich habe Ihnen nicht mehr zu sagen. Ich muß jetzt wieder an meine Arbeit.“

„Hast du bemerkt“, fragte Carol Mark auf der Fahrt nach Wollongong, „daß Stevens fast wörtlich wiederholt hat, was er an dem bewußten Morgen auf der Wache zu Protokoll gegeben hat?“

„Als hätte er es auswendig gelernt“, sagte Bourke. „Ich denke, Mr. Stevens sollte ein bißchen schmoren, und dann knöpfen wir ihn uns erneut vor. Er ist, wie man so sagt, das schwache Glied. Wenn wir ihn unter Druck setzen, bricht er zusammen."

„Kannst du dir vorstellen, daß er Barry Lyne umgebracht hat?"

„Auf keinen Fall", sagte Bourke. „Er hätte nicht den Mumm. Aber wenn Alyce ihn um einen Gefallen gebeten und gut dafür bezahlt hat, war er bestimmt sofort einverstanden."

***

Roger Bruehl hatte prächtige Büroraume in der obersten Etage eines kleines Geschäftshauses in der Innenstadt von Wollongong. Er war groß, leicht übergewichtig, aber elegant und sehr gepflegt. Sein dichtes Haar war leicht ergraut, aus seinem gebräunten Gesicht stachen die weißen Zähne hervor.

„Treten Sie ein, treten Sie ein", sagte er und schüttelte erst Carol, dann Bourke die Hand. „Nehmen Sie Platz. Was kann ich für Sie tun?"

Offensichtlich erwartete er keine Antwort, er setzte sich hinter seinen breiten Schreibtisch in den hochlehnigen Sessel, faltete die Hände auf der ledernen Schreibunterlage vor ihm und sah sie beide mit jovialem, hilfsbereitem Ausdruck an.

Die meisten Leute fühlen sich unwohl, wenn sich in einer solchen Situation Schweigen breit macht, und versuchen, es mit Worten zu füllen, deshalb erwartete Carol, daß Bruehl etwas sagte. Der aber wirkte ganz entspannt und hatte nicht die Absicht, etwas einzuwerfen.

Die erste Runde geht an dich, dachte Carol. „Ich glaube, Inspektor Bourke sagte bereits, als er diesen Termin vereinbarte, daß wir bezüglich des Todes Ihrer Frau im letzten Jahr noch ein paar Fragen haben."

Er blickte auf seine gefalteten Hände. „Ja, Kommissarin, Paulettes Tod war ein tragischer Unfall, wie Sie wissen. Ich kann noch immer kaum glauben, daß sie nicht mehr lebt."

„Sie haben wieder geheiratet", sagte Bourke.

Bruehl starrte ihn intensiv an. „Ich glaube nicht, daß Sie das etwas angeht."

„In unserem Beruf", sagte Carol mit einem Ton des Bedauerns in der Stimme, „sind wir leider oft genötigt, in die sogenannte Privatsphäre einzudringen."

Ein Anflug von Ungeduld huschte über Bruehls Gesicht. „Gewiß sind Sie so beschäftigt wie ich, Kommissarin Ashton, also bringen wir das hier hinter uns. Was genau wollen Sie?"

„Sie arbeiten mit Ian Mure zusammen?"

„Ja, wir sind Geschäftspartner." Er löste die gefalteten Hände und legte sie in den Schoß. „Worauf wollen Sie hinaus?"

„Übereinstimmungen."

„Ich habe keine Ahnung, wovon Sie reden."

Carol sagte: „Ihre erste Frau starb bei einem Sturz aus beträchtlicher Höhe –"

„Sie brauchen mich nicht daran zu erinnern. Ich war dort. Ich habe ihren Leichnam gesehen, als man sie auf das Kliff hinaufzog. Es war entsetzlich."

Als hätte er sie gar nicht unterbrochen, fuhr Carol fort: „Und Ian Mures Schwager starb bei einem ähnlichen Sturz in den Blue Mountains einen Monat später."

Bruehl schnaubte verächtlich. „Und Sie glauben, das hätte etwas miteinander zu tun? Die einzige Ähnlichkeit ist, daß es sich beide Male um einen schrecklichen Unfall handelt."

„Bleiben wir doch einen Moment beim Tod Ihrer Frau", sagte Bourke. „Zum Zeitpunkt ihres Absturzes behaupten Sie, in der Nähe gewesen zu sein, dort wo Ihr Wagen geparkt war."

„Ich habe nichts gesehen. Wie es das Schicksal wollte, unterhielt ich mich mit einer Frau, die ihren Hund ausführte."

„Wie es das Schicksal wollte", wiederholte Bourke.

Bruehl fixierte ihn mit offenem Blick. „Rauchen Sie, Inspektor? Ich bekenne mich zu dieser Sünde. An jenem Morgen merkte ich, daß ich zwar Zigaretten, aber kein Feuer bei mir hatte, und der Zigarettenanzünder im Wagen funktionierte nicht. Wie Sie wissen, ist gegen Süchte schwer anzugehen, und ich mußte einfach eine rauchen. Ich sagte Paulette, ich würde einen offenen Laden in der Umgebung suchen, da sah ich die Frau mit dem Hund. Einen Pudel. Paulette ging los, die Aussicht betrachten, während ich die Frau fragte, ob sie Feuer bei sich hätte. So kamen wir dann ins Gespräch."

Er redet zuviel, dachte Carol. Lügner neigen dazu. Und auch der direkte Augenkontakt verrät sie. Menschen, die die Wahrheit sagen, haben nicht diesen offenen Vertrau-mir-Blick.

„Und, hatte sie?" fragte Bourke. Als Bruehl die Stirn runzelte, erklärte er: „Hatte sie Feuer bei sich?"

„Nein. Sie war Nichtraucherin. Darüber haben wir uns dann unterhalten, ich bin mit ihr weitergegangen, während sie mir erklärte, welche Läden zu dieser frühen Stunde wahrscheinlich geöffnet sind." Er preßte die Lippen aufeinander. „Ich gebe mir an dem Unfall die Schuld. Paulette muß es schwindlig geworden sein, oder sie trat zu nah an den Rand. Wäre ich bei ihr gewesen, statt mit dieser Fremden zu plaudern..." Er schlug die Augen nieder und schüttelte den Kopf.

Carol lehnte sich zurück und musterte ihn. Er war aalglatt, machte aber den üblichen Fehler, sich allzusehr in Details zu ergehen. Carol hatte die Aussage der Zeugin gelesen. Diese Unterhaltung, daß er Feuer für seine Zigarette brauchte, hatte tatsächlich stattgefunden. Carol war überzeugt, daß es sich um eine erfundene Ausrede handelte, die ihm ein Alibi verschaffen sollte, während jemand anders seine Frau ermordete. Die Zeugin hatte sonst niemanden gesehen, aber Bruehl war mit ihr spazierengegangen, und sie hatten die ganze Zeit geplaudert.

„Sie haben ja gar keinen Aschenbecher auf Ihrem Schreibtisch", bemerkte sie.

Zum erstenmal blickte er sie irritiert an.

Sie zog die Augenbraue hoch. „Haben Sie das Rauchen aufgegeben?"

„Hm? Ja, hab' ich."

Carol wartete, ob er sich auch hierüber verbreiten würde. Doch diesmal war er auf der Hut und beließ es bei der kurzen Antwort.

„Seit wann kennen Sie Ian Mure?“ fragte sie und bemerkte, daß ihm diese Frage entschieden angenehmer war.

„Ich kannte Ian flüchtig, als er noch in den Blue Mountains lebte. Paulette ist in der Gegend aufgewachsen und hat uns miteinander bekannt gemacht. Ian hat dort den Tourismus in Schwung gebracht, und ich dachte, das könnte hier in Wollongong auch funktionieren. Als er herzog, haben wir uns zusammengetan und sind Geschäftspartner geworden.“

Die weiteren Fragen konnten Bruehl nicht in die Enge treiben. Er erklärte, daß seine Frau an dem Tag, als sie starb, bei klarem Verstand und guter Gesundheit gewesen sei, bestätigte, daß ihre Lebensversicherungspolice gering gewesen war, und betonte noch einmal, daß es sich um einen tragischen Unfall gehandelt habe.

Als er sich erhob, um sie hinauszugeleiten, fragte Carol: „Ihre erste Ehe war glücklich?“

„Ja freilich.“

„Also sind Sie die Beziehung mit Ihrer Schwägerin erst nach dem Tod Ihrer Frau eingegangen?“

Leichte Röte stieg Bruehl ins Gesicht. „Selbstredend.“

„Somit stimmen die Gerüchte nicht, daß es vor dem Unfall war?“

„Absolut nicht! Unser gemeinsamer Kummer hat uns aufeinandergeworfen.“

Noch eine auswendig gelernte Floskel, dachte Carol.

„Wir würden gern mit ihr sprechen.“

„Warum?“

„Reine Routine“, erklärte Bourke glatt.

„Nicola ist zur Zeit nicht hier.“

Carol zog die Brauen hoch. „Tatsächlich? Und wo ist sie?“

„Sie besucht Freunde in Melbourne. Ich sage ihr, daß sie sich mit Ihnen in Verbindung setzt, wenn sie zurück ist.“

„Das wäre sehr freundlich.“

Im Wagen, während Carol auf dem Stadtplan die Adresse von Alyce Lyne suchte, fragte Bourke: „Gab es denn Gerüchte über Bruehl und seine Schwägerin?“

„Keine Ahnung", antwortete Carol. „Ich hielt es für einen netten, beunruhigenden Ausklang am Schluß, der suggeriert, daß wir glauben, er hatte ein Motiv, seine Frau zu töten."

16

Die Frau, die ihnen die Tür des luxuriösen Hauses öffnete, betrachtete sie einen Moment nachdenklich, bevor sie sagte: „Sie sind überpünktlich. Kommen Sie herein, Kommissarin Ashton, Inspektor Bourke. Wir gehen nach hinten auf die Terrasse. Dort ist es sonnig und windgeschützt, und ich habe ein paar Erfrischungen bereitgestellt. Bitte, bedienen Sie sich."

Sie hatte eine betörende tiefe Stimme mit leicht herbem Timbre.

Carol hatte Fotos von Alice in der Polizeiakte gesehen und wußte, daß sie sehr gut aussah, trotzdem war sie auf den persönlichen Eindruck nicht gefaßt. Sie war fast durchschnittlich groß, schlank, aber vollbusig, mit schwerem kastanienbraunen Haar und dunkelbraunen Augen. Sie hatte ebenmäßige Züge, und auf ihren schön geschwungenen Lippen lag der Anflug eines wissenden Lächelns.

All das war sehr attraktiv, doch die Aura, die sie umgab, hatte etwas absolut Bezauberndes. Es war sehr viel mehr als die Macht der Persönlichkeit oder die Raffinesse der persönlichen Darstellung. Es war augenblicklich erkennbar, daß Alyce Lyne sich bewegte und sprach wie eine, die im Mittelpunkt des eigenen Universums ruht, die sofort mühelos alle Aufmerksamkeit auf sich zieht.

„Halleluja", murmelte Bourke. „Die Sirene und ihr Brüderlein."

„Kommissarin, Inspektor", begrüßte sie Ian Mure hinter seiner Schwester. Er ließ sie eintreten und schüttelte ihnen die Hand mit kurzem, festem Druck. „Ich wollte Alyce bei diesem Gespräch nicht allein lassen. Sie haben doch gewiß nichts dagegen, daß ich hier bin?"

„Ganz und gar nicht", antwortete Carol. „Wir wollten ohnehin mit Ihnen sprechen."

„Dann können Sie ja zwei Fliegen mit einer Klappe schlagen." Ian Mure lächelte offen und herzlich, auch seine Augen. Er war langgliedrig, schlaksig und bewegte sich graziös, doch äußerst männlich. Er hatte ebenso dickes kastanienbraunes Haar und dunkelbraune Augen wie seine Schwester. Nur war sein Gesicht schmaler und härter. Sein Charme wirkte auf Carol eher kalkuliert als natürlich. Sie erinnerte sich an Lillian Broadhalls Einschätzung, daß Ian Mure die Leute davon überzeugen könnte, daß schwarz weiß ist und grün rot.

Carol und Bourke folgten Bruder und Schwester auf die Terrasse hinter dem Haus, die, wie versprochen, windgeschützt war, die Sonne schien durch die überhängenden Zweige. Ein Wintergarten nahm die eine Seite ein. Auf einem langen Tisch mit frischer weißer Tischdecke standen eine Obstschale, Brot und Käse, Karaffen mit Saft, Rot- und Weißwein.

Alyce steckte sich eine Weintraube in den Mund. „Wie ich schon sagte, bedienen Sie sich."

Ihr Bruder schenkte sich ein Glas Rotwein ein und prostete Carol ironisch zu: „Auf Sie, Kommissarin. Ich wünsche Ihnen viel Erfolg."

„Danke sehr." Carol wandte sich an Alyce, die mit locker verschränkten Armen dastand. „Wir haben uns heute morgen mit Ken Stevens unterhalten."

Alyce zog eine feingeschwungene Augenbraue hoch. „Und warum das?"

„Wir rollen die Untersuchung des Todes Ihres Mannes noch einmal auf."

„Darf ich fragen, warum?"

„Neue Informationen", antwortete Carol kurzangebunden.

Ian Mure lachte. „Ach, da wird ein erstes offizielles Klischee herausgekehrt. Und sicher werden noch viele folgen."

Mit jungenhaftem Grinsen fuhr er fort: „Kommissarin, nehmen Sie's mir nicht übel. Aber ich kann den Gedanken nicht ernst nehmen, daß es irgend etwas Neues über Barrys unglückliches Ableben gibt."

„Wir haben uns auch mit Ihrem Partner Roger Bruehl unterhalten", sagte Bourke.

„Ja, ich weiß. Er hat mich angerufen, gleich nachdem Sie gegangen sind." Ian Mure gluckste. „Sie haben ihn ganz schön erschreckt. Ich hab' ihn beruhigt, daß er keine Angst zu haben braucht."

„Und war Mr. Bruehl beruhigt?" fragte Carol.

„Er ist ein Angsthase, der alte Roger", erklärte Ian Mure mit nachsichtigem Lächeln, „aber ich glaube, ich hab' ihn beruhigt. Trotzdem muß ich sagen, ich frage mich, warum Sie den Fall jetzt wieder aufrollen."

„Da sind ein paar lose Enden", sagte Bourke.

Alyce Lyne legte ihm die Hand auf den Arm. „Inspektor, Sie möchten doch bestimmt etwas essen oder trinken?" Sie deutete mit dem Kopf auf den gedeckten Tisch. „Schließlich habe ich mir diese Mühe gemacht..."

„Nein, vielen Dank."

„Ms. Lyne, darf ich ganz offen sein?" fragte Carol.

Alyce schenkte ihr ein bezauberndes, strahlendes Lächeln. „Aber natürlich, Kommissarin, so offen, wie Sie wollen."

Wie leicht einen diese Frau entwaffnen könnte, die ihre physische Schönheit und ihr überzeugendes Charisma mit solcher Bravour einsetzte.

„Nachdem ich heute mit Ken Stevens gesprochen habe, wundere ich mich, schlicht gesagt, wieso Sie an dem bewußten Morgen soviel Zeit mit ihm verbrachten", sagte Carol.

„Stimmt", pflichtete der Bruder ihr bei, „er ist überhaupt nicht Alyce' Typ." Er schlang den Arm um seine Schwester. „Du mußt dem einen Riegel vorschieben, Alyce, mein Täubchen. Du darfst dich nicht so ausnutzen lassen."

Carol ignorierte ihn und sah seine Schwester fragend an. „Ms. Lyne?"

„Ken Stevens wirkte so einsam, Kommissarin. Zu der Zeit war ich so besorgt wegen Barry, daß ich nur halb zugehört habe. Ich hätte die Unterhaltung jederzeit abbrechen können, aber Grausamkeit bringt ja auch nichts, oder?"

„Und Sie haben Stevens vor diesem Tag nicht getroffen?"

„Nie."

„Haben Sie danach mit ihm Kontakt aufgenommen?"

„Kommissarin", schalt Alyce. „Sehe ich etwa aus wie eine aus der Gosse?" Sie biß sich auf die Lippen. „Oh, das war nicht nett von mir. Bitte, vergessen Sie, was ich gesagt habe."

Carol warf Bourke einen Seitenblick zu. um zu sehen, ob ihm genauso bewußt war wie ihr, daß es Ian Mure und seiner Schwester größtes Vergnügen bereitete, diese beiden Kripoleute, die den Nerv hatten, sie zu befragen, an der Nase herumzuführen. Eine Gewißheit, stark und bar jeden Zweifels, ergriff von ihr Besitz. Sie war sich absolut sicher, daß Alyce Lyne und Ian Mure an Barry Lynes Tod mitgewirkt hatten. Doch das zu beweisen, war eine andere Sache.

„Ich habe mich vor ein paar Tagen mit Owen Ingram unterhalten", sagte Carol, „da hat er zugegeben, die Mißhandlung in Ihrer Ehe verheimlicht zu haben."

Alyce faltete die Hände. „Ach, der arme Owen. Bekommt er dadurch großen Ärger? Ich hätte ihn niemals bitten sollen, auch nicht als Freund, das für sich zu behalten."

„Sehr viel mehr als ein Freund, wie ich höre."

Alyce seufzte. „Hat er das gesagt? Das stimmt nicht. Da ist wohl seine erotische Phantasie mit ihm durchgegangen." Sie schüttelte sich angewidert. „Und ich hab's nicht mal gewußt."

„Wenn Ihr Mann Sie verprügelte", warf Bourke ein, „hatten Sie jeden Grund, ihn loswerden zu wollen."

„So ernst war die Sache auch wieder nicht."

„Nein?" bohrte Carol. „Mir wurde von Veilchen berichtet, Prellungen, einer gebrochenen Rippe..." Sie merkte, wie Ian Mure die Stirn runzelte und sein Kiefer malte.

Aber in seiner Stimme klang nichts von der Spannung durch, als er einwandte: „Es war nur dieser eine ernste

Zwischenfall. Sie sollten wissen, daß ich mich eingemischt habe, als Allie es mir erzählte. Wenn Barry nüchtern war, konnte es keinen netteren Kerl geben, aber wenn er gesoffen hat, war es wie Jekyll und Hyde. Ich habe ihn mir zur Brust genommen, bis er versprach, das Saufen zu lassen, zu AA zu gehen, zur Suchttherapie, all diese Dinge. Und Barry hatte es ernsthaft vor, als..." In seinem Gesicht spiegelten sich Bedauern und Resignation angesichts der Launen des Schicksals.

„Als er starb", sagte Bourke.

„Ja, Inspektor, als er starb."

„Mr. Lyne hat kurz vor seinem Absturz seine Lebensversicherung erhöht", sagte Carol.

„So wie ich", erklärte Alyce. „Wir waren übereingekommen, beide Policen zu erhöhen. Wir wollten nämlich ganz bald Kinder haben. Barry und ich fanden das vernünftig."

Sie hatten auf alles eine Antwort, dachte Carol. Es war ein Spiel für sie – ein netter Zeitvertreib am Nachmittag.

Sie fragte: „Kennen Sie zufällig Joseph und Faye McDonald?"

Ian Mure zuckte ganz kurz mit der Wimper. Vielleicht war er überrascht. Besorgt keineswegs.

Alyce schüttelte den Kopf. „Ich glaube nicht. Ian, kennst du die?"

„Ich kenne so viele Leute. Es ist ein Allerweltsname. McDonald könnte auch darunter sein. Ich kann mich im Moment nicht erinnern. Ist das wichtig, Kommissarin?"

„Sie und Penelope Neale waren Teilhaber einer Firma namens Dexterous Unlimited. Vielleicht kennen Sie Ms. Neale?"

Ian Mure schüttelte den Kopf. „Tut mir leid, der Name ist mir nicht bekannt." Er lächelte zuvorkommend. „Allerdings kenne ich so viele Leute..."

Carol gab Bourke ein Zeichen, daß sie gehen sollten. „Wir bedanken uns für Ihre Zeit", sagte sie förmlich.

Alyce runzelte die Stirn. „Sie werden doch nicht gehen, Kommissarin, ohne etwas gegessen oder getrunken zu haben."

„Leider müssen wir das."

Sie geleiteten sie zur Haustür wie Ehrengäste, dann warteten Bruder und Schwester höflich auf der Schwelle, bis Carol und Bourke im Wagen saßen.

„Herrgott", sagte Bourke, „es ist Ian Mure. Ich weiß es so sicher wie meinen eigenen Namen. Aber wir werden es ihm nie beweisen."

„Ich glaube, sie sind es beide, sie arbeiten zusammen."

Als sie den Wagen anließ, fixierte sie Ian und Alyce, die noch immer in der Tür standen. Sie waren ein goldenes Paar, sich ihrer Macht gewiß, ihr Umfeld zu beherrschen. „Sie sind gerissene, intelligente Psychopathen."

„Der schlimmsten Sorte", fügte Bourke mit einem kleinen Lächeln hinzu.

„Ich stelle mir vor, daß ihr erstes Opfer der ältere Bruder war, damals als sie noch zur Schule gingen. Lillian Broadhall sagte, er fiel unter einen Zug, sie wollte aber nicht drauf schwören, ob es tatsächlich ein Unfall war oder nicht."

„Ich werde die Akte besorgen. Es hat bestimmt eine Untersuchung gegeben, und die Bahn wird die Sache ebenfalls untersucht haben."

„Bei dieser Gelegenheit könntest du nachforschen, ob irgend jemand aus ihrem Freundeskreis bei einem Sturz verletzt worden oder zu Tode gekommen ist. Recherchiere den Zeitraum von der Highschool bis heute."

„Denkst du, sie haben Übung mit solchen Unfällen?"

„Ich denke, daß diese Möglichkeit durchaus besteht."

„Alyce ist so verdammt schön", sagte Bourke, „ich könnte mir vorstellen, daß sie kriegt, was sie will, auch ohne zu morden."

„Du bist doch Kriminologe, Mark. Die beiden sind charmante Psychopathen, die kein Erbarmen kennen. Sie tun so, als seien sie normale mitfühlende Wesen, so daß sie die meisten Menschen ganz und gar für sich einnehmen. Aber sie empfinden nicht so. Sie haben kein Schuldgefühl und kaum jemals Angst. In ihren eigenen Augen sind sie unbesiegbar.

Und andere zu manipulieren, ist ein Spiel für sie – wir sind für sie Schachfiguren, die sie auf ihrem Brett hin und her schieben."

Bourke sah sie an. „Wenn wir dieser Brut nicht Einhalt gebieten, wird sie immer so weitermachen." Er lehnte sich zurück und verschränkte die Arme. „Was werden sie deines Erachtens als nächstes tun?"

„Jetzt, da ihnen bewußt ist, daß wir sie im Verdacht haben und weiterbohren werden, überprüfen sie bestimmt, ob sie ein schwaches Glied in der Kette haben, wie du richtig bemerkt hast. Ken Stevens ist eins und vielleicht auch Roger Bruehl. Tatsächlich ist, von Ian und Alyce' Standpunkt aus, jeder ehemalige Kunde eine potentielle Belastung."

„Sie werden sie nicht der Reihe nach abschlachten, Carol. Das wäre allzu offensichtlich."

„Das stimmt. Ich an Ians und Alyce' Stelle würde an einem früheren Kunden ein Exempel statuieren, damit allen klar wird, daß sie besser den Mund halten." Sie lachte trocken. „Verflixt, Mark, ich glaube, ich denke langsam wie sie!"

17

Carol hatte Tante Sarah am späten Freitagnachmittag aus der Klinik nach Hause geholt. Sie hatte behauptet, es ginge ihr gut, sah aber völlig erschöpft aus. Carol hatte sich über ihren Protest, daß es viel zu früh sei, hinweggesetzt und sie ins Gästezimmerbett verfrachtet. Als Carol mit Tee und Plätzchen zurückkehrte, schlief ihre Tante fest.

Am Samstagmorgen beobachtete Carol besorgt, wie Tante Sarah sich den Weg zum Stellplatz entlangquälte, begleitet von Sinker mit hocherhobenem Schwanz. Carols stützenden Arm hatte sie zurückgewiesen, ihr aber gestattet, ihre Übernachtungstasche zu tragen.

„Tante Sarah, du überforderst dich. Sybil wird es verstehen, wenn du das Wochenende hier bleibst."

„Du arbeitest, Darling, nicht wahr?"

„Ja, einen Großteil der Zeit, aber –"

„Ich wäre lieber am Strand bei Sybil. Und wenn Yancey dort ist, macht sie ein paar Studien für das Porträt von mir, hat sie versprochen."

„Ein Porträt von dir? Und wer ist Yancey?"

Tante Sarah sah aus, als bereue sie, das Thema aufgebracht zu haben. „Ach nichts. Das war nur so ein Einfall von mir." Sie konnte ihre Begeisterung aber nicht unterdrücken: „Ich werde porträtiert – als Ökohexe mit der unberührten Natur im Hintergrund. Quasi als heroische Figur."

Amüsiert über diese Vorstellung schob Carol Sinker in den Garten zurück, half ihrer Tante ins Auto, verstaute die Tasche im Kofferraum und setzte sich hinter das Steuer.

„Diese Yancey ist Malerin?"

„Allerdings." Sie musterte Carol mit scharfem Blick. „Ich möchte nicht über mein Porträt reden. Ich hätte es gar nicht erst erwähnen sollen. Laß uns das Thema wechseln."

Sie unterhielten sich über belanglose Dinge auf ihrer Fahrt an die Küste; das bis an den Wakehurst Parkway reichende Buschland erholte sich gerade von heftigen Sommerbränden. Jedesmal ließ es Carols Herz höher schlagen, wenn sie die frischen grünen Triebe auf den schwärzlichen Eukalyptusbäumen sah, die lichterloh brennende Fackeln und nach der Feuersbrunst nur noch angekohlte Skelette gewesen waren. Die ersten Regengüsse nach einem Buschfeuer wirkten Wunder und ließen neues Leben aus dem schwarzen Boden und den kahlen Ästen hervorsprießen.

Sybil, in ihrer weißen Leinenhose und dem dunkelgrünen Top, das ihr rotes Haar noch mehr betonte, kam ihnen entgegen, als sie in die Einfahrt bogen. Vom hochliegenden Haus, zu dem eine steile Steintreppe hinaufführte, hatte man eine beneidenswerte Aussicht über Wellen und Strand. Als Carol hinaufsah, erblickte sie jemand an der Haustür. Es versetzte ihr einen Stich, und bei diesem unangenehmen Gefühl wurde sie richtig wütend auf sich.

„Kommst du mit herein, Carol?“ fragte Sybil, die Tante Sarah aus dem Wagen half. „Bitte, komm, ich habe Croissants von unserem Bäcker geholt. Du weißt ja, wie toll die sind.“

„Ich kann leider nicht. Ich muß ins Büro.“

Sybil lächelte. „Dann das nächste Mal.“ Sie nahm Tante Sarahs Tasche und sagte zu ihr: „Komm, wir gehen durch die Garage, die Treppe ist nicht so steil.“

Carol küßte Tante Sarah auf die Wange. „Ich hole dich Sonntagabend. Paß auf dich auf und übernimm dich nicht.“

Gerade als sie die Wagentür öffnete, kam die Frau, die sie an der Haustür gesehen hatte, die Treppe herab, streckte ihr die Hand hin und sagte: „Ich bin Yancey.“

„Carol.“ Sie hoffte, sie legte eine höfliche, nicht allzu interessierte Miene an den Tag, als sie sagte: „Wie ich höre, malen Sie ein Porträt von Tante Sarah.“

„Das hoffe ich. Sie ist ein wundervolles Sujet.“ Und mit anerkennendem Blick fügte sie hinzu: „Das wären Sie auch.“

„Vielen Dank“, antwortete Carol und musterte sie ihrerseits. Yancey war mittelgroß, gut gebaut, hatte braunes Haar, braune Augen und volle Lippen. Ein schiefgewachsener Schneidezahn gab ihrem Lächeln etwas Witziges.

Sybil sprang die Treppe herab. „Ich habe Tante Sarah in einen Sessel bugsiert, aber ich weiß, daß ich mit ihr alle Hände voll zu tun haben werde. Sie redet bereits über einen Spaziergang am Strand.“

Carol lachte, verabschiedete sich und stieg in ihren Wagen. Als sie davonfuhr, vermied sie jeden Blick in den Rückspiegel.

***

„Ich votiere dafür, Ursula Stein von unserer Liste zu streichen“, sagte Bourke. Er hatte frisches Gebäck und zwei Becher Kaffee von unterwegs mitgebracht, und es duftete verlockend in Carols Büro.

Da Wochenende war, hatte Bourke seinen üblichen Anzug und Krawatte mit Jeans vertauscht und weißem, gestärktem, langärmligem Oberhemd, so daß Carol unwillkürlich fragte: „Mark, bekleckerst du dich eigentlich nie?“

„Nie“, sagte er gleichmütig. „Also, streichen wir Ursula Stein? Nanette hat ganze Arbeit geleistet und herausgefunden, daß sie schon in Deutschland zwei Selbstmordversuche gemacht hat. Das war noch vor ihrer Ehe, und sie hat es ihm offensichtlich verheimlicht. Insofern sieht der Tod von Ursula Stein nach geglücktem Selbstmord aus, nicht nach Mord.“

„Okay, streich sie von der Liste. Gibt es sonst noch wen?“

„Eigentlich nicht, aber ich glaube, wir sollten uns auf die Fälle konzentrieren, die am vielversprechendsten aussehen.“

Carol betrachtete grübelnd die Namen. „Nach dem gestrigen Tag wissen wir, daß wir uns ganz offensichtlich auf Paulette Bruehl und Barry Lyne konzentrieren müssen. Ich würde noch Kapitän Trelawney hinzufügen, weil sein Tod sich erst kürzlich ereignet hat, sowie Joseph und Faye McDonald, weil der Mörder hier das größte Risiko eingegangen ist. Hast du Liz Careys Bericht gelesen? Sie hatte recht, es war kein Selbstmord. McDonald hätte das Gewehr niemals in diesem Winkel halten und schießen können, ohne irgendeine Verlängerung, mit der er den Abzug erreichte, und etwas derartiges fand sich nicht am Tatort.“

Nach ihrer Diskussion beschlossen Carol und Bourke einige aus dem Team anders einzusetzen. „Anne ist sehr findig in allem, was finanzielle Dinge betrifft“, sagte Bourke. „Ich werde sie auf die Spur des Geldes ansetzen. Sie kümmert sich bereits um Ken Stevens Treffer beim Pferderennen. Sie kann in Sachen Trelawney und McDonald gleich mitrecherchieren, aber zuerst soll sie sich um die Finanzen von Alyce und Ian kümmern, weil die irgendwo einen Haufen Dollar gebunkert haben. Das heißt, vorausgesetzt, das Motiv dieser Morde war Geld, nicht Liebe.“

„Mark“, wandte Carol ein, durch das, was er sagte, auf einen Gedanken gebracht, „ich möchte wetten, daß mindestens zwei Morde nicht aus finanziellen Gründen erfolgten. Was, wenn es sich bei dem Mord an Paulette Bruehl um eine Gefälligkeit gehandelt hat, damit ihr Mann die jüngere Schwester heiraten konnte? Und als Gegenleistung wurde Ian Mure Teilhaber bei Roger Bruehl."

„Und natürlich hat Ian nur aus Bruderliebe Barry Lyne umgebracht. Gewiß hast du seine Reaktion bemerkt, als du Alyce' Verletzungen bei der Prügelei ihres Mannes geschildert hast."

Sie arbeiteten eine weitere Stunde lang aus, wie sie soviel Material wie möglich zusammentragen und auswerten konnten, was bei der Anzahl der Fälle eine beträchtliche Datenmenge ergäbe. Als sie fertig waren, streckte sich Bourke, lehnte sich in seinem Stuhl zurück und verschränkte die Finger hinter seinem Kopf.

„Weißt du", sagte er, „nachdem ich die beiden Todesengel kennengelernt habe, verstehe ich sehr viel besser, wie sie an ihre Kunden kommen können."

„Ja", stimmte Carol zu, „die beiden sind Experten darin, menschliche Schwächen zu lesen und sich zunutze zu machen."

Grübelnd starrte Bourke zur Decke. „Ich wette, wir werden herausfinden, daß viele dieser Aufträge auf persönlichen Empfehlungen beruhen. ‚Du haßt deinen Mann?' sagt eine Freundin oder ein Bekannter. ‚Ich kenne vielleicht jemanden, der da etwas tun kann.' Und dann setzen sich Ian oder Alyce mit der Person in Verbindung."

„Ich sehe das als gegenseitig vereinbarte Destruktion. In jedem Fall gehen Kunde und Mörder zugrunde, wenn einer von beiden plaudert."

„Wir beide wissen, daß manche Leute, wenn sie ungeschoren mit einem Mord davongekommen sind, nicht widerstehen können, sich damit zu brüsten", sagte Bourke, „auch wenn sie die Tat nicht selbst begangen haben, sondern durch einen Auftragsmörder ausführen ließen."

„Ich weiß, was ich täte." Carol versetzte sich in die Lage des Auftragsmörders. „Ich würde jedes Gespräch zwischen mir und dem Kunden aufnehmen – ob telefonisch oder persönlich. Außerdem würde ich jede Kommunikation übers Internet kopieren."

Bourke setzte sich auf. „Das ist äußerst belastend, Carol."

„Aber denk nur, welche Sicherheit dir das verschafft. Und du kannst deine Stimme elektronisch verzerren, so daß du nicht zu identifizieren bist. Wenn ein Mord ausgeführt wurde, denkt sich der Kunde vielleicht: ‚Warum sollte ich noch mehr bezahlen? Es ist geschehen, und der Mörder kann ja nichts sagen, ohne sich selbst hinter Gitter zu bringen. Sollte er versuchen, mich hineinzuziehen, werde ich sagen, ich weiß nichts davon, oder das Ganze war ein Scherz, ich hätte nie gedacht, man könne das ernst nehmen.'"

„So ist es gewissermaßen ein Schock, wenn die Kopien oder Mitschnitte dieser verdammten Vereinbarungen in der Post auftauchen."

„Genau", sagte Carol. „Insbesondere wenn der Mörder darauf hinweist, daß die Originale sicher irgendwo verwahrt sind, und dem Kunden weismacht – was nicht unbedingt stimmen muß: ‚Falls mir etwas zustößt, hat mein Anwalt einen versiegelten Umschlag in seinem Tresor, den er der Kripo aushändigen wird.'"

„Das gefällt mir, Carol. Obendrein verschafft es dir das Potential, nebenbei noch ein bißchen erpressen zu können."

„Ich wäre eine spitzenmäßige Verbrecherin", sagte Carol befriedigt. „Wie gut, daß ich nicht zur dunklen Seite tendiere."

***

Carol hatte ihre Sachen zum Umziehen mitgenommen, so daß sie vom Polizeipräsidium direkt zu Leotas Hotel fuhr. „Carol", sagte Leota, die sie im Frotteebademantel empfing, „du mußt erst mal duschen."

„Muß ich? Ich hab' heute schon geduscht."

„Das war wegen der Sauberkeit. Dies hier ist wegen ganz etwas anderem."

Lachend ließ Carol sich ins Badezimmer ziehen.

Einige Zeit später, geduscht und vollauf befriedigt, zerbrach sich Carol den Kopf, wie sie am besten Rens und Peters Haus wiederfände. Sie wohnten in Alexandria, einem Innenstadtviertel, das in den letzten Jahren seinen Aufstieg vom früheren Arbeiterbezirk zu einer pikfein aufgemöbelten Wohngegend für Leute mit Geld geschafft hatte.

Nachdem sie ein paarmal falsch abgebogen war, fand sie schließlich die richtige Straße. An das Haus erinnerte sie sich ganz klar, ein bezauberndes kleines Haus in einer Reihe ähnlich bezaubernder Häuschen, von denen jedes etwas Charakteristisches hatte. Bei Ren und Peter war es ein herrliches bleiverglastes Oberlicht über der Haustür, das Leota bewunderte, als Ren breit lächelnd öffnete.

„Carol! Und Leota! Kommt herein."

„Wir bewundern gerade das Oberlicht", erklärte Leota.

„Das Oberlicht wurde aus einer Villa gerettet, die einem Wohnblock weichen mußte." Er nahm ihren Arm. „Jetzt komm mit mir, Leota. Ich kenne bloß deinen Namen, und der ist sehr schön. Carol wollte mir nichts verraten, deshalb platze ich fast vor Neugier."

Über die Schulter rief er: „Zuckerpüppchen, warum gehst du nicht Peter zur Hand. Es ist Krisenzeit in der Küche."

Während sie ins Wohnzimmer verschwanden, hörte Carol, wie Leota bemerkte: „Zuckerpüppchen? Das läßt sich Carol von dir bieten? Das ist aber stark, Mann."

Sie fand Peter in der Küche vor einem riesigen Backofen, der eher einer Großküche angemessen schien. „Carol! So lange nicht gesehen." Sie umarmten sich kurz, dann zog es Peter zurück an den Backofen. „Nie stimmen die in den Rezepten angegebenen Zeiten", moserte er vor sich hin. „Dies sollte längst gar sein, ist es aber nicht."

Er hatte einige Pfunde zugelegt und einiges an Haaren eingebüßt, seit Carol ihn zuletzt gesehen hatte. Und er hatte sich einen Schnäuzer wachsen lassen. Sie hatte für bärtige Männer eigentlich nichts übrig, aber er sah gut damit aus.

Peter reichte ihr ein Glas Rotwein. „Kochwein, aber ausgezeichnet.“ Er bot ihr einen hohen Küchenstuhl an. Während er sich in der Küche tummelte, saß sie da, trank Wein und plauderte mit ihm über gemeinsame Bekannte. Sie fühlte sich gelöst, herzlich willkommen und ungezwungen.

Vielleicht, dachte sie, sollte ich auch mal wieder zum Essen einladen. Das hab' ich nicht mehr getan, seit Sybil ausgezogen ist. Zu ihrer eigenen Verwunderung fragte sie: „Du kennst doch alle Welt, Peter. Ist dir je eine Malerin namens Yancey über den Weg gelaufen?“

„Yancey Blake? O ja, sie ist sehr bekannt. Malt vor allem Porträts. Hoch gerühmt.“ Er zog die Augenbrauen hoch. „Malt sie dich etwa?“

„Nein, Tante Sarah sitzt ihr Modell.“

Er murmelte etwas von Würze und verschwand in der Speisekammer. Als er wieder auftauchte, sagte er: „Ren hat mir erzählt, du und Sybil, ihr habt euch getrennt.“

„Das stimmt.“

Peter grinste sie an. „Bei mir ist dieser Ton unnötig, Carol. Ich bin nicht Berufsschnüffler wie Ren, weißt du.“ Er winkte ab. „Ende der Fragerei, es sei denn, du brennst darauf, mir was zu erzählen...“

„Ich führe ein sehr langweiliges Leben.“

„Sicher nicht im Moment. Ren sagt, er hätte erst kürzlich mit dir über einen Serienmörder geredet.“

Carol war nicht beglückt, das zu hören. Ihrerseits hatte sie über die Operation Pelikan außerhalb der Arbeit kein Wort verlauten lassen – nicht mal höchst Allgemeines. Verdammt, sie hatte es nicht mal Leota erzählt, die immerhin auch eine Gesetzeshüterin war. „Was hat Ren dir erzählt?“

Peter legte den Kopf schief. „Höre ich da etwa einen frostigen Unterton in deiner Stimme. Dazu besteht kein Grund, Kommissarin Ashton, Ma'am. Nicht nur habe ich Stillschweigen geschworen, sondern offen gesagt, hat Ren mir weiter gar nichts gesagt. Und außerdem, wem sollte ich's weitertratschen? Den Kindern?“ Er war Grundschullehrer und verbrachte seine Tage mit einigen Hundert Schulkindern unter zwölf Jahre.

„Warum ist es derart wichtig, es geheimzuhalten?" fragte er. „Bist du kurz davor, die Falle zuschnappen zu lassen?" Peter klappte seine Hände zusammen und rief: „Erwischt!"

„Das wünschte ich."

Die Küchenuhr klingelte. „Ach Gott", rief Peter und sprang zum Backofen, „das Gemüse ist doch noch gar nicht soweit."

Carol nippte an ihrem Wein und ließ sich Peters Frage durch den Kopf gehen. Bevor sie ihre Verdächtigen aufgespürt hatten, bestand Grund genug zur Geheimhaltung der Tatsache, daß Mordfälle landesweit in Zusammenhang standen. Nachdem sie und Bourke aber jetzt völlig sicher waren, die beiden Hauptakteure in dem Auftragsmordschema identifiziert zu haben, konnte ein gezieltes Durchsickern von Informationen an die Presse durchaus von Vorteil sein.

Es bestand nur eine minimale Chance, daß Ian Mure und Alyce Lyne unter Druck zusammenbrächen, doch es waren andere beteiligt, die anfälliger waren. Vor allem Ken Stevens würde schließlich zusammenklappen, und Carol war sicher, daß auch Owen Ingram mehr wußte, als er zugegeben hatte.

***

Es war ein schöner Abend, sie lachten viel, aßen gut und verstanden sich prächtig. Carol gelang es, ihre beruflichen Probleme, die Sorgen über Tante Sarah und die Frage, wohin ihre Beziehung zu Leota führen mochte, zu verdrängen. Und auch die irritierende Antwort, die Carol auf etwas erhalten hatte, das sie freuen sollte: die Tatsache, daß Sybil ihr Leben weiterlebte.

Morgens um eins waren alle herrlich beschwipst, außer Carol, die schon lange nichts mehr trank, weil sie ja fahren mußte. Sie verabschiedeten sich laut, ermahnten sich, leise zu sein, lachten gedämpft, aber schließlich hatte Carol Leota dann doch in ihren Wagen verfrachtet.

„Toller Abend", sagte Leota, als sie abfuhren. „Deine Freunde gefallen mir. Ich habe schon lange nicht mehr so gelacht." Sie gähnte und lehnte den Kopf an Carols Schulter.

Carol wußte, sie sollte das Thema nicht jetzt aufs Tapet bringen, tat es aber schließlich doch: „Leota, du hast Tante Sarah wunderschöne Blumen geschickt, aber warum hast du nicht angerufen und gefragt, in welcher Klinik sie liegt?"

Leota setzte sich auf und sah sie an. „Wie bitte? Ich verstehe wohl nicht ganz?"

„Du hast FBI-Methoden verwandt, um herauszufinden, wo Tante Sarah war, stimmt's?"

Leota starrte sie an, als wüchsen ihr zwei Köpfe. „Ich habe die Krankenhäuser angerufen und nach deiner Tante gefragt. Willst du mir sagen, daß du damit ein Problem hast?"

„Ja, habe ich", gab Carol zu, „aber ich weiß nicht, warum."

„Vielleicht glaubst du, daß ich *dich* ausspionieren könnte. Ist es das? Daß ich Dinge herausfinde, die ich nicht wissen soll?"

„Natürlich glaube ich nicht, daß du das tätest." Und um dem Thema, von dem sie wünschte, sie hätte es nie begonnen, die Spitze zu nehmen, fügte Carol hinzu: „Da würdest du ohnehin nichts Interessantes finden. Mein Leben ist ein offenes Buch."

„Ein offenes Buch? Kann denn das wahr sein?"

„Naja", sagte Carol, „mehr oder weniger."

Nach einer langen Pause erklärte Leota: „Ich kann jederzeit in die Staaten zurückbeordert werden. Das weißt du."

Carol hielt den Blick auf die Straße gerichtet. „Laß uns nicht jetzt darüber reden."

„Wir müssen über die Zukunft reden." Leota lachte betrübt. „Carol, wir müssen darüber reden, ob wir überhaupt eine Zukunft haben."

„Ich bin müde, Leota."

„Sei ehrlich zu mir. Könntest du dir vorstellen, in den Staaten zu leben?"

„Vielleicht. Ich habe noch nicht darüber nachgedacht."

„Ich denke, wir beide sollten mal ernsthaft darüber nachdenken."

Carol warf ihr einen Seitenblick zu. „Hast du gehört, daß man dich zurückbeordern will?"

„Nein." Leota seufzte. „Ein lausiger Zeitpunkt, Carol. Vergiß es. Wir können ein andermal darüber reden."

Nun plauderten sie über den Abend, aber unterschwellig spürte Carol die Spannung eines unausgesprochenen Wortes. Bindung.

18

„Ich bekam einen Anruf – zu Hause!" sagte Kriminalrat Edgar bissig. „Zu Hause!" Er machte eine bedeutungsvolle Pause, um diese Unverfrorenheit einsinken zu lassen. „Fragt die mich doch ganz unverblümt, ob wir in seriellen Auftragsmorden ermitteln. Wußte sogar namentlich von der Operation Pelikan. Wie, zum Teufel, kommt Vida Drake an meine Nummer? Sie steht nicht im Telefonbuch." Er starrte Carol an, als müsse sie eine definitive Antwort darauf haben.

„Vida Drake ist Journalistin. Sie hat Beziehungen. Sie kann jede Nummer herauskriegen, die sie will, genau wie wir."

Sein Gesicht legte sich in wütende Falten, und er fuhr sie an: „Kommen Sie mir nicht mit so was, Carol. Diese Drake wußte von der Tatsache, daß wir Auftragsmorde ermitteln. In Ihrem Team muß es eine undichte Stelle geben."

Nach einem anstrengenden Wochenende ohne viel Schlaf lag Carol ein versöhnlicher Ton fern. „Wenn es eine undichte Stelle gibt, dann jedenfalls nicht auf meiner Seite."

„Wirklich nicht? Wo dann?"

Nachdem ihm Carol dargelegt hatte, daß es Dutzende von Leuten gab, vom Büro des Polizeichefs bis ganz unten, die etwas über die Operation Pelikan wußten, schnaubte er einen Moment irritiert, ehe er zugab, daß sie recht hatte. „Also, was wollen wir unternehmen?"

„Ich glaube, daß eine gewisse Aufmerksamkeit seitens der Presse an diesem Punkt durchaus nützlich sein könnte."

„Es ist noch zu früh. Wir brauchen etwas Definitives, um zu zeigen, daß wir die Sache im Griff haben." Mit seiner üblichen Geste striegelte er sich das dichte weiße Haar. „Eine Verhaftung, Carol, das wäre nett."

„Wir brauchen Beweise."

„Beweise, ja." Er schlug mit der schweren Hand auf Carols letzten Bericht, den sie ihm am Sonntag spätnachmittags auf den Tisch gelegt hatte. „Diese Geschwister, sind Sie absolut sicher, daß sie es sind? Zufällige Übereinstimmungen soll es ja geben."

„Nicht derart viele", sagte Carol. „Trotzdem sind Übereinstimmungen leider keine unanfechtbaren Beweise. Deshalb mein Vorschlag, kontrollierte Informationen durchsickern zu lassen. Dadurch werden potentielle Zeugen am Rande unter Druck gesetzt, Zeugen, die zwar etwas wissen, aber nicht so involviert sind, daß sie sich um Kopf und Kragen reden, wenn sie eine Aussage machen."

Mit nachdenklicher Miene erklärte Edgar: „Der Polizeichef will uns heute morgen sehen. Er fordert, auf den neuesten Stand gebracht zu werden. Wenn er keine Einwände hat, werde ich den Vorschlag in Erwägung ziehen."

Carol übersetzte, wenn dem Polizeichef die Idee gefiel, striche Edgar die Lorbeeren ein. Wenn der Polizeichef den Vorschlag ablehnte, wäre das Ganze Carols Idee.

Edgar raffte seine Papiere zusammen und kam schließlich auf das Budget der Abteilung zu sprechen: „Also, Carol, wie Sie wissen, wurden wir aufgefordert, den Gürtel etwas enger zu schnallen", erklärte er. „Wir müssen mit dem Kontingent, das wir haben, mehr leisten. Das bedeutet, wir können diese beiden Verdächtigen nicht beschatten und warten, bis etwas passiert. Wir haben nicht genug Leute dafür, Wollongong hat nicht genug Leute dafür. Und alles, was über die üblichen Überstunden hinausgeht, sprengt unser Budget. Sie müssen mit den Kräften auskommen, die Sie haben. Und reduzieren Sie die Reisekosten. Ich möchte keine Wildgänsejagden quer durch New South Wales."

„Mark Bourke ist heute morgen in die Blue Mountains gefahren. Wie Sie sehen werden, habe ich in meinem Bericht erwähnt, daß ein Lehrer durch einen Absturz ums Leben kam, als Ian und Alyce Mure dort zur Schule gingen. Mark überprüft diese Sache und auch den Tod des älteren Bruders der Familie."

„Gut, gut." Er winkte ungeduldig ab, ihn mit solchen Bagatellen zu verschonen. „Halten Sie mich auf dem Laufenden, und wenn diese Drake sich an Sie wendet, informieren Sie mich sofort."

***

Im Warteraum bei Dexterous Unlimited hingen willkürlich arrangierte Tafeln in Primärfarben an den Wänden, auf dem Boden lag ein Teppich mit Zickzackmuster, von der Decke hing eine Voliere mit mechanischen Vögeln, die ihr buntes Gefieder spreizen, die künstlichen Flügel ausbreiten, flattern, kreischen konnten wie echte Tiere. Sie sorgten für einen ständigen Geräuschteppich, der Carol auf die Nerven ging.

Carol und Roham waren getrennt hergefahren, weil der neue Industriepark, in dem Dexterous Unlimited lag, nicht weit von Carols Haus entfernt war. Von hier würde sie direkt heimfahren, Tante Sarah abholen und mit ihr zu dem Termin beim Chirurgen fahren, wo sie den Befund über den Erfolg der Operation bekamen.

Carol musterte Terry Roham mit einem Seitenblick. Da Bourke unterwegs war, hatte sie beschlossen, Terry Roham die Gelegenheit zu geben, einer wichtigen Vernehmung beizuwohnen, wenn auch nur als Protokollant. Roham war sichtlich nervös, strich sich über das kurze krause Haar, räusperte sich und rückte sich die Krawatte gerade.

„Ich stelle die Fragen, Sie machen Notizen", sagte Carol.

Er nickte. „Okay."

Die junge Empfangsdame näherte sich lautlos. „Ms. Neale wird Sie in ihrer Wohnung empfangen." Sie deutete mit der langgliedrigen Hand. „Sie gehen hier aus dem Haupteingang, dann links herum und die Metalltreppe hinauf zu ihrem privaten Eingang."

Draußen war es kühl, der Winter lag in der Luft. Wie immer musterte Carol ihre Umgebung. Der Industriepark bestand aus lauter quadratischen Straßenzügen, an denen sich dreistöckige Gebäude aneinanderreihten. Eine breite Hauptstraße führte mitten hindurch, und um jedes Gebäude herum verlief ein schmaler Pfad. Die Strukturen waren modern und dem Nützlichkeitsprinzip entsprechend mit Laderampe ausgestattet. Ausgeprägte Landschaftsgestaltung milderte mit üppigem Buschwerk die Sterilität.

Das Gebäude von Dexterous Unlimited stach durch die Farben eines jeden Stockwerks hervor – rot, gelb, blau – das ganz oben sichtbare Grün deutete auf einen Dachgarten hin.

Wie die Empfangsdame gesagt hatte, befand sich an der Seite des Hauses eine breite Eisentreppe, die in den Farben der Stockwerke lackiert war. Carol und Roham stiegen zuerst die roten Stufen empor, dann die gelben und schließlich die knallblauen. Sie endeten an einer schwarzen Tür, die sich öffnete, als sie den obersten Absatz erreichten.

„Kommen Sie herein", sagte Penelope Neale. Es war eine überraschend schöne Wohnung, mit kostbaren Möbeln, von überall fiel Licht herein. Schiebetüren gingen auf einen herrlichen Dachgarten mit üppiger Bepflanzung hinaus.

„Ich ziehe es vor, in der Firma zu wohnen", sagte Penelope Neale. Und als hätte Carol das kritisiert, fügte sie rasch hinzu: „Mit gefällt dieses Isolierte, wenn Sie das verstehen können, Kommissarin."

Sie trug neutrale Farben, kamelhaarfarbene Hose zu zimtfarbenem Pullover. Sie hatte ihr aschblondes Haar zu einem Pferdeschwanz gebunden, dadurch wirkte ihr Gesicht maskenhaft gestreckt. Wie zuvor funkelten ihre erstaunlichen Augen feurigblau.

„Es ist wundervoll hier", sagte Carol, und wieder fiel ihr der Silberring an Penelopes kleinem Finger auf.

Die blickte auf ihre Hand und begann den Ring zu drehen, als wolle sie ihn festschrauben. „Ich habe ihn seit meiner Kindheit. Meine Mutter schenkte ihn mir." Sie verzog die schmalen Lippen und fügte hinzu: „Soweit ich mich erinnere, ist es das einzige Geschenk von ihr."

Was für lebenslange Ressentiments es gibt, dachte Carol. Aber reichten die, dafür zu zahlen, daß jemand deine einzige Schwester mit einem Gewehrschuß beseitigt?

„Vielen Dank, daß Sie uns empfangen, Ms. Neale. Dies ist Kriminalwachtmeister Roham. Er wird unser Gespräch protokollieren."

Penelope Neale wies ihm einen Sessel mit Blick auf den Dachgarten zu. Carol fragte: „Sie machen Yoga?"

„Was?" Penelope leckte sich über die Lippen. „Weshalb reden wir darüber?"

„Sie verbrachten ein Wochenende im Hunter Valley."

„Ich finde es sehr entspannend. Können wir jetzt zur Sache kommen? Ich möchte gern wissen, wann das Untersuchungsergebnis vorliegt." Steif in ihrem Sessel sitzend, mied sie Carols Blick. „Verstehen Sie, Kommissarin, ich erwarte nicht, jemals über Fayes Tod hinwegzukommen. In meinen Alpträumen durchlebe ich immer wieder diese Szene in der Küche. Trotzdem ist es wichtig, daß ich zu einer Art Abschluß gelange."

Wie schon bei ihrer ersten Vernehmung hatte Carol das Gefühl, diese Frau präsentiere ihr einen gelernten Text, der wiedergab, was von einer trauernden Schwester zu erwarten war. Sie blickte rasch zu Terry Roham, der stirnrunzelnd über seinem Notizbuch saß, und fragte sich, ob er sensibel genug war, die Nuancen dieser glatten Worte zu erspüren.

„Ich fürchte, wir haben ein Problem, festzulegen, wann das sein wird, Ms. Neale."

„Ein Problem?“

„Aufgrund von Beweisen halten wir den Fall nicht mehr für Mord-Selbstmord.“

Roham sah auf, als ein tiefes Atemholen erfolgte.

„Was meinen Sie damit?“ fragte Penelope. „Ich habe sie entdeckt. Ich habe gesehen, was Joseph getan hat.“

„Alles deutet auf einen Doppelmord hin“, sagte Carol leise. „Das heißt, wir stehen wieder ganz am Anfang und suchen nach Motiven.“

„Ich weiß nichts von Motiven. Ich weiß überhaupt nichts.“

„Mich interessieren die Versicherungspolicen.“

Penelope Neales Gesicht war völlig ausdruckslos. „Es ist bei Teilhaberschaft üblich, eine gemeinsame Versicherung zu haben für den Fall, daß einem Gesellschafter etwas passiert.“

„Wer war die treibende Kraft in der Firma?“ erkundigte Carol sich.

„Alle drei Teilhaber waren wichtig.“ Sie blickte auf ihre im Schoß gefalteten Hände. „Auf individuelle Weise wichtig.“

„Inwiefern waren Sie wichtig, Ms. Neale?“

Röte überzog ihre Wangen. Sie starrte Carol an. „Ich behaupte nicht, der kreative Kopf zu sein, was die Computerspiele betrifft. Das habe ich Faye und Joseph überlassen und ihrem handverlesenen Mitarbeiterstab. Ich bin die Geschäftsführerin der Firma. Meine Verantwortung sind die Finanzen.“

„Kennen Sie Ian Mure, Ms. Neale?“

Sie blinzelte, wartete einen Augenblick zu lange, dann sagte sie: „Nein, ich glaube nicht.“

„Sind Sie sicher, daß Sie ihn nicht kennen?“

„Ich bin sicher.“

„Vielleicht kennen Sie seine Schwester Alyce?“

Penelope Neale schüttelte nachdrücklich den Kopf. „Nein.“

Carol wechselte zu harmlosen Fragen, bis Penelope beruhigt zu sein schien, dann fragte sie: „Haben Sie irgendwelche Verbindungen in die Blue Mountains? Vielleicht haben Sie dort mal gelebt oder die Gegend besucht. Oder vielleicht haben Sie Freunde oder Verwandte dort...?“

Penelope saß ganz still. „Ich glaube nicht."

Carol wartete, doch sie verbreitete sich nicht weiter, sondern starrte stumm zu Boden.

Nach der Vernehmung auf ihrem Weg zum Parkplatz sagte Terry Roham befriedigt: „Sie hat nicht gefragt, warum. Damit hat sie sich verraten, wenn Sie mich fragen."

„Mich freut, daß Ihnen das aufgefallen ist."

„Ja, als Sie Ian und Alyce Mure erwähnten und die Blue Mountains, hätte sie fragen müssen, was das mit dem Tod ihrer Schwester zu tun hat. Aber das hat sie nicht."

Carol war mit Roham zufrieden, ein ungewohntes Gefühl.

***

Es war fast wie eine Wiederholung des ersten Termins bei dem Chirurgen. Dr. Ristow kam zu spät und entschuldigte sich, als er hereinstürzte. Carol dachte wie beim erstenmal, daß das kurzgeschorene rote Haar und der Bart ihrer Vorstellung von einem Chirurgen eigentlich nicht entsprachen.

Er setzte sich und strahlte Tante Sarah an. „Ich muß sagen, daß der Befund der Operation positiv ist – sehr positiv."

„Es gibt keine Metastasen?" fragte Tante Sarah, die Erleichterung stand ihr im Gesicht. „Ist es das, was Sie sagen?"

„Wir haben die sogenannten Wächterknoten entfernt, den ersten Teil des Lymphsystems, in das sich die Krebszellen einnisten würden. Diese Knoten wurden sehr sorgfältig untersucht, und sie sind nicht befallen; ich freue mich, Ihnen das sagen zu können. Deshalb bin ich der festen Überzeugung, daß der Krebs sich nicht ausgebreitet hat."

Carol seufzte tief. „Gottseidank."

„Somit werden wir, eine Woche nachdem die Fäden gezogen und die Wunden völlig verheilt sind, unter Aufsicht von Dr. Yeats mit der Bestrahlung beginnen. Um noch einmal daran zu erinnern, die Bestrahlung soll eventuell gestreute bösartige Zellen abtöten, die sich vielleicht noch irgendwo in Ihrer Brust befinden. Sie werden sieben

Wochen lang täglich behandelt, außer am Wochenende. Noch Fragen?"

„Wann werden die Fäden gezogen?" fragte Tante Sarah. „Ich habe es satt, ständig auf dem Rücken zu schlafen."

„Zehn, zwölf Tage nach der Operation. Ich denke also, heute in einer Woche."

Alles war schon am Anfang erklärt worden, deshalb hatten Tante Sarah und Carol keine weiteren Fragen. Kurz darauf saßen sie in Carols Wagen und fuhren nach Hause.

„Ich kann dir gar nicht sagen, wie erleichtert ich bin", sagte Carol. Sie blickte ihre Tante an, die düster aus dem Fenster auf den Verkehr starrte. „Was ist los?"

„Ich habe gerade gedacht, was für ein Glück ich habe, daß der Krebs im Frühstadium erkannt wurde, wo er noch auf diese Weise behandelbar ist. Und das verdanke ich der Mammographie. Ich werde mich nie wieder beklagen, wenn meine Brüste zwischen die Glasplatten des Apparats gequetscht werden. Was ist schon eine kleine Unannehmlichkeit verglichen mit der Alternative – einer radikalen Mastektomie oder sogar dem Tod?" Sie sah Carol grübelnd an.

„Fang nicht damit an", befahl Carol. „Du mußt mir nicht im Nacken sitzen. Ich hab' dir bereits gesagt, daß ich einmal im Jahr zur Mammographie gehe."

„Hmm", sagte Tante Sarah nachdenklich, „Ich frage mich, ob meine Ökohexen wohl alle so vernünftig sind."

Carol mußte grinsen. „Ich fühle, daß ein Kreuzzug naht."

19

Für Dienstagmorgen berief Carol eine Teamsitzung ein, um alle auf den neuesten Stand der Entwicklungen zu bringen und die notwendigen Aufgaben neu zu verteilen, nachdem jetzt die Hauptverdächtigen namentlich feststanden.

Anne Newsome berichtete, daß es unmöglich war, eine finanzielle Transaktion zwischen Ken Stevens und Alyce Lyne oder ihrem Bruder aufzuspüren, offensichtlich war ausschließlich Bargeld geflossen. „Zu diesem Zeitpunkt sind größere Abhebungen von Ians wie Alyce' Konten erfolgt, aber es ist nicht nachzuweisen, ob Ken Stevens das Geld bekommen hat, um die Werkstatt zu kaufen, in der er arbeitet."

„Wie ist Stevens finanzielle Lage im Moment?"

„Nicht gut", sagte Anne. „Er hat seine Kreditkarten bis zur Obergrenze belastet und wird Probleme haben, die nächste Benzinlieferung für seine Tanksäule zu bezahlen."

„Da wäre Erpressung doch eine denkbare Option", sagte Carol zu Bourke.

Er grinste. „Nur wenn ihm sein Leben nicht lieb ist."

Einige aus dem Team berichteten die Ergebnisse ihrer Arbeit, auch Maureen Oatland, die auf Dianne Beaton, Kapitän Trelawneys Tochter, angesetzt war. „Nicht was man ein stabiles ausgeglichenes Wesen nennt", sagte sie mit spöttischem Grinsen. „Eine hitzige Frau, die sich gern streitet. Dazu die Tatsache, daß das große Haus, in dem sie lebt, unter den darauf liegenden Hypotheken förmlich zusammenbricht. Sie hat die Erbschaft ihres Vaters dringend nötig. Zum Glück ist es ein beträchtlicher Nachlaß."

„Insofern ist Dianne Beaton nicht in der Lage, eine große Summe Bargeld abzuheben?" fragte Carol.

„Dazu wollte ich gerade kommen", erklärte Maureen. „In dem Monat bevor ihr Vater starb, hob sie mit Hilfe ihrer vielen Kreditkarten Bares von insgesamt zehntausend Dollar ab."

„Ich glaube, wir müssen Ms. Beaton einen Besuch abstatten", sagte Carol.

Bourke berichtete von seiner Fahrt in die Blue Mountains. „Ich verbrachte den gestrigen Nachmittag in Katoomba", begann er.

„Da wollte ich auch immer mal hin", bemerkte jemand.

„Wie ich schon sagte", fuhr Bourke fort, „die Pflicht rief mich aus meinem Büro, und ich mußte die anstrengende

Fahrt durch die herrliche Landschaft auf mich nehmen, während Sie hier Ihre Sklavenarbeit verrichteten. Was ich dort fand, war ganz und gar nicht schön. Als Ian Mure in der Oberstufe der Highschool war, machte seine Klasse eine geologische Exkursion. Der Lehrer, der die Klasse begleitete, hatte Ian Mure durch eine wichtige Prüfung fallen lassen, weil er abgeschrieben hatte. Bei dieser Exkursion stürzte Mr. Walton am Rand der Klippen ab und kam zu Tode."

„Ich wette, daß Ian Mure in seiner Nähe war."

„Falls dem so war, Miles, hat es niemand von den Schülern erwähnt. Damals gab es nicht den geringsten Hinweis, daß es etwas anderes als ein tragischer Unfall gewesen war. Also, es sieht mir danach aus, als sei Mure der zweite Versuch, ein perfektes Verbrechen zu begehen, gelungen."

„Zweiter Versuch?" warf Nanette ein. „Wie alt war er eigentlich bei seinem ersten?"

„Ians und Alyce' älterer Bruder, ein bekannter Trietzer, der seine jüngeren Geschwister ständig schikanierte, fiel vor einen Zug, als Ian vierzehn und Alyce siebzehn war. Sie waren beide zugegen, als das geschah, und machten unter Tränen ihre Aussage, ihr Bruder hätte rumgealbert und sei auf dem Bahnsteig ausgeglitten und vor den Zug gestürzt. Niemand verdächtigte sie, nachgeholfen zu haben. Im Licht ihrer späteren Aktivitäten war es womöglich ihr erster Mord."

Nach einer Diskussion ergriff Carol das Wort: „Ich glaube, Marks Annahme stimmt, daß die meisten, wenn nicht alle diese Auftragsmorde durch Mundpropaganda zustande kamen. Das bedeutet, wir müssen nach Freunden, Verwandten, Bekannten suchen, die im weitesten Sinn in Verbindung mit den Blue Mountains stehen oder der Gegend von Wollongong. Genauer gesagt, versuchen Sie, Verbindungen zu Ian Mure oder seiner Schwester Alyce aufzuspüren. Denken Sie daran, daß Alyce von Freunden Allie genannt wird. Andere Schlüsselpersonen wären Roger Bruehl und Nicola Coombs, wie sie vor der Heirat des Mannes ihrer toten Schwester geheißen hat. In dem erst kürzlich passierten Todesfall von Trelawney am North Head suchen wir nach einer Verbindung zu seiner Witwe Evelyn oder aber seiner Tochter Dianne Beaton. Denken Sie immer daran, daß die Person, die die Mundpropaganda betreibt, im Leben des Kunden oder der Kundin keine große Rolle zu spielen braucht. Sie könnten einfach zusammen zur Schule gegangen sein oder in derselben Firma gearbeitet haben."

„Großer Gott", sagte Maureen Oatland, „dagegen ist es ein Kinderspiel, eine Nadel im Heuhaufen zu suchen."

„Was, wenn diese Person die gesamte Mundpropaganda betreibt?" fragte Anne Newsome. „Wenn er oder sie quasi als Broker für Mord fungiert?"

Jetzt machten alle witzige Bemerkungen zu dieser Idee, und Miles Li rief laut: „Polizisten haben es täglich mit Leuten zu tun, die es verdient hätten, ermordet zu werden, wieso sollte also nicht ein Polizist als Broker fungieren?"

In das folgende Gelächter sagte Carol: „Der Kripochef hat zugestimmt, daß wir bestimmte Informationen an die Presse geben in der Absicht, potentielle Zeugen unter Druck zu setzen, sich zu melden."

Sie wollte fortfahren, als Bourke ihren Arm berührte. „Ich bekomme gerade einen wichtigen Anruf. Bin gleich zurück."

Carol erklärte nun, wie wichtig eine rasche, genaue Informationsweitergabe an den zentralen Informationspool von Dennis Earl, unter der Leitung von Mark Bourke, war, denn ein einzelner Ermittler könnte womöglich keinen roten Faden erkennen, der aber bei der Analyse sämtlicher Daten zum Vorschein käme.

Bourke kehrte mit düsterer Miene zurück. „Das war Mick O'Hare in Wollongong. Ken Stevens ist heute morgen tot in seiner Werkstatt aufgefunden worden. Ein Auto hat ihn zerquetscht. Offenbar ist der hydraulische Wagenheber defekt gewesen. Wie es scheint, haben Ian und Alyce keine Zeit verloren, sich dieses besonders schwachen Glieds in der Kette zu entledigen."

***

Nun begann die Zeit, die Carol stets besonders stressig fand, wenn Informationen hereinflossen, aber kein Muster zutage trat und kein stichhaltiger Beweis entdeckt wurde. Telefonlisten wurden eingescannt, Chatrooms im Internet und schwarze Bretter aufgezeichnet, das Finanzgebahren untersucht. Offensichtlich wurden keine Banktransaktionen durchgeführt, sondern das Geschäft bar abgewickelt. Zwar gab es merkwürdige Barabhebungen mutmaßlicher Kunden, aber keine, die als Mordanzahlung identifiziert werden konnte.

Ken Stevens Tod wurde von der Kripo in Wollongong untersucht, die mit Bourke in Verbindung stand, es fand sich kein Beweis für einen Mord. Der hydraulische Wagenheber war, wie die meisten Geräte und Werkzeuge in der Werkstatt, alt und schlecht gepflegt, so daß ein Defekt durchaus im Rahmen des Möglichen lag. Natürlich bestand die Gewißheit, daß es sich um Mord handelte, aber in Ermangelung eines Beweises würde der Fall ad acta gelegt werden.

Doch auch ohne stichfesten Beweis, der bei Gericht standhielte, fanden sich überall Rückschlüsse: Der Yoga-Ashram im Hunter Valley, wohin sich Penelope Neale übers Wochenende öfter zurückzog, wurde gelegentlich auch von Alyce Lyne besucht. Der Mann von Cindy Dunn, die von der Feuerleiter abgestürzt war, war Mitglied eines Modellflugzeugclubs, der sich mit anderen Clubs im ganzen Land traf, und ein Cousin der Mures, Pete Affley, war Mitglied eines solchen Clubs in Dubbo. Hilda Perry, die bei Kiama in rauher See ertrunken war, hatte einen Bruder, der bei ihrem Tod das ganze Familienvermögen erbte und im Tourismusgeschäft an der South Coast, die auch Wollongong einschloß, tätig war.

Carol hatte lange Sitzungen mit den Versicherungsgesellschaften, die die Policen ausgezahlt hatten, und konfrontierte sie mit der Frage, ob ein Mitarbeiter oder eine Mitarbeiterin oder ein Versicherungsagent oder -broker, der für sie tätig war, womöglich in die Auftragsvermittlung der Morde involviert sein könnte. Jede Versicherung äußerte Interesse am Erfolg der polizeilichen Ermittlungen und hoffte, die Summen, die sie ausgezahlt hatte, zurückzubekommen. Dennoch wiesen sie den Gedanken weit von sich, daß Beschäftigte ihrer Gesellschaft sich in solcher Weise strafbar machen könnten.

Drei Wochen vergingen. Tante Sarah waren die Fäden gezogen worden, und es amüsierte sie, daß die Assistentinnen des Radiologen ihre Brust mit kleinen Gravierungen versahen, fast wie ein Tattoo, um die Bestrahlung genau kontrollieren zu können. Die Bestrahlung selbst war eine zügige Angelegenheit und wurde zur Routine. Carol brachte sie alltags täglich frühmorgens in die Klinik, fünfzehn Minuten später war ihre Tante wieder draußen. Tante Sarah fühlte sich danach nicht erschöpft, und die einzige Nebenwirkung war tatsächlich, daß ihre eine Brust immer mehr Bräune bekam, und sie sagte, die Haut würde ganz ledern.

„Ich habe mich heute mit einer netten Frau unterhalten, Judy hat die sieben Wochen Bestrahlung jetzt fast hinter sich", erzählte sie Carol. „Sie hat gesagt, ihre Brust sähe aus wie ein Fußball, rötlichbraun und ein bißchen geschwollen."

„Das bleibt doch nicht, oder?"

„Aber nein, Darling. Es ist eben so, als bekäme sie täglich ziemlich viel Sonne ab. Wenn die Bestrahlung aufhört, wird die Haut wieder ganz normal."

Carol hatte ihren Tag so organisiert, daß sie ihre Tante zur Behandlung und wieder heimbringen konnte und anschließend ins Büro fuhr. Das bedeutete, daß Carol ihren Morgenlauf durchs Buschland auf den Abend und die Straßen verlegen mußte, ihre geschätzte Tasse Kaffee über der Morgenzeitung verkam zu einem Pappbecher mit Pseudokaffee aus dem Automaten in der Klinik und Überfliegen der Schlagzeilen, während Tante Sarah ihre Behandlung bekam.

Interessiert verfolgte sie, was die Presse aus der kontrollierten Meldung machte, die Edgar durch die Pressestelle der Polizei hatte herausgeben lassen. Die Schlagzeile hieß: *Sind die Todesfälle Auftragsmorde? Polizei tappt im Dunkeln.*

Als Carol ins Präsidium kam, war Edgar in Rage. „*Tappt im Dunkeln?* Wir tappen nicht im Dunkeln! Das wirft kein gutes Licht auf die Polizei. Carol, ich möchte, daß die das widerrufen. Sie haben Kontakte. Sorgen Sie dafür."

„Wenn wir einen Widerruf verlangen, setzen die nur noch einen drauf."

Alles auf seinem Schreibtisch tat einen Satz, als er mit der Hand darauf schlug. „Wir müssen etwas gegen die negative Presse unternehmen, die wir bekommen. Ich möchte, daß Sie mit dieser verdammten Journalistin reden, die die Geschichte als erste gebracht hat – Vida Drake. Ich habe das mit dem Kripochef geklärt. Reden Sie mit ihr von Frau zu Frau, okay? Stecken Sie ihr, durch die Blume natürlich, daß eine Verhaftung bevorsteht. Sagen Sie ihr, daß wir noch Zeit brauchen, um den Fall wasserdicht zu machen. Sie wissen ja, wo's lang geht."

Carol und Vida Drake waren sich ein paarmal über den Weg gelaufen. Die investigative Journalistin hatte sich den guten Ruf erkämpft, eine Geschichte um jeden Preis herauszubringen. Sie war eine Frau mittleren Alters mit schwarzgrauer Mähne. Das Modediktat ignorierend, trug sie seit Jahren lange fließende Baumwollgewänder und Sandalen.

Sie hatte gelacht, als Carol sie anrief, um sie ins Präsidium einzuladen. „Aha, man hat Sie auf mich angesetzt, stimmt's?"

„Vida, ich wollte nur mal inoffiziell mit Ihnen plaudern..."

Vida hatte geschnaubt, aber einem Treffen zugestimmt. Sie war überpünktlich, rauschte in Carols Büro und stellte einen Minirekorder auf den Schreibtisch.

„Keine Aufzeichnung", erklärte Carol.

„Herrje, Carol, ich kann nicht gut mitschreiben, wissen Sie." Sie versenkte den Rekorder in ihrer geräumigen Tasche. „Ich könnte verdrahtet sein, wissen Sie."

„Sind Sie's?"

„Nein, aber bestimmt das nächste Mal."

Carol erzählte ihr ausführlich von der Operation Pelikan, ohne irgendwelche Namen zu nennen. Vida hörte zu, fragte nach und kommentierte die undichten Stellen bei der Polizei. „Der Name Operation Pelikan war schon durchgesickert, noch bevor Ihr die Sache so genannt habt", sagte sie.

„Jemand aus meiner Abteilung?"

Vida feixte. „Wer würde denn so was wagen, Carol? Ich werde meine Quelle nicht verraten, aber es war niemand bei Ihnen." Sie lehnte sich in ihrem Stuhl zurück. „Das Fazit ist also, daß Sie's mit einem Psycho-Geschwisterpaar zu tun haben, das auf Wunsch mordet, ist es das, was Sie sagen?"

„Ich nehme an, daß es seine Operationen verschiebt – bei dem Feuer, das wir ihm unter dem Hintern machen."

„Alyce Mure, jetzt Lyne, wäre die eine Hälfte des Teams, nicht wahr?" Vida grinste sie selbstgefällig an.

„Wer ist Ihr Informant?"

Vida drohte mit dem Finger. „Nichts ohne Gegenleistung."

Carol blickte sie nachdenklich an. Vida grinste breit. „Ich habe das nicht von einem Spitzel erfahren. Jemand kam zu mir mit dieser Information."

„Alles, was ich Ihnen erzählt habe, kann nur als Hintergrund benutzt werden, bis wir die Täter verhaften. Dann werde ich, wenn ich kann, Sie es als erste wissen lassen."

„Gebongt", sagte Vida und erhob sich, um zu gehen. „Es ist Dianne Beatons Ex-Mann. Erstaunlich, wieviel Animositäten eine Scheidung hervorrufen kann, nicht wahr? Er hat mir nur zu gern verraten, daß er sie mit Alyce bekannt gemacht hat, als er und Dianne noch verheiratet waren." Sie gab Carol eine Visitenkarte. „Sie werden mit ihm reden wollen."

20

Dianne Beaton marschierte Carol und Bourke voraus in ein großes Besuchszimmer. Im Haus ließ nichts auf finanzielle Probleme schließen. Der Raum war angenehm, alles befand sich an seinem Platz, einschließlich der Architekturzeitschriften, die strategisch auf dem Glastisch verstreut lagen. Zwei Kristallvasen mit Rosen standen rechts und links auf dem Kaminsims. Trotz der warmen Farben herrschte in dem kalten, leicht parfümierten Raum eine frostige Atmosphäre.

„Setzen Sie sich", sagte Dianne ungnädig. Sie wartete, bis ihrem Befehl Folge geleistet worden war, dann setzte sie sich ihnen gegenüber. „Ich nehme an, daß sich Inspektor Dent mit Ihnen in Verbindung gesetzt hat."

„Inspektor Dent vom Revier in Manley? Er hat sich nicht mit uns in Verbindung gesetzt."

Dianne Beaton stand auf und wanderte herum, das kalte Licht, das durch die französischen Fenster ins Zimmer fiel, betonte ihre Nase und die Kieferknochen. Sie hielt am Kamin, der aussah, als sei er noch nie benutzt worden, trotz der Scheite darin. Sie nahm eine Zigarette aus einem Elfenbeinkästchen auf dem Kaminsims und zündete sie mit einem Elfenbeinfeuerzeug an. Carol sah, wie ihre Hände zitterten.

„Meine Stiefmutter, Evelyn, sagt, sie wird das Testament anfechten." Sie blickte Carol herausfordernd an. „Sie hat überhaupt keinen Grund, so etwas zu tun. Mein Vater hat immer versprochen, für mich zu sorgen." Die Zigarette glühte rot auf, so heftig zog sie daran. „Ich bin nach Balgowlah rübergefahren, um die Sache mit ihr zu regeln."

Ein bitteres Lächeln trat auf ihre Lippen. „Ich habe Evelyn unterschätzt. Sie rief die Polizei und versuchte, mich festnehmen zu lassen. Wegen Hausfriedensbruch, Ruhestörung oder sonst was. Spielt ja auch keine Rolle. Nachdem ich meine Seite der Geschichte erzählt habe, erklärte Inspektor Dent, er würde mich nicht verhaften, aber ich nahm an, er würde Ihnen berichten, was geschehen ist."

Dianne Beaton drückte die halbgerauchte Zigarette aus, zündete sich eine neue an und setzte sich. „Warum also sind Sie hier, wenn nicht deshalb?"

„Wir kommen gerade von einem Gespräch mit Ihrem Ex-Mann."

„Was?“ Ihr bleiches Gesicht errötete. „Bruce? Warum zum Teufel sollten Sie sich mit Bruce unterhalten?“

„Er hatte gewisse Informationen“, sagte Bourke freundlich.

In der darauffolgenden Stille hörte Carol das gedämpfte Geräusch eines Rasenmähers und das Heulen einer Sirene. Schließlich fragte Dianne Beaton: „Informationen worüber?“

„Alyce Lyne, geborene Mure“, sagte Carol.

Dianne Beaton sog an ihrer Zigarette, stieß den Rauch aus und sagte in hörbar bemühtem Plauderton: „Bruce hat sich für Orchideen interessiert. Alyce auch. Die beiden gehörten einem Orchideenzüchterverein in den Blue Mountains an. Kein Wunder, daß meine Ehe zerbrach, ich spielte nur die zweite Geige nach dieser verdammten Pflanze.“

Carol verkniff sich ein Grinsen und fragte: „Wann haben Sie zuletzt mit Alyce gesprochen?“

„Vor Jahren. Es ist nicht so, als wären wir Freundinnen gewesen. Ich glaube nicht mal, daß ich ihre jetzige Nummer habe.“ Sie tippte die Asche von ihrer Zigarette. „Was soll das? Warum sprechen Sie mit Bruce, was hat Alyce damit zu tun?“

„Alyce' Mann starb bei einem Absturz am Govetts Leap.“

Dianne zuckte die Achseln. „Das habe ich gehört.“

„Es gibt Übereinstimmungen mit dem Absturz Ihres Vaters.“

„Sie stürzten beide von den Klippen. Und?“

Bourke zog sein Notizbuch heraus und blätterte darin, bis er die Stelle gefunden hatte. „In den Wochen bevor Ihr Vater starb, haben Sie mit Hilfe diverser Kreditkarten eine Summe von insgesamt zehntausend Dollar abgehoben. Wären Sie so freundlich, uns zu erzählen, wofür dieses Geld war?“

Dianne Beaton sprang auf. „Das ist unerhört! Wie können Sie es wagen, in meinem Privatleben herumzuschnüffeln?“

„Ihr Vater wurde ermordet, Ms. Beaton“, sagte Carol.

Dianne holte tief Luft. „Mit dem Geld sollten verschiedenen Schulden bezahlt werden. Ich habe nicht die Absicht, weiter darüber zu reden. Ich möchte, daß Sie jetzt gehen.“

An der Tür sagte sie: „Es ist sehr dumm von Ihnen, irgend etwas zu glauben, das Bruce sagt. Er haßt mich.“

Als sie zum Wagen gingen, sagte Bourke: „Zumindest in diesem Punkt sagt sie die Wahrheit. Bruce Beaton mag seine Ex-Frau tatsächlich nicht."

Carol erinnerte sich, wie Beaton erklärt hatte: „Dianne würde alles tun, um das Geld ihres Vaters in die Finger zu kriegen. Als ich hörte, daß Alyce' Mann abgestürzt ist und Trelawney auch, wußte ich, daß das kein Zufall sein konnte. Und als ich hörte, daß Ihr Bullen Euch für beide Fälle interessiert, wußte ich, daß ich recht hatte. Dianne hätte ihn selbst runtergeschubst, wenn sie den Mumm gehabt hätte."

Auf die Frage, warum er sich mit seinem Verdacht an eine Jounalistin gewandt hatte statt an die Polizei, grunzte Beaton spöttisch. „Und das hätten Sie mir abgenommen? Ich hatte mit Euch Bullen in der Vergangenheit Ärger genug. Jedesmal, wenn Dianne und ich stritten – und das kam oft vor, ich kann Ihnen sagen –, rief sie das Polizeirevier an und sagte, ich hätte sie geschlagen. Und in fast allen Fällen habt Ihr Bullen ihr mehr geglaubt als mir."

***

Bourke reichte Carol etliche Ausdrucke. „Hier sind die Telefonate von Dianne Beatons Haus- und Mobiltelefon während der letzten sechs Monate. Kein Anruf bei Alyce Lyne. Ich habe Anne beauftragt, den Orchideenzüchterverein zu überprüfen. Alyce ist noch immer aktives Mitglied. Die Sekretärin erinnerte sich, daß vor kurzem eine Frau sich nach der Telefonnummer von Alyce erkundigt hat, sie sagte, sie sei eine Freundin, und habe den Kontakt mit Alyce verloren, nachdem sie aus den Blue Mountains fortgezogen sei. Das könnte Dianne Beaton gewesen sein. Falls ja, hat sie sie von einem öffentlichen Telefon in Wollongong angerufen."

Er reichte ihr einen dickeren Stapel Papier. „Dies sind die Telefonate der letzten Monate von Dexterous Unlimited. Es gibt einen einzigen Anruf bei Alyce Lyne."

„Das reicht nicht aus."

„Es zeigt, daß wir auf der richtigen Fährte sind.“ Bourke grinste. „Terry ist überzeugt, daß wir Penelope Neale nur noch rund um die Uhr beschatten müßten.“

Carol seufzte. „Feuereifer ist gut und schön, aber...“

„Aber wie kann man ihn bremsen? Gute Frage, Carol.“

***

Später am Abend, Carol las die Zeitung, von der sie bisher nur die Titelseite überflogen hatte, saß Tante Sarah vor dem Fernseher und rief plötzlich: „Schau dir das an. Hat nicht Dexterous Unlimited etwas mit einem deiner Fälle zu tun?“

Penelope Neale wurde von einem Wirtschaftsjournalisten über die Zukunft des Unternehmens befragt, da ja nun zwei Teilhaber tot waren. Penelope Neale wirkte äußerst betroffen, und ihre Stimme zitterte, als sie dem Interviewer zu versichern suchte, daß die Firma finanziell gesund sei und in nächster Zukunft mit neuen Produkten auf den Markt käme.

„Sie klingt völlig am Boden zerstört“, bemerkte Tante Sarah.

Penelope Neale hatte die Kontrolle über die Firma gewollt, und jetzt, da sie sie hatte, schien alles über ihr einzustürzen.

Das Interview schloß mit der Bemerkung des Journalisten, daß das Übernahmeangebot eines großen Konzerns noch immer stehe. Dann richtete sich die Kamera auf Penelopes Gesicht. Carol fragte sich, ob Alyce und Ian das wohl auch gerade sahen. Es würde sie nicht beruhigen, wenn sie eine Klientin so kurz vor ihrem Zusammenbruch sähen.

21

Als am Samstagabend das Telefon läutete, war Tante Sarah gerade in einen Krimi vertieft, und Carol bürstete Sinker, der wie üblich protestierte, aber die ungeteilte Aufmerksamkeit sichtlich genoß. Das Rauschen des Regens draußen vor dem Fenster ließ alles warm und gemütlich erscheinen, so daß Carol der Gedanke, womöglich zu einem Mordopfer gerufen zu werden, gar nicht behagte.

„Carol Ashton."

„Entschuldigen Sie bitte, daß ich Sie zu Hause anrufe."

„Schon gut, Anne, worum geht's?"

Anne Newsome klang kleinlaut und besorgt. „Ich wollte Sie nicht beunruhigen, aber ich mache mir Sorgen um Terry."

„Terry Roham? Was hat er angestellt?"

„Wir haben eine Party oder vielmehr ein Grillfest. Ein paar Leute von uns – und Terry hat fest versprochen zu kommen, aber er ist nicht aufgetaucht."

Carol fühlte sich irritiert. „Anne, Sie rufen am Samstagabend an, weil Terry Roham sich zu Ihrer Party verspätet?"

Ihr Sarkasmus trieb Anne ein wenig in die Defensive. „Ich weiß, daß es blöd klingt, aber..."

„Aber was?" Carol verhehlte ihre Ungeduld nicht.

„Ich möchte nicht, daß er Schwierigkeiten bekommt..."

„Anne, das sieht Ihnen ganz und gar nicht ähnlich. Spucken Sie's aus, Himmel noch mal!"

Von Carols Heftigkeit überrascht, blickte Tante Sarah auf.

Hastig erklärte Anne: „Terry verbringt seine Freizeit mit dem Beschatten von Dexterous Unlimited, vielmehr Penelope Neale. Er wußte, daß Sie nie damit einverstanden wären, vor allem bei dem momentanen Medienproblem. Ich hab' ihm gesagt, daß es dumm ist, was er tut, aber er war sicher, daß Ian Mure oder seine Schwester dort auftauchen werden. Er sitzt in seinem Wagen, bewaffnet mit einem Fotoapparat und hochsensiblem Film, einem Nachtsichtgerät und Rekorder."

„Anne, das ist nicht Ihr Ernst?"

„Ich weiß auch, warum er das tut. Er glaubt, daß Sie nicht viel von ihm halten, und er hat mir gesagt, dies sei seine Chance zu beweisen, daß Sie Unrecht haben."

„Na toll!" sagte Carol wütend. „Was erwarten Sie nun von mir? Daß ich ihn auflese und zu Ihrer Party schicke?"

Am anderen Ende der Leitung machte sich Schweigen breit. Dann sagte Anne: „Ich wußte nicht, wen ich sonst anrufen soll. Terry meldet sich nicht an seinem Mobiltelefon."

„Wenn er diese verkorkste Beschattung durchzieht, hat er vielleicht einfach vergessen, daß er bei Ihnen sein sollte."

Carol wollte schon auflegen und suchte nur nach einer angemessen gereizten Bemerkung, um das Gespräch zu beenden, als Anne sagte: „Bitte, glauben Sie mir, Terry war ganz versessen darauf, heute abend hier zu sein. Und er hat's nicht vergessen, weil wir am Nachmittag noch deshalb telefoniert haben. Meine Schwester Rosie – er hat sich in sie verknallt. Er würde es sich auf keinen Fall entgehen lassen, heute abend hier zu sein." Anne hielt inne. Dann fügte sie hinzu: „Möchten Sie, daß wir ihn suchen gehen?"

„Unterstehen Sie sich, Anne. Das letzte, das ich mir wünsche, ist, daß die Presse entdeckt, wie ihr ausschwärmt und nach einem inoffiziellen Beschatter sucht. Überlassen Sie das mir. Wenn ich Terry finde, werde ich ihm den Kopf zurechtsetzen, und danach schicke ich ihn zu eurem Grillfest."

Carol war aufgebracht, aber nicht besorgt. Trotzdem verspürte sie eine Gänsehaut. Ganz offensichtlich hatte Anne Angst, und für gewöhnlich machte sie keine Pferde scheu.

Sie knallte den Hörer auf die Gabel. „Tut mir leid, Tantchen, aber ich muß noch mal weg. Ich komme zurück, so schnell ich kann."

Draußen nieselte es inzwischen. Sie schlug den Jackenkragen hoch, verfluchte Roham, weil er ihr solche Unannehmlichkeiten bereitete. Sie dachte, daß Bourke eigentlich wissen sollte, was Roham da tat, deshalb rief sie ihn vom Wagen aus an, erreichte aber nur die Babysitterin. Mark und Pat seien auf dem Weg in ein Restaurant, und die Schülerin versprach, Bourke dort anzurufen und Carols Nachricht durchzugeben. Carol sorgte dafür, daß sie alles aufschrieb.

Sie würde Terry Roham das Fell über die Ohren ziehen, wenn sie ihn fand. Mit seiner ungenehmigten, eigenmächtigen Beschattung konnte er die ganze Operation gefährden.

Die Medien hetzten bereits, nachdem Dianne Beaton ihnen gesteckt hatte, die Kripo würde sie drangsalieren. Der Kripochef forderte alle Beteiligten auf, sich bedeckt zu halten. Kriminalrat Edgar mantelte sich gewaltig auf. Wenn man Terry Roham dabei erwischte, hinter offenbar unschuldigen Mitbürgern herzuschnüffeln, wäre die Kacke am Dampfen.

Als sie in die Straße zum Industriepark bog, hörte der Regen auf, und sie stellte die Scheibenwischer ab. Carol überlegte sich bereits, was sie Roham unter die Nase riebe, wenn sie ihn fand. Wenn sie mit ihm fertig war, würde er bedauern, jemals geboren worden zu sein.

Die Gegend war wie ausgestorben. Straßenlampen warfen in Abständen Lichtkegel in die Finsternis. Carol war sicher, daß es einen Wachdienst gab, doch der drehte vielleicht alle paar Stunden eine Runde, im Wagen saß ein Typ vom privaten Wachdienst und langweilte sich ungemein.

Jetzt erst fiel Carol auf, wie isoliert diese Gegend außerhalb der Arbeitszeit und wie gefährdet Penelope Neale war, wenn sie im Dunkeln heimkehrte. Carol tastete nach der beruhigenden halbautomatischen Glock, die im Halfter hinten an ihrem Hosenbund steckte. Nach einem Angriff vor längerer Zeit hatte sie es sich angewöhnt, diese kleine versteckte Waffe zu tragen, sogar beim Joggen.

Sie hatte vorgehabt, bei Terrys Wagen zu parken, ihn aus dem Auto zu zerren und ihm die Leviten zu lesen, bevor sie ihn wegschickte. Doch in dem Moment erwachte plötzlich ihr Gespür für Gefahr. In dieser gottverlassenen Dunkelheit schien alles möglich zu sein. Was, wenn Terry – obwohl höchst unwahrscheinlich – nicht auf dem falschen Dampfer war? Was, wenn Ian und Alyce tatsächlich gerade jetzt die Absicht hatten, Penelope Neale zum Schweigen zu bringen?

Carol fuhr am Eingang des Gebäudekomplexes vorbei, nach hundert Metern schaltete sie das Licht aus und stoppte in der Finsternis zwischen zwei Straßenlampen. Sie schaltete ihr Mobiltelefon auf Vibration, um sich nicht durch ein Geräusch zu verraten, stellte das Innenlicht ab, bevor sie die

Wagentür öffnete und ausstieg. Draußen war es feucht und schwarz. Sie drückte die Tür mit einem behutsamen Klick ins Schloß, steckte die Schlüssel so in ihre Jeans, daß sie nicht klimperten, schob das Telefon in die Gesäßtasche und zog die Glock hervor. Sie fühlte sich lächerlich, als sie mit gezogenem Revolver auf den Haupteingang zuschlich, ihre Tennisschuhe quietschten gelegentlich auf dem nassen Asphalt.

Im Licht der trüben Straßenlampe sah sie, was für eine gute Deckung die angepflanzten Büsche boten. Sie rief sich den Gebäudekomplex in Erinnerung, den sie bei Tag gesehen hatte. Höchstwahrscheinlich hatte Terry Roham seinen Wagen an der Laderampe des Nebengebäudes geparkt, dort könnte er sich verbergen, aber die Eisentreppe zu Penelope Neales Wohnung überblicken.

Bis jetzt hatte sie außer dem leisen Geräusch ihrer Schuhe und dem Fallen dicker Tropfen von den nassen Büschen keinen Laut gehört, doch als sie zu dem schmalen Weg kam, der am Gebäude von Dexterous entlangführte, vernahm sie plötzlich eilige Schritte, einen Ruf und das harte Zurücksetzen eines Wagens.

Carol ging hinter einem mächtigen Oleanderbusch an der Ecke des Wegs in Deckung, blinzelte angestrengt in das Scheinwerferlicht, das den nassen Asphalt glitzern ließ. Eine Gestalt flüchtete vor dem Wagen und kam auf sie zugerannt.

Die keuchende Gestalt hatte sie fast erreicht, als sie Terry Roham erkannte. In seinem Gesicht stand Todesangst. Er sprang beiseite in dem verzweifelten Versuch, dem Wagen auszuweichen, doch der erwischte ihn. Zwar nicht frontal, aber mit solcher Wucht, daß er wie eine lebensgroße Puppe mit ausgebreiteten Armen durch die Luft flog. Mit einem schrecklichen dumpfen Geräusch landete er auf dem Boden.

Bremsen kreischten, Reifen quietschten, als der Wagen, eine unscheinbare dunkle Limousine, an Terrys Körper vorbeischlitterte. Er hielt, wendete, fuhr zurück und stoppte vor der am Boden liegenden Gestalt. Im Scheinwerferlicht warf das reglose Bündel einen langen grotesken Schatten.

Ian Mure stieg seelenruhig aus dem Auto, die Hände in die Hüften gestemmt, blickte er auf die Gestalt herab. Mit gezogenem Revolver machte Carol einen Schritt auf ihn zu.

Terry stöhnte.

„Noch nicht tot, Kumpel?“ Ian Mure lachte leise und zog etwas aus der Tasche. „Das besorgt dir den Rest.“

Im Scheinwerferlicht sah Carol die Waffe aufblitzen – ein kleiner ausziehbarer Totschläger, der schon Kapitän Trelawneys Schädel zertrümmert hatte.

Ian Mure legte die Lasche am Griff um das Handgelenk, packte zu und hieb versuchsweise in die Luft. Dann kniete er nieder und hob den Arm zum endgültigen Schlag.

„Mein Revolver ist auf Sie gerichtet“, sagte Carol. „Geben Sie mir einen Grund, den Abzug zu ziehen.“ In ihrer Gesäßtasche vibrierte das Telefon.

Langsam ließ Mure den Arm sinken, dann erhob er sich graziös. „Kommissarin Ashton“, sagte er, ins Dunkle blinzelnd, wo sie stand. „Schön, Sie hier zu sehen.“

„Lassen Sie den Totschläger fallen.“

Er gehorchte ihr nicht. „Sie werden nicht auf mich schießen“, sagte er in freundlichem Plauderton. „Mich nicht kaltblütig abknallen.“

Das Telefon in ihrer Tasche vibrierte nicht mehr. Eine entfernte Stimme rief: „Ian? Wo bist du?“

Er drehte den Kopf nach Dexterous um. „Allie, hierher. Ich fürchte, wir haben ungelegenen Besuch. Carol Ashton. Sie hat die Waffe auf mich gerichtet.“

Zu Carol sagte er: „Allie ist ebenfalls bewaffnet. Damit steht es pari, könnten Sie sagen, tatsächlich steht es zwei gegen eins. Das sieht für Sie gar nicht gut aus, Kommissarin.“

Wieder stöhnte Terry, es war ein schrecklicher, gequälter Laut. Womöglich starb er, während sie hier standen. Ohne die Augen von Ian Mure zu wenden, zog Carol ihr Telefon hervor. Alyce kam heran, sie mußte rasch handeln. Die Nummer des Notdiensts war eingespeichert. Um die richtigen Tasten zu drücken, mußte Carol einen Blick riskieren.

Auf diese Gelegenheit hatte Ian Mure gewartet. Mit einem Satz sprang er auf sie zu, den Totschläger über dem Kopf schwingend. Carol wich nicht aus, sondern zielte und feuerte.

Sie war sicher, getroffen zu haben, aber der Effekt blieb aus. Als der Totschläger niedersauste, sprang sie beiseite. „Du Schwein", zischte er. Dann warf er sich auf sie. Beide gingen zu Boden. Carol ließ das Telefon liegen, rammte Mure die Glock gegen das Bein und schoß. Er schrie gellend, als seine Kniescheibe zersplitterte.

Ein Schrei seiner Schwester folgte. „Tun Sie ihm nichts! Tun Sie ihm nichts!"

Als Carol hochsah, war ein silberner Revolver auf sie gerichtet. „Was haben Sie ihm getan?" fragte Alyce, die Carols Glock nicht zu bemerken schien.

„O Gott", röchelte Terry Roham. „O Gott."

Aus dem Augenwinkel sah Carol das Telefon. Sie tastete danach, ohne den Blick von Alyce zu wenden, bis sie es hatte. Dann stand sie langsam auf, das Telefon in der einen Hand, die Glock in der anderen.

Verblüffenderweise zog sich Ian Mure am Auto hoch. Auf einem Bein stand er da, Blut strömte aus seinem zertrümmerten Knie, auf seinem weißen Hemd bildete sich ein roter Fleck an der Stelle, wo Carols erster Schuß ihn getroffen hatte. Mit von Haß und Wut verzerrtem Gesicht stöhnte er: „Bring sie um, Allie, aber langsam. Sie soll schreien. Dann schieß ihr nacheinander diese grünen Augen aus."

Alyce ergriff seinen Arm. „Ian, kannst du in den Wagen steigen? Wir müssen hier weg. Du brauchst einen Arzt."

Mure röchelte, Blut lief ihm aus der aufgeplatzten Lippe übers Kinn. „Was ist mit Penny?"

„Ich hab' ihr das K. verabreicht", sagte Alyce unbeteiligt.

Den silbernen Revolver fixierend, tat Carol einen Schritt auf sie zu. Wenn sie beide schossen, wären sie womöglich tot. Carol war keine Spielerin, die es darauf hätte ankommen lassen, nicht wenn sie eine Alternative hatte.

Alyce war zwei Meter von ihr entfernt, zu weit, um ihr

die Waffe aus der Hand schlagen zu können. „Alyce, Ihr Bruder verblutet. Bald wird er nicht mehr atmen können“, sagte Carol. „Wenn er nicht sofort behandelt wird, stirbt er. Lassen Sie mich den Notarzt rufen.“

Ian Mures Mund hing offen, er japste nach Luft. „Knall die beiden ab, und dann nichts wie weg.“

Alyce reckte das Kinn und zielte auf Carols Kopf.

„Ihr Bruder stirbt“, sagte Carol. „Ist Ihnen das egal?“

Wie auf Kommando erschauerte Ian Mure und fiel vornüber auf die nasse Straße.

Carol brauchte nur diesen Bruchteil einer Sekunde. Mit einem Satz war sie bei ihr und verpaßte Alyce einen Handkantenschlag aufs Handgelenk, der Revolver fiel und schlitterte unter das Auto.

Alyce schien es nicht zu bemerken. Sie sank auf die Knie und bettete den Kopf ihres Bruders in ihren Schoß. „Ian! Ian!“

Gesegneterweise fiel jetzt der Regen.

22

Fast gleichzeitig mit drei Notarzt- und zwei Streifenwagen traf Bourke ein. Während Terry und Ian Mure erste Hilfe erhielten und Alyce, die flehte, bei ihrem Bruder bleiben zu dürfen, in Handschellen in einen Streifenwagen bugsiert wurde, eilten Carol und Mark mit dem dritten Notarztteam und einem uniformierten Polizisten die Treppe hinauf zu Penelopes Wohnung.

Sie lag zusammengesunken in tiefer Bewußtlosigkeit in einem Sessel, ihr Atem rasselte.

„Es ist Ketamin oder etwas Ähnliches“, sagte Carol.

Trotz aller Bemühungen, sie zu stabilisieren, verschlechterte sich Penelopes Zustand rapide. Noch ehe die Trage den Fuß der lackierten Eisentreppe erreicht hatte, war sie tot.

Carol und Bourke fuhren zum Krankenhaus, in das Terry Roham und Ian Mure gebracht worden waren. Terry hatte eine Gehirnerschütterung, ein gebrochenes Bein, ein angeknackstes Becken, allerlei Prellungen und Schürfwunden. Völlig abgeschabt war seine linke Gesichtshälfte, mit der er über die Straße geschlittert war.

Als sie zu ihm kamen, war er gerade wieder bei Bewußtsein. „Haben Sie die Kamera?" murmelte er.

„Wir haben sie gefunden, Terry."

„Hab' Fotos von beiden. Beweise..." Er schloß die Augen.

„Gute Arbeit", sagte Carol, auch wenn sie nicht sicher war, daß Terry sie hören konnte.

„Er wird's überleben", erklärte der Arzt. „Am Ende ist er so gut wie neu. Der andere hängt am seidenen Faden."

„Ich hoffe, er reißt", sagte Bourke.

„Wir brauchen Ian Mure, Mark. Wir haben mindestens fünf, wahrscheinlich aber mehr Leute anzuklagen, und er kann uns alle Beweise liefern, die wir brauchen."

„Das kann die süße Alyce besorgen."

„Ian ist der Selbstgefälligere und Arrogantere von beiden. Er wird prahlen, wie raffiniert er gewesen sei. Er wird bis ins Detail gestehen, um seine Überlegenheit zu beweisen."

Nach sieben Tagen war Ian Mures Zustand nicht mehr kritisch, er genas zusehends. Alyce, die wegen Mordes in Untersuchungshaft saß, schickte ihrem Bruder eine Flut von Briefen, obwohl jede Kommunikation der beiden untersagt war, deshalb bekam er sie nicht zu Gesicht.

Etliche Wochen später nahm die Anklage wegen vielfachen Mordes gegen Ian Mure und Alyce Lyne Gestalt an. In diesem Zusammenhang wurden acht weitere Leute angeklagt, darunter Dianne Beaton und Roger Bruehl. Mit Hilfe einer verschlüsselten Datei auf Ian Mures Computer konnten die Mittelsmänner zwischen den Mures und den Kunden festgestellt werden. Wie Bourke vermutet hatte, fand die Kundenwerbung über Mundpropaganda statt.

Carol nahm sich eine Woche Urlaub, die sie in Canberra

bei Leota verbringen wollte. Davor fuhr sie Tante Sarah nach Hause in die Blue Mountains. Ihre Behandlung war erfolgreich beendet, und sie mußte nur noch einmal zu einer letzten Sitzung bei Yancey Blake nach Sydney zurückkehren.

„Grausame Strafe", bemerkte Carol, als sie Tante Sarah beim Packen half, „Alyce von ihrem Bruder zu trennen. Er war der einzige Mensch, der Alyce wirklich etwas bedeutete. Und für ihn gilt das gleiche. Es ist durchaus möglich, daß sie einander nach dem Prozeß nie wiedersehen."

„Sie hatten soviel", sagte Tante Sarah. „Jugend, Gesundheit, Schönheit, Intelligenz. Ich werde nie begreifen, warum sie das alles wegwarfen."

Als Carol mit dem Koffer ihrer Tante zur Haustür folgte, klingelte das Telefon. „Soll sich der Anrufbeantworter melden", sagte Carol. „Ich bin weg, und wenn es einen Notfall gibt, will ich nichts davon wissen."

Der Anrufbeantworter schaltete sich nach dem vierten Klingeln ein. „Schade, daß ich dich nicht erwische, Carol", sagte Ren Downing. „Gemma und ich haben uns unterhalten, und wir finden beide, es ist eine glänzende Idee. Ich weiß nicht, ob wir dich überreden können, die Kripo zu verlassen, aber ich hoffe, wir schaffen das. Wir bieten dir eine Teilhaberschaft in unserer Detektei an. Wie findest du Downing, Pate & Ashton? Ich finde, das klingt sehr gut. Ruf so bald wie möglich zurück, damit wir das diskutieren können."

Carol stellte den Koffer hin, als ihre Tante herumfuhr und sie anstarrte. „Carol? Würdest du?"

„Frag nicht", erklärte Carol, „ich weiß es wirklich nicht."

Claire McNab

Die Carol-Ashton-Krimis

Tödliches Eisen
ISBN 3-88104-353-5

Unter Verdacht
ISBN 3-88104-349-7

Der Trick
ISBN 3-88104-332-2

Überfällig
ISBN 3-88104-321-7

Kettenbrief
ISBN 3-88104-309-8

Geheimer Kreis
ISBN 3-88104-290-3

Marquis läßt grüßen
ISBN 3-88104-277-6

Bodyguard
ISBN 3-88104-264-4

Das Ende vom Lied
ISBN 3-88104-242-3

Ausradiert
ISBN 3-88104-217-2

Tod in Australien
ISBN 3-88104-214-8

Die Denise Cleever-Thriller

Mord undercover
ISBN3-88104-337-3

Mord inklusive
ISBN 3-88104-343-8

Roman

Stummes Herz
ISBN 3-88104-269-5

im Verlag Frauenoffensive